一代帝后

慕容梓婧 著

中国言实出版社

图书在版编目（CIP）数据

一代帝后 / 慕容梓婧著．—北京：中国言实出版社，2014.8
ISBN 978-7-5171-0632-6

Ⅰ．①一… Ⅱ．①慕… Ⅲ．①长篇小说－中国－当代
Ⅳ．① I247.5

中国版本图书馆 CIP 数据核字（2014）第 131913 号

责任编辑：陈昌财

出版发行　中国言实出版社
　　　　　地　　址：北京市朝阳区北苑路 180 号加利大厦 5 号楼 105 室
　　　　　邮　　编：100101
　　　　　编辑部：北京市西城区百万庄路甲 16 号五层
　　　　　邮　　编：100037
　　　　　电　　话：64924853（总编室）　　64924716（发行部）
　　　　　网　　址：www.zgyscbs.cn
　　　　　E-mail：zgyscbs@263.com
经　　销　新华书店
印　　刷　北京市玖仁伟业印刷有限公司
版　　次　2015 年 1 月第 1 版　　2015 年 1 月第 1 次印刷
规　　格　787 毫米×1092 毫米　1/16　17 印张
字　　数　220 千字
定　　价　32.00 元　　　　　ISBN 978-7-5171-0632-6

目 录

楔 子

天下客栈。

阳光很强烈，我在路人诧异的注视下，跌跌撞撞地往客栈内冲去。有伙计立刻注意到了我，拿起肩上抹桌子的布像赶苍蝇似地晃晃，"快走快走！我们这里不允许叫花子进入！"

我冷笑着从沾着血迹的荷包里拿出一锭银子，扔向那店小二，"最好的饭菜，最好的房间！"

客栈里吃饭的人并不多，我径自找了个比较僻静的位置坐了下来。

全身的伤口火辣辣的痛，衣裳有些地方被荆棘刮破，血迹慢慢地浸了出来。

那小二见了银子，自然改变了态度，连忙倒了茶水上来，又道："姑娘，您是不是先回房间休息，待小人把饭菜准备好给您送房里去？"

我怒瞪他一眼，他连忙住了嘴。

我知道他的提议很好，但是我不想就这样把自己藏起来。我要更加深刻地记住这一刻的狼狈，记住现在由内到外的悲惨与伤痛。

泪，早已经流干了。

楔子

尊严，也早已经随着泪水化为飞烟。

终于，饭菜端了上来。

一阵风卷残云，我就像跟它们有仇似的，迅速地将面前的食物都吃光。然后就让小二带着我去房间，并让他代我去附近的成衣店里准备一套最贵最好的衣裳来，顺便买些胭脂水粉。

这是个干净整洁的房间，小二还想说什么，我已经毫不犹豫地把门关了起来，接着便扑倒在床上。

连日的打击和疲累，使我完全忽略了身上的伤痛，迅速地进入了梦乡。

只是，梦乡里一定是空白的，再也不会有旖旎的风景。

第一卷：国破山河

在我十三岁那年深秋的某夜，凤翔城的上空忽然炸响几个霹雳，伴随着闪电而至的轰轰雷声，似乎整个大地都在颤抖。陈王府中的马厩里一阵混乱，惊了的马竟然冲出了马厩跑到了院子里。

各房里的灯陆陆续续被点亮，首先走出来的是陈王，也就是我爹陈孝言，他看起来并不老。看了眼院中的情景，立刻向管家吼道："快点把它们拦住！唉呀，别把它们弄伤了，这可都是我花了不少钱弄回来的宝马良驹！"

陈孝言是个马痴。

他有三个夫人，而我娘就是他的第二个夫人。我也是我娘唯一的女儿，我还有一个姐姐和一个弟弟。

我常常想，我娘为什么不是大夫人或者是三夫人？

如果我娘是大夫人，那么她的权力在府中是至高无上的。因为陈孝言除了他的宝贝马便什么都不管，更彰显了大夫人的地位和对府中万事的决策权力。那么我就可以像大夫人的女儿，比我大一岁的陈悦一样，享受最好的待遇，可以穿最好的衣裳，戴最美的饰物，吃最精致的食物。

如果我娘是三夫人，那么她便会像三夫人似的，受到陈孝言的宠爱。近四五年来，陈孝言从来都只是宿在三夫人的房间，三夫人所居的天伦居，正是我最向往的地方，那里常常传出陈孝言和三夫人及他们所生的儿子——十岁的陈英雄的笑语，正像那门牌上三个龙飞凤舞的大字——"天伦居"那般和谐。

陈孝言常常带着陈英雄出府骑马。

可惜，我娘只是个二夫人，既没有权力，也没有陈王的宠爱，好在陈孝言是个好人，从来也没有虐待我和我娘，我的吃穿用度虽然比陈悦次些，却也都是好的。只是，生活过的波澜不惊，一潭死水罢了。

我常常幻想，如果某日，能够出些惊天地、泣鬼神的事情就好了。

再说回那个秋天。闪电还在继续，将城西映得半天红。

我真想跳起来拽拽老天爷那一跳一跳的翘胡子。

然而我的面前冲过一匹黑色如旋风般的马，接着又是另一匹。陈孝言紧跟着跑过来，只是他也不敢接近这群受了惊吓的马，只大声地向我吼道："小鱼！回房里去！否则会被马踩到的！"

我一点都不怕，反而兴奋地问道："爹！它们怎么啦！"

这时候，陈孝言已经到了我的身边，他破天荒地没有继续追那些惊了的马，抚着自己的小胡子道："无风！无月！晴空撼天雷！难道是要出什么事了吗？"说着露出沉思之色，转眼间又见马匹经过，他将我往房间里推了一把，"快进去，乱糟糟的，你还要跟着凑热闹！"

我并没有进入房间，反而想着他说前句话时的样子，他很少露出这种仿佛是预言者的神态，这让我觉得他很睿智。当然，那时我还不知道即将要发生的大事，所以觉得他只是有点小小的智慧而已。

直到第二天清晨时分，歧军杀入，凤翔城大破的时候，我才发现他不仅仅是睿智，简直就是神算大师。但同时他也是很笨的，他竟然没有看破夜里照亮半边天的光亮并不是闪电而是火光。

也就是那时候，我才知道，原来秋夜里打撼天雷，是被视为不吉的。

更让我没有想到的是，我的命运已经因为那个有着撼天雷的秋夜，发生着不可逆转的改变。

十月初十，凤翔城。

我不知道那些马是不是已经预知了即将来临的灾难而四散逃离，如果真的是这样，那么它们可就太没有义气了。陈孝言像伺候老爹似的，将它们一个个养的膘肥体壮，但是真正需要它们的时候，它们却都不在他的身边。

所以当陈孝言发现备好的马车竟然无马可用时，脸上显出了绝望。

这时候的我，还不知道府外其实已经血流成河，歧军屠城，不杀死全城人绝不罢休。陈孝言望着他的妻妾和子女们，终于下了道命令：

"小悦、小鱼，你们跟着各自的娘逃命去吧！老大、老二，你们要替本王照顾好我的两个女儿，知道吗？"

陈悦忙问道："爹，那你呢？"

陈孝言神态自若地道："你爹我当然是带着英雄出城，他是陈家的命根子，不能出事。老三你也跟着我！"

大夫人听了，没有说什么，立刻带了陈悦回屋，再出来时已经卷了大包的金银手饰和银两，恨恨地盯了陈孝言一眼，便硬拉着陈悦离府而去。她们是从后门离开的，望着她们的背影，我忽然发觉离别是件很痛苦的事情，不由得含泪唤了声，"姐姐！"

陈悦回首望了我一眼，道："小鱼，有缘再见吧！"

我娘双腿发软，跌倒在地，凄然喊道："王爷！来日何处相见？来日何处相见！？……"

然而，他始终没有回答她的问题。

在我的记忆中，仿佛这是第一次，终于可以从陈王府中走出来。那冷冷清清的后巷，以及我和我娘慌慌张张奔跑着的身影，一度成为睡梦中常常出现在的情景。

一个衣衫褴褛、蓬头垢面的男子发疯般地跑到了这里，咚咚咚急密

第一卷：国破山河

又沉厚的脚步声似乎要将整条街道震的响了起来。他的后面跟着一群喊打喊杀凶神恶煞般的士兵，双方距离本就离得不远了，那男子却被脚下的杂物拌的滚倒在地，倾刻间便被冲上来的十几个士兵一顿乱刀砍得血肉横飞……

啊！——

我觉得我娘的手抖得很厉害，而且渐渐地冰凉。

"小，小鱼，我们快走，这里，这里待不得了……"

她害怕的连说话都结巴了起来。我将她扶了起来，"嗯，娘，我们快走吧。"

我娘的体质很差，到最后，便似天地间只有她浓重的喘息声。我听得一阵心酸，忽然想到，虽然我娘在陈王府中并不得宠，毕竟也是衣食无忧，亦是尊贵之人，没有做过什么粗活重活。如此柔软，却被我爹在这种关键的时刻扔在这里自生自灭，他确是个无情之人。

想到这里，我道："娘，我开始恨我爹了。"

她想笑，却没有笑出来，唇角往上牵扯了下，"傻孩子，他是你爹！不过，娘是真的跑不动了。小鱼，你自己跑吧，无论如何要想办法跑出凤翔城，去越京找你爹。越京便是我们当今的圣上——南越天子所居之处，你爹也定是往那里去了，你便拿着这面牌子去越京找你爹。"

说着，她从包袱里取出一面陈王府的陈王令牌。

"娘，要走，我们一起走！"

"不，娘实在走不动了，娘会拖累你的……"

她的话声忽然就此打住，惊恐地望着我的身后。我扭过身，便见到一个身穿歧兵服饰的，面目凶恶的男子正站在离我不远的地方。他刚刚一定是杀了许多人，刀上的血还在一滴滴地落在地上，而他一定也是杀红了眼，此时僵硬的唇角露出一丝邪恶的微笑，"想走？哼哼，你们谁也走不了！"

我娘忙将我拉到她的身后，狠狠地对那人吼道："你不要过来！否则——"

那人摸了摸下巴，笑得很诡异，"否则怎样？呵呵，小娘子，模样儿还不错啊！"

我感觉到我娘颤抖得更厉害，看到旁边有谁扔下的棍子，便捡了起来拿在手中，"你不要过来，否则我杀了你！"

然而那人却一把抱起了挣扎不已的我娘，仿佛这时候才发现我娘的身后还有个我，目光在我的脸上盯了下，冷冷地道："小鬼！看什么？等爷办完了事就来解决你！"

而我娘也在边挣扎着边喊："小鱼，快跑！快跑啊！"

我的目光迅速地在四周搜索着，最后终于在不远处的一具尸体上，发现了一柄断刀。我娘，就这样，亲眼看着我，将那柄刀猛地刺入到那人的体内。

然而那人是有蛮力的，身穿盔甲，刀入体内，刺痛之下，他竟然抡起胳膊，一下将我打飞出去，直跌到一丈开外的地方，痛得我感觉到全身的骨头都要裂开。而他也拔出手里的大刀，准备狠狠地刺向我娘。

眼见着我娘就要死在那人的刀下，我终于感到撕心裂肺般的疼痛，悲呼道："娘！娘！——"

就在这时候，却忽觉头顶有个黑影飞过，同时听到一个清冽的声音喝道："该死！"

接着便见要行凶的那人突然间飞了起来，跌到比我所跌之处更远的地方。

我和我娘的目光都落在那刚刚从天而降的人身上。

只见他目若星辰，白衣翩然随风轻舞，头发虽然只用一根素带缚起，却于微微的凌乱之中显出无比的飘逸。整个人清淡的如同一朵白莲花，眉目如画更有幽远之意。

本能地认为，他这样的人，是不该出现在已经鲜血淋淋、阴风阵阵的凤翔城内的。

然而他的眸子深处，却并没有丝毫的温暖。

甚至在我娘准备感谢他的时候，见到他如此的清冷漠然，也差点要说不出感谢的话。定了定神，终是向他拜倒，"谢谢这位公子救命之恩！"

他眉头微蹙，好像是我娘的声音污了他的耳朵般，爱理不理地嗯了声，便转身打算离去。

我娘犹豫了下，终是赶上两步，扯住他的衣袖，"这位公子，救人救到底，请您允妇人与小女跟您同去。如果能够顺利出城，将来必要好好地感谢公子大恩！"

他甚至没有回头，只道："无知妇人，滚开！"

我娘啊地惊叫了声，便斜斜地跌倒在地，原是他不管不顾地像挥苍蝇般将她挥开。

我几步跑过去，挡在我娘的身前，"你不想带我们一起走便不带好了！以为我好稀罕吗！像你这样自高自大目中无人又杀人如麻的坏蛋，便在你身边多待一刻也觉得恐怖，你走吧！我们不会求你的！"

说着扶起我娘，"娘，我们也走。"

他若有所思地立在原地，看着我们的背影，我能够感觉得到他目光的追随。然而等到我终于忍耐不住回过头去看他的时候，才发现身后早已经空空如也。心里又是失望，又是莫名的难过，原来只是白长了副人模狗样的好皮囊而已，却是心硬如铁的人罢了。

因为这半日实是受了不少惊吓。

当我们走到城门前，发现城门处都守着大队的歧兵之后，我娘便支撑不住双腿发软，要倒下去。这时，便也没有别的办法了，看到个已经没人居住的小院，便推门进入，暂时栖身于内。

原屋主走得急，甚至连圈里的母鸡都没有来得及带走。我便从包袱里取出糕点，掰成碎屑来喂它们。好在跑了这么久，竟然没有将食物丢弃，不过当我娘发现这个包袱里全部都是中看不中用的糕点时，便也无奈地苦笑一下。

当然，还是能够对付一两顿。

两人吃了几块糕点，便依偎在内间的一张床上休息。

很快，天便黑了。

虽然环境恶劣，我还是没心没肺地在娘的怀里睡了一觉，醒来时又看到娘在落泪，眼睛肿得像桃子般。

当晚三更的时候，我们又悄悄地往城门口而去，然而那里依旧守卫森严，想必以后都会是如此，想要出城简直是难如登天。我们又黯然地回到小院中，相对而坐，直至天明。

"娘，要不然我们去找回梯子吧！够高的那种，我们从城墙之上爬出去。"

她摇摇头，笑道："谁家会有那样高的梯子呢？"

"那怎么办？"

"也并不是没有办法，只是小鱼，却是很危险。"

"娘，到底是什么办法，快点说啊！"

正说着，外面又传来急促的脚步声，人似乎很多，而且听到隔壁院里的房门被踢倒的声音。接着便有女子的尖叫声传出，然而那尖叫声并没有持续多久，便戛然而止。我的鼻端似乎萦绕着浓重的血腥味。

我娘示意我不要出声，虽然两人都吓得瑟瑟发抖，却是非常小心翼翼地往房间里走去。

好不容易进入了内间，两人才敢说话。

很显然，今日又是新一轮的屠杀开始。而我们也没有想到，隔壁的小院里竟然还藏着人。恐怕城中没有逃走的人还是很多的，只是因为害

怕被杀，所以都躲了起来。即使是躲了起来，又哪里能禁得住这样一轮轮的搜索屠杀呢？

我娘径直走到内间的木床旁，将那块看起来很普通的板子揭了起来，竟然是个藏酒的小窖，可惜这窖也太小了，估计只能藏两大坛酒。她拥了拥我，"小鱼，快进去，无论发生什么事都不要轻易出来，明白吗？还有，如果真的在万般无奈的情况下，只有跳进通往城外护城河的暗河内，才有可能出城而去。明白了吗？"

两颗大大的泪水从眼中滑落，她伸出颤抖的手，抚在我的脸上，痛心道："小鱼，我的女儿，从此以后你要更加的坚强，好好地活下去……你要记得娘的话……"

我听她的话进入酒窖，发现这里果然只能藏一个人，而且还得紧紧地蜷缩着。想必我娘昨晚已经发现了这个地方，所以才能在第一时间想起这里来。

我忙抓住她的手，"娘，那你呢？你要躲在哪里？"

她固执地脱开我的手，将我的脑袋往下按在窖中，"娘自有去处，等危险过了便来找你。"

说着，便合上了这个木盖。

我从木盖的缝隙中可以看到她似乎是极为不舍，倒退着往门外而去。最后是无奈地转身，迅速地向院外跑去。

"娘……"

不知道为什么，我竟然觉得，以后可能再也见不到她了。这时候，能够从陈王府中出来的，夹杂着惊惧的自由和幸福，已经烟消云散。留下的只有害怕和无助而已。就在这时候，听到外面有人在喊："别跑！别跑！——"

我的眼泪终于哗地落了下来，"娘……娘……"

……

或许是因为我娘吸引了歧兵的注意力，所以他们便真的没有进入这座小院进行搜查。就这样，我躲过了一劫，然而我那可怜的娘，却不知如何了。

我很可能会失去我唯一的依靠。

直到外面完全没有声音，我才慢慢地从院子里走出来。

一队队，一行行的歧兵，忙忙碌碌着什么。我紧张地躲避着歧兵，最后终于到了巷口。赫然发现好多的尸体，被横七竖八地如小山般堆积在一起。这时候，人已经不是人，便与那被宰杀了的牲畜差不多，只是要更加恐怖很多。

我将手指塞在自己的嘴里狠狠咬着，才能控制自己不至于叫出声来。

这些歧兵将尸体抬上人力推车，就搬某种废弃的货物般木然。

后来，我才明白，他们是要将那些尸体拉去城外荒僻之处，那里早已经挖好了一个万人坑，便将所有的尸体都扔在那个坑里，进行深埋。

正当我在为生命的逝去而悲天悯人时，却忽然发现了一双熟悉的鞋子。我怎么能够忘记这双鞋子在离开我的时候，是怎样的不舍。而这双鞋子的主人，现在却被压在几具尸体的下面，只露出这双鞋子而已。

"娘——"

我就要冲出去，去把我娘从那些尸体中间拉出来。就在这时候，却有人冷不防地捂住了我的嘴巴，并且在我的耳边低低地道："你疯了吗！这样跑出去，必死无疑！"

我听得出这个声音，正是属于那日救了我和我娘的那位男子的声音。

虽然依旧是陌生的，但我却忽然对他产生了强烈的愤恨。他的武功如此高强，假如当时他肯答应我娘的请求，必能护着我娘和我安然出城，那么这时候我娘或许还活着。如果没有相遇便也算了，相遇却是见死不救，更令人难过。

我乖乖地不再挣扎，他才将手从我的唇上缓缓拿开。我回头，看着这个如同白莲花的男子。他原是没有如此高洁的，却偏偏披了这身让人

耀目的光辉。抹了把眼泪，我觉得自己的声音仿佛是咬牙切齿的，"我娘她，死了！她死了！"

他的脸色微微一变，终还是漠然。

说到这里我再也没有办法控制自己的情绪，猛地推了他一把，他一个冷不防，踉跄往前踏了两步，已经是暴露在歧兵的视线中了。

眼见着歧兵向他跑来，而他微蹙着眉头，有些茫然和诧异地盯着我。

他的脸上竟然有无辜之色。

这刹那间，我才忽然明白自己刚刚做了件多么疯狂的事情。可是已经做了，没有办法挽回了，泪水浸在眼里，视线模糊，迫使自己不再多想，扭身就往可能安全的地方跑去。跑了不远便听到身后的金鸣交击声，我咬着牙，双手捂起耳朵……

第三天，我想到了出城的办法。

我早已经观察好，歧军每日里在这段的巡逻是午后时最弱。果然，一路走来倒没有遇到什么歧兵。到了河边，发现之前准备好的石块也在，拿了绳子将石块缚在腰中，然后便从河岸边折了枝已经干枯的芦苇，将一端含在口中。

虽然心里已经无数次地设想过，这样做是绝对安全可行的，可是心还是怦怦乱跳着。我用绳子绑着石块扔到河中测过河水的深度，其实河水只是刚刚能够没过我的头顶而已。在腰上绑着石块，可以使我重量增加，走在水中便如走在陆地上一样平稳，而芦苇是用来呼吸的。

确定将这些事做好，我还是没有勇气走入到水中去。

深吸口气，想着我娘在离开我之前，曾经叮嘱的话，"小鱼，我的女儿，从此以后你要更加的坚强，好好地活下去……你要记得娘的话……"

心又酸了酸。

然而，直到我从阴影里走到阳光下，却顺利的出奇，并没有被人发现。想想也是，岸上的是不会轻易地注意到河的中心，有枝芦苇杆正在慢慢地移动着，即使注意到，恐怕也很难想到，正有人要通过护城河逃走。

然而，我也在同时发现一个恐怖的事实。水流的冲击力似乎越来越大，而且水也越来越深。我努力地稳着自己的身子，我非常明白，只需小小地滑一跤，我的生命也会葬在这阴冷湿滑的河里。

这样又坚持了片刻，感觉阳光忽然亮了起来，我明白已经到了城外河道。正感到一阵开心，却觉口中忽然进入了一股河水。我明白是河水太深，芦苇杆不够长，已经淹在了水中。我心中顿时慌了慌，本能地去解开腰间绑着的石块，身体一轻，便双脚猛地一蹬，想要冲到水面上去。

却已经晚了。

强劲的暗流使我在水中，便像是断了线的风筝般，身不由已随着水流而下。更要命的是，原来并不是我想象的那样简单，我以为只要我想向上，身体必然能够漂浮在水面上。但却不是这样，当我的脑袋刚刚冒出水面的时候，身体已经不可控制地再次下沉，好在慌乱中抓到了岸旁伸展到河心的一根细柳。

刚刚狼狈地猛吸了两口气，却见岸上的官兵发现了我，大喊大叫着向我跑过来。终究还是人算不如天算，我竟然在离城门口这么近的地方暴露出了水面。想到之前在城内看到官兵凶神恶煞地把那大汉砍得血肉横飞，心便坠入黑暗。咬了咬牙，终是不舍地放开了那根可救命的柳枝。

刹那间，我的身体在急促的流水中，如同一叶浮萍般，迅速地顺流而下……

我本能地挣扎着，恍惚间，仿佛抱住了一块浮木，看得到岸边的青苔，后来怎么样了呢？已经完全没有印象。

我只记得，醒来的时候看到了一个陌生的男子。他的脸如雕刻般棱

角分明，一双剑眉下是深潭般的眸子，菱角形的唇瓣挑起一丝温和的微笑，如同春风般柔和舒缓，还有种久违的淡淡的安定的感觉。

我蓦地坐了起来，"这是哪里？"

我只希望，自己不是在凤翔城内。但是我的声音着实吓了我一跳，嘶哑而又低沉。他竟然还是听懂了，平和地答道："这是凤翔城外一家普通的客栈。小姐，你现在感觉怎么样？"

不知道是不是我的错觉，他在说到凤翔城的时候，语气似乎稍稍地停顿了下，结果使我的心蓦地沉了沉，不由自主地惊慌恐惧。长吁口气，我拍拍胸口，"你又是谁？是否你救了我？"

他站了起来，这时候我才发现他不但面容绝美，更是身材修长，风度绝佳。夕阳从窗外照进来，给他的周身镀起一层金光，沉静如水。在手中扇子缓缓打开的时候，他唇角的那丝微笑便如天边的云，亦近亦远，似聚还散。我怀疑自己仍在梦中，否则，世界上怎么会有如此样的男子呢？

他却很肯定地答道："没错，正是在下救了小姐。"

我拍了拍自己的脑袋，使自己更加地清醒，这才要翻身下床，"谢谢公子救命之恩。"

他连忙阻住了我，"你的身体还很虚弱，不必多礼。"

免去好些客套，我一时间也不知道该说什么。环目打量四周，确只是个普通的客房，房内除了必要的床和桌椅，便没有其他物件。只是窗上放了两盆角兰，已经快要凋谢，红艳艳的颜色有点发黑。我连忙将目光移开，那太像即将要干枯的血的颜色。

这微小的动作，竟然也逃不出他的目光。

向门外轻唤了声，"留剑。"

门被推开，走进一个大约十七八岁，很漂亮的女孩子。她身穿蓝粉色精干短打，头发却效仿男子的习惯以带束起，整个人看起来唇红齿白，英姿飒爽。手中长剑与她苗条的身材相比实在又宽又大了些，她却像是早已经习惯，双拳抱着长剑向这男子微微一伏，"公子，有何吩咐？"

"这盆角兰已经凋谢，去换盆花来。"

后来的两天里，我才知道，原来留剑便是以剑为名。她手中的那把剑却是她的主人——安陵辛恒的剑，此剑剑名便是"留"。安陵辛恒自称是来自南方的商人，但我总觉得他身上并没有带着商人该有的任何气息。我明白他们隐瞒了自己的身份，但是我能够理解，如今兵荒马乱，人人自危，不向任何陌生人透露自己的真实信息是对的。

但他是我的救命恩人，所以我并没有打算瞒着他我是谁。

他听了我的名字，沉吟道："陈鱼……呵呵，好名字。不过，你也姓陈，不知是否从凤翔城内陈王府内而来？"

他一语中的，我微怔了下，只好点点头，"正是。"

他反而有些诧异似的，"原来如此，难道你竟然是陈孝言的女儿？"

"正是。"

"你爹，他们还好吗？还是，你独自逃出了城？"

提到他们，我便忍不住心酸不已。想到那夜的撼天雷，想到之后的种种，我几乎没有办法将那些情景再重复一次，只道："他们都走了。"

"哦，你爹已经离开了凤翔城？"

"嗯。"

他接着却以复杂的目光看着我，"你竟然以自己的力量从凤翔城的铜墙铁壁和杀戮中逃了出来，你很坚强，也有胆识，很令人佩服。既然上天让你活着，足见你福泽深厚，将来必定还有奇缘，或许我们亦有再见面的机会。"

当晚，安陵辛恒便带着留剑告辞离开客栈，并在桌子上放了两锭十两的银子。我没有拒绝，内心很是感激，直送到看不到他们的背影才折回客栈。

后来在城门上张贴的告示上看到了陈孝言，他果然是聪明，竟然逃出了城。

一个小姑娘从我走过，嘴里喃喃着："又有尸体被丢进了后面的大坑，哎。"

我一惊："难道我娘也在那里嘛！"说完，我转身就跑。

我跪倒在地，对着深坑流泪，我的娘，她就在里面呀！

这时，只听后面传来一个男人的声音。

"这里每天都有新的尸体扔下来，早已经被那些鹰群盯上了。没人敢独自接近这个尸坑。要知人死了，只是具臭皮囊，你又何必执著于此？喂了它们的五脏庙，便也罢了。"

"你——"

我怒瞪着他，却不知道该说什么好。

这时候却听到一个清脆的声音道："战哥哥，你跟她说些什么，她就是个疯子，你指望疯子能够听得懂你说话吗？"

却是之前喃喃自语的那个女孩子。

她这时候闲闲地抱着双臂站在不远处，唇角带着丝邪邪的笑容，眼睛只盯在被称为"战哥哥"的这个男子身上。目光转动间，他笑着向她走过去，"冰若，你真的在这里等，万一我真的出不来呢？难道你要在这里等整夜？"

"那又如何？"

见他愣了愣，她又道："反正你肯定能出来的，我从来没有怀疑过这点。"

虽然不知道他们之间有着什么样的约定，但我也知道冰若是撒了谎的，她若真的相信她的战哥哥一定会从凤翔城里逃出来，刚刚见到她的时候她便不会在那里喃喃自语了。

她说到这里，却将目光转向我，"战哥哥，你与那个丫头原本就认识的吗？"

男子微怔了下，却道："并不认识。"

我也道："是啊，谁会认识你战哥哥这么冷血的人。"

回头看看那个大坑，心里不免黯然。我娘活着的时候，被大娘欺压，被陈孝言冷落，死了却要与这些被杀的人一起扔在这里，不能够体面地安葬。但我终也是，没有办法解救她的尸体出来。

想到这里，便从地上抓了两把土，缓缓地洒到大坑里去。冰若走到我的身边来，却是用脚将那些土踢往坑中，尘土扬起，随风吹到我的脸上，我怒瞪着她。

她笑得花枝乱颤，明媚无比。

"你很有趣，告诉我你叫什么名字？"

我停住脚步，很认真地对她说："你可以叫我小鱼。"

她笑笑地斜起唇角，"呵，还要隐瞒自己的身份呢？以为自己是什么重要的大人物。"

接着却又道："你不敢告诉我们你的名字，我和战哥哥却是行得端，站得正，在哪里也敢留名的。我叫冰若，这个你已经知道了，战哥哥叫凌战，很多人都叫他凌王，你也可以叫他凌王，哈哈……"

不知道是不是我的错觉，我总觉得她的语气里仿佛充满了讽刺……

当晚，我做了梦，梦中我正在躲避歧兵的追杀，然后耳旁听到我娘在声音一直在喊："小鱼快跑！小鱼快跑！"

在梦里，我已经完全忘记了我娘已经死去的事实，反而只是在朦朦胧胧地想着，"娘，这次不要你独自去受苦，我不要和你分开……娘，不要和你分开……"

然后，我从梦中醒来，看到了一张脸。

虽然我刚清醒，还是使我立刻就认出了他。但是他怎么可以？他怎

么可以在我的床上？而且我亦发现，自己的外衣被脱掉，只穿着内衬，而身边的这个男子也是如此，两人的体温交融，所以才这样温暖的吗？

我蓦地坐了起来。

我的动作很大，他也终是从睡梦中被惊醒，睁开了眼睛。两人目光相触的刹那，我已经出手啪啪两声，甩给他两个狠狠的耳光。

他也愣住了，捂着脸呆呆地看着我。我羞愤不已，轻喝道："你还敢看我，还不转过身去！"

"噢。"

他如梦初醒似的，连忙将脸转向墙壁。我迅速地将衣裳都穿起来，又在镜子前整了整头发，这才气冲冲地看向他。

我不明白到底发生了什么事，但我怎么能够原谅他竟然与我整晚同床而眠呢？我走到他的面前，盯着他的眼睛，"告诉我，这一切不是你安排的。"

他唇角挑起一抹自嘲的苦笑，"不是。"

很平淡但很笃定。

我的脸却蓦地红了下，如果不是他的安排，我们整晚拥在一起入睡却是事实。这时候也理所当然地想到了冰若，如果不是她，谁又会这样无聊地将门反锁呢？

他见我满脸疑惑，终是道："没错，是冰若。她有自己的事情想要做，可是因为我的原因，使她束手束脚，既然如此，我也只好放了她。"

冰若当然很及时地出现在门口"抓奸"成功，凌战没有解释，冰若借着这个由头，就要离开凌战。

我追出去，向她道："他是真心爱你，你们样对他，将来不会后悔吗？"

冰若灿烂一笑，"你不用担心，虽我将他推到了你的身边，他亦绝不会爱上你，我对他很放心的。"

她说到这里，狡黠的双眼眨了眨，"如果有朝一日，你若真的有本事使他爱上你，我便将他让给了你，哈哈……"

直到她的背影彻底消失，我才回过神来。想到从昨天遇到她，到今天所发生的事情，真是有些荒唐。我默默地回到客栈房间内，只见凌战手执长剑，也是副打算要离开的样子。

我道："你要去追她？"

他摇摇头，"不。她要去做自己想做的事，我在她的身边，只会束手束脚。"

"噢。"

我不明白到底是什么样的事情，要使她一定要甩开这个男子才能去做。不过也没有关系了，我就知道，即使是喝醉了，今日照样得各奔西东。

"你要走吗？"

"是。"

"好，你先走吧。"

凌战微怔了下，神色略显不自然地道："对不起。"

正准备从侧面的甬道中离开时，却听得前厅传来阵阵的喝彩声，还隐隐地有丝竹声。好奇心大起，犹豫了下，终是脚步转向，要去前厅看个究竟。

只见那里果然挤满了人，这些人个个都穿着绫罗绸缎。此时正有个很漂亮的女孩子在那里打着板子说书，她的穿着竟然也是相当华美的，特别是脚上所蹬的短靴，一看便知是鹿皮制成，特殊的花纹令人印象深刻。

明眸皓齿，面容姣好。

只听她声音清脆如出谷黄莺，板子打的得得响，"……您道是，那

陵王不做王侯做游侠，世界上哪有这样傻？却不知，他一腔热血，不恋权势，真正难得的好男儿！想当初，那玄皇登基，文武大臣，黎民百姓又有几个服气？若不是，陵王退出，定会引起争夺大波，到时候受苦的是谁？是老百姓！"

我忽想到，当初冰若介绍凌战的时候，似乎是说了，我可以称他为陵王。难道这个陵王竟然就是凌战？那么他竟然是南越国玄皇的王弟？

想到这里，便马上往外跑去，想追到他。

我或许可以从他那里得到一些答案，比如，歧兵为什么要屠城？为什么一定要抓住陈孝言一家？他又为什么在城内？

耳听得台上女孩子一段话说完，下面的人都喝起彩来，"没错！陵王才是世间真正好男儿！紫郁郡主，继续说啊！"

……原来那女孩子叫紫郁。

正准备离开，却见之前接待我的小厮又走了过来，后面还跟着辆马车，很有礼貌地笑着说：郡主，陵王爷离开了，这匹马车是他送给你的，并祝你一路顺风。"

"噢，他果然已经走了吗？"

"是的，陵王爷已经离开了。"

"你称他为陵王爷，难道他就是传说中那个不做王侯做游侠的陵王？"

"郡主您可说对了！想这天下客栈，正是一位有心人专为陵王所设。此处位置特殊，看似在南越国境内，其实是在界碑之外，却是属于荆北的地盘，而这客栈也是属于荆北境内的产业。所以无论外面再怎样昏天黑地的打，只要荆北不动，这天下客栈却是安全的很，是陵王及其支持者的避风港。郡主，小的看您跟陵王一起来的，您可是我们客栈的尊贵客人。"

他说着伸出拇指扬了扬，"郡主请上车。"

天下客栈渐渐地淡出我的视线，直到后来，出了枫林，再向上看，便只见一片红枫掩映，却再见不到那座红楼和高扬的酒幡……

后来的两天里，还比较顺利。

只想快点到达越京，所以一路上并不停留，连夜赶路。

直到到达一个小镇的时候，我实在累了，便在一家客栈门前停下。里面的伙计迎出来，将马车交给他照顾。我自进入到客栈，却见里面竟是清一色的大汉，他们大多赤着胳膊，有些更露出半个膀子，身上都有形态各异的刺青，见到我入内，他们的目光都齐刷刷地向我看来。

我连忙低下头，暗想恐怕是进了不该进之地，又不好立刻退出，只好向掌柜的买了些肉干，又打了两壶水，便匆匆地告辞。

可怜那匹马，还没有从车上卸下来，便又要上路。

这样我又艰苦地行了两日，那日的傍晚，终于可以看到越京高高的城楼，心里一喜，便不由自主地将马鞭扬得很高，"驾！——"

同时，我却将怀里的那块陈王令牌摸了摸，只要有了这块令牌，便能够很顺利地找到我爹。虽然他当时那么无情地将我和我娘抛弃，但现在马上就要见到他，心中竟然没有什么怨恨，反而有着说不出的喜悦。笑容刚刚爬上唇角，自己却将自己吓了一跳，这样岂不是太对不起我娘了？

况且，不给我娘找回点公道？我怎么能够甘心呢？我娘又怎么能瞑目呢？

想到这里，便觉这笑容是可耻的，迅速地收敛了。

正胡思乱想间，忽然看到马车的前面竟然凭空出现两个穿着黑衣拿着大刀的人，马车很快，他们更快，便好像是要自杀似地往我的马车扑来。我已经见过不少的打斗场面，我知道这两个人肯定不是自杀，而是来杀我的，惊慌之下，我想拉住马缰绳，却不能够做到。

他们凶神恶煞般的眼神，使我心惊肉跳，我只绝望地喊道："娘，对不起，不能见到爹了！"

话音刚落，这两人已经到了我的面前，我啊地惊叫了声便放开了马缰绳，身体本能地往车里滚去。直到此刻，才发现车厢里不知道什么时候多了个人，却正是之前见过的安陵辛恒，也不见他如何的出招，只是一只手掌往那两个黑衣人凌空拍了下，两人便惨叫着跌倒车下。

马受了惊，继续往前跑着。

安陵辛恒将我扶了起来，"别怕，有我。"

他稳定的声音使我的心蓦地不再那样惊惶了，连忙紧紧地抓住车厢内壁。这时候，已经有另外的人从天而降，将马缰绳紧紧地拽住，"吁——"已经疯了的马车果然停了下来，她回头向车内道："公子，他们来人很多，恐怕是势在必得，我们未必保得住她，不如先将她交给了他们，再图后计。"

这人眉目清秀，却神色冰冷，正是在客栈里见过的留剑。

我大吃一惊，向安陵辛恒看去，只见他的唇紧抿着，棱角分明的下巴露出几分坚毅，"留剑，无论如何，今日必要保住她。"

虽然她与安陵辛恒的意见相左，但听了安陵辛恒的话，留剑竟是毫不犹豫地应道："是！"

随着肯定的答复，她的周身仿佛也忽然鼓起了气劲。

同时有箭矢向车内射来，于是我见识到了安陵辛恒徒手抓箭的功夫。我心安了不少，有这样强大的保护者，我还有什么好担心的呢？

"为什么要救我？"

"因为你是陈孝言的女儿。"

"噢。"

其实我不太明白，为什么我是陈孝言的女儿，所以就要救我呢？后来，我才明白，其实他根本就不是真正的想要救我，只是我不能落入黑衣人的手里而已。

马车的旁边倒下了很多尸体。

黑衣人没有再继续出现。

留剑赶起马车，随着嘚嘚的蹄声响起，我蓦然发现，自己正朝着与越京相反的方向而去，忙道："安陵公子，我是要去越京的，请让马车掉头。"

安陵辛恒似笑非笑，"越京去不得，你进不去的。"

想到刚才那些黑衣人，我隐隐地明白他的意思，但还是不甘心，"但是现在我已然到了越京，不能因为他们的阻拦，我就不进入。安陵公子，请您好人做到底，送我进越京。"

安陵辛恒的目中闪烁着我看不懂的复杂。

却听留剑道："陈鱼郡主，你可太天真了。如果轻易地让你回到了越京，我们凭什么费这么大的劲儿救你？救命之恩当涌泉相报，如果你懂得知恩图报，念在我们公子救你不止一次，你便乖乖地听我们的安排，你总有机会回越京的，不过不是现在。"

听到这里，我已经明白了什么，二话不说便往车外钻去，我与越京似乎只是一步之遥，只要我再往前走片刻，便要到了越京，就能见着我爹陈孝言。

但是，我没有能下得了车。

留剑抬手向我的脖颈后面猛切一掌，我便觉得眼前一黑，咚地倒在车上。

……

再次醒来的时候，是在一个光线很不好的房间里，因为已经是深秋，感觉凉凉的寒意已经开始浸入到房间里来，我不由地打了个寒颤。这才发现，自己的手脚被紧紧地缚着，如同粽子似地被扔在木板床上。

刹那间，之前的事情都涌上脑海，彻底清醒了。

当下便大声地喊了出来，"放开我！你们放开我！"

哐啷一声，门被大力地踢开，接着便有个冷冰冰的士兵打扮的人走了进来，二话不说，抓起床单便塞在我的嘴里，然后盯着我看了眼，便走了出去。

再过了会儿，进来一个书生样的人。他细眉长目，薄唇紧抿，修长的身材略显消瘦，一身绣金缎衣，下摆豹纹隐现，浑身都有种难以言说的书生气息，但是动作之间，却又仿佛尊贵无比。更重要的是，他的眼睛里并没有书生那种清逸，反而是透着淡淡的霸气。

那个士兵走过来，又把我嘴里的床单扯掉，我当即开口大声地问道："你们是什么人？安陵辛恒呢！我要见他！"

"噢，为什么你想见他？"

"还用问为什么吗？他把我抓到这里来，我当然要问清楚他为什么这样做！"

我要当面问问这个虚伪的男子，他到底为什么将我抓到这里来。面前的男子像没有听到我说的话，只问旁边的士兵，"她就是陈鱼？陈孝言的二女儿？是否确定？"

士兵笃定道："回殿下，千真万确。"

"嗯，很好。"

他狭长的双目再瞥我一眼，道："这两天看好她，别让她死。"

"是，殿下！"

我哧地冷笑，我巴不得能够好好地活下来，让我死我也不乐意死。

两名士兵见殿下走了，上来便给了我几拳。这时，我看见那殿下竟然折而复返，那两个士兵立马跪下去请安，"拜见太子殿下！"

太子殿下？

想南越国玄皇登基不过三年，是极年轻的，又不可能把皇位让给自己的兄弟什么的，也绝不会有这样大的儿子。那么这位太子，竟是歧国之太子喽？想到这里，心里立刻腾地升起一股怒火，咬牙道："原来就是你这歧狗下令屠凤翔城的吗？你这混蛋！"

想到我娘，想到那些堆成山的尸体，我就不能不恨他。

最让我没有想到的，看起来那样不凡的安陵辛恒不但是个卑鄙的小人，更与这殿下是一丘之貉，真正令人不耻。

他并不应我的话，只向身后之人道："将他们两个拉出去斩了。"

两个士兵立刻以额触地，"殿下饶命！殿下饶命啊！——"

他们被人冷漠地拉出去，徒然留下凄惨的求饶声……

他将目光转向瑟瑟发抖的我，"他们没有听我的话，胆敢打你，我已经将他们杀了。算是为你报了仇，现下，你也要像我帮你似的，帮帮我。"

他的语气很平静，就好像平日里跟朋友聊天一样。但我却感到彻骨的寒冷，两个士兵倾刻间的被杀，使我忽然明白到，自己面对的正是杀人不眨眼的屠城恶魔。他视人命如草芥，面对这样冷血的人，除了服从，我还能够做什么？还敢做什么？上下牙齿咯咯地磕着，我僵硬地点了下头。

他这才露出一丝微笑，"好。"

……秋意深沉。

我被五花大绑，站在两队人马中间的阔大空地上，我的背心和前胸，分别贴着圆形纸做的箭靶。我的眼前阵阵发黑，不敢稍有动作，只能可怜兮兮地望着对面，我那骑着高头大马的爹——陈王陈孝言！从陈王府分开的那刻，到现在，已经有半月有余，虽然我的梦里并没有出现过他，可是我其实每天都在想他，在这样诡异的情况下，能够见到他，难道不是世界上最幸福的事情吗？

"爹！爹！"

我颤抖着唇，仿佛已经不会说话，只能喊出这简单又伟大的字眼。

他面色微动，却是什么都没说。

而歧国的太子殿下，在两方对峙超过半个时辰之久，终于叹了声，"陈孝言啊陈孝言，我安陵浩之前还真是小看了你。第一，没有想到歧军那样迅速地封城屠城，你却依旧能够安然逃出。第二，你逃出凤翔城，竟然能够顺利回到越京，亦令人刮目相看。这样看来，从前传闻的马痴王爷，倒是误传。第三，原本以为你毕竟还念着父女之情，将自己

的女儿换回去，看来，我安陵浩再次想错了。"

这是我第一次知道他的名字，原来他叫安陵浩。

也第一次明白，凤翔城被屠，原来是与我爹陈孝言有关的。安陵浩需要某样东西，而陈孝言正好拥有，所谓怀璧其罪，所以才引出了这连串的事情。

陈孝言终于说话了，这是我与他见面之后，他第一次说话。

他的语气一如既往地带着点淡淡的痞气，可是说出的话，对我却是惊雷般的令人难以接受。"安陵浩，凤翔城之所以被屠，本王退出凤翔城，只是因为疏忽大意而已。难道你以为本王会第二次犯这种错误吗？你想以这小小女子换取能够称霸天下的朱邪宝藏图，却是痴心妄想，天下何其大，小小女子何其渺小，纵然本王心痛，却也是根本不用考虑取舍的结果，安陵浩，你此举太过于天真了！"

"爹！爹，你在说什么？！"

安陵浩还是不甘心，道："你可看见她身上贴着的箭靶，如果你真的愿意牺牲她，便举起你的弓箭射杀她！如若不敢，就由本太子下令杀了她，然后将她的尸体悬挂于你越京城楼之上，将你弃女而选择天下的英雄事迹，告之以天下臣民。当然，还有第三条路，那就是，交出朱邪藏宝……"

他的话音尚没有落，只见陈孝言已经举起了弓箭，目标直指向我。

我的脚步不由自主地后退着，并且像个疯子似的开始躲避，因为被绑着，脚步迈不大，所以就像戏台上的青衣，碎步紧跑，左一下，右一下。但是，无论我怎样躲，陈孝言的箭头还是很明确地对着我。

整个天地间，仿佛只剩下我失去自尊的又急又碎的脚步声和惶然的喘息声。

我回头看了眼安陵浩，他的脸色冰冷漠然，再看看陈孝言，忽觉得如此讽刺，我竟然还会对他抱有幻想，一路上还总是在想念着他，还盼望着见到他以后，他能够为我娘流一滴眼泪。

但现在我明白了，这根本就是我自己的奢望。

这时候，我终于打消了将我娘的死讯告之他的念头，我不能让我娘在这么多人的见证下，被我爹抛弃，成为一个悲剧的人。

我要给她留下最后一点尊严。

继而想到我娘的叮嘱，"小鱼，我的女儿，从此以后你要更加的坚强地活下去……你要，记得娘的话……"

我怎么能这样死？死在自己亲爹的手里？！

而这时候，安陵浩终于又问了句：“陈孝言，你真的要杀死自己的女儿吗？”

陈孝言道：“与其让她落在你们的手里受凌辱，不如这时候便让我亲自杀了她干净！”

安陵浩道：“只要你交出……”

他的话还没有说完，陈孝言便打断了他，“不要多说了，那是不可能的！”

安陵浩的眼睛里没有丝毫的情感，脸上却做出非常同情的样子，“陈鱼啊陈鱼，这是你爹绝情，却不能怪我无义，我没有办法帮你了。”

眼见着陈孝言的弓拉得更紧，我忽然向安陵浩道：“我知道在哪里！你想要的东西，我知道它藏在哪里！”

我的话音刚落，陈孝言的弓箭已经如流星般射出。

那箭几乎要飞到我的面前时，忽然从另一边飞来一柄短刀，刀箭相击下，火星四溅，我啊地惊叫着闭住了眼睛。好在，那箭终是被打偏，落在我身边不远处。

我当然知道是谁救了我。

二话不说，爬起来便往安陵浩的身旁跑去。

听到陈孝言歇斯底里地喊道：“放箭，射死她！”

安陵浩不管两边箭矢乱飞，气定神闲地道：“你刚才没有骗我？你真的知道朱邪藏宝图的下落？”

第一卷：国破山河

其实我根本就不知道朱邪藏宝图到底是样什么东西，但在于生死攸关的时候，我只好强装镇定，点点头道："是的，我知道。"

　　陈孝言隔空喊道："安陵浩，你上当了，那臭丫头怎么可能知道宝图的去处，她不过是为了活命而乱说的！"

　　我的心就像被冰雪渐渐地浸透般地冷。

　　安陵浩盯着我看了片刻，终是笑了起来，并且亲自解开了绑着我的绳索，"从此刻起你是我的贵宾，如果你真的能够替我找到那张宝图，你想要天上的星星，我都能为你摘下来！"

　　眼见着陈孝言已经拿我没有办法了。

　　离越京越来越远了……

　　那日行至一处湖边，忽记起自己前几日赶着马车去越京的时候也经过了这片湖，还曾在这里稍做休息。

　　安陵浩坐到了我身边，道："那张宝图，真的还在陈王府？"

　　我点点头道："一定还在陈王府，而且是藏在极不易找到的地方。当初凤翔城被破，陈孝言为逃命抛妻弃女，匆匆离府，定是没有来得及将那张藏宝图带在身上。再说，那时候出了府也很容易被歧国的士兵抓住，放在身上反而不安全，因此，藏宝图定还是在府中。"

　　"嗯，本太子也是看出你没有说谎，否则陈孝言不会在听到你说出知道地图藏在哪里的时候而决然射杀你。"

　　"哦……"

　　一路上，我始终很坚定地声称，朱邪宝藏图还在陈王府，而安陵浩似乎也相信了。除此之外，我们之间几乎再没有其他的交流。

　　一日，我问道："那张藏宝图到底有着什么样的魔力，难道只是因为内藏巨大宝藏而竟然使太子殿下如此看重？而且还要整个凤翔城的人都付出生命的代价？"

安陵浩竟然没有生气，只道："一城人的生命代价又如何？如果能够换得天下太平，他们的付出都是值得的。至于那张藏宝图中所绘之地，藏着的却是荆北国第一代国君朱邪平生抢掠来大量金银财宝，其中有不少罕世遗珍自不在话下，更重要的是，那些藏宝内竟然有朱邪的军师，一代奇人无垢山人所留下的一本《无垢山人之奇门遁甲》与《无垢山人百计退敌手书卷》。此人上知天文地理，下懂奇门遁甲，阴阳八卦，精于对敌布阵。想当年，朱邪正是靠着无垢山人所向无敌的八大奇阵，铁蹄踏遍南北山河，最终打下了荆北这片河山，自立为王。而无垢山人在朱邪称王后，便功成身退，隐于山林，但是他临走时留下来的这两部记载了他所有才华的奇书，却被朱邪当作珍宝收入他的藏宝之处。据说其中巨额藏宝足以得天下，而这两部奇书更是各国兵家必争之物，所谓"得图者，得天下"。可惜朱邪虽藏下令世人惊叹的珍宝，却英年早逝，后来人皆为它而引出一轮轮的血雨腥风……"

说到后来的时候，却仿佛很是嗟叹。

其实经过这几日的相处，看得出安陵浩也是饱读诗书，满腹经纶之人，言谈间透露出他并非冷血无情。但我知道这只是表象，他眼里偶尔流露出的阴狠，足以使人看出在他如书生般温和风流的外表之下，隐藏着怎样野心勃勃和残酷的心。

那夜，我被安排在他的隔壁房间，门外两个武士把守着。

我知道我没有逃跑的机会，这几日来我时时都在想办法离开这群残酷的人，但是没有办法，他们盯得很紧。如果没有逃跑成功，以安陵浩的性格，恐怕会立刻杀了我。我只能忍耐着逃跑的欲望，去想更有把握的逃命法子。

可是，今晚如果再不能逃脱，明日便要再进凤翔城，那时候想出来，恐怕更是难上加难。

第一卷：国破山河

我忐忑不安，翻来覆去地睡不着。

没有犹豫的时间了，能不能逃走，只在今晚。

将床单扯了下来，准备撕扯成条，但是刚刚撕扯了一条，两个守在门外的武卫就在问："郡主在做什么？"

我知道是撕扯声被他们听到，只能答道："没什么，口渴，喝杯水，不小心从床上跌了下来。"

两个武士哦了声，便不出声了。

不能让他们听到撕扯声，这可如何是好？最后只得将床帐也拆下来，与床单结在一起，发现还是很短，根本没有办法到达最下面。便将身上的外套也与绳子结在一起。当然，还是太短，我郁闷地盯着这根粗大的绳子，一筹莫展。再向窗下默默地看了会儿，浑不顾夜风冷冷地吹着，心比身体更冷。

眼睛微微一亮，蓦地看到楼下的阳台是伸出来一点的。

我萌生了一个大胆的想法，把这根粗大的绳子一头绑在窗棂下，再仔细检查是否结实，然后深吸了口气，小心翼翼地爬到窗外。双手紧紧地抓住绳子，双脚忽然凌空的那一刻，我才发觉原来我的体重超出了我自己的想象，双手蓦地一滑，差点就此跌下楼去。只能拼了命地抓住绳子，脚也迅速地找到了着陆点，紧紧地蹬在墙壁之上。

好不容易才稳住重心，额上已经渗出细细密密的冷汗。

我紧咬牙关，慢慢地向下挪动身体，终于，到达了三楼的阳台。心里一喜，便要将双脚踩在阳台之上，就在这时，我的视线也终于能够触及三楼，只见一个书生样的人正站在阳台之上。他显然是首先看到了我，所以在我与他的目光相触时，我大吃一惊，而他却只是静静地望着我。

吃惊之下，我只是勉强地站在台阳栏杆上，居高临下地望着他。

他不是别人，正是安陵浩。

我不明白他为什么会在三楼，或者他早已经想到，我会从窗口逃走？

不过这些都不重要了，重要的是我已经被发现了。

"你想去哪里？"

他终于开口了。

我惊惶失措，不知如何回答，惊恐地望着他越来越难看的脸色。他忽然将手向我伸来，我本能地以为他会杀我，没有办法躲避，蓦地松开了那根绳子，身体便在惊叫声中向下疾落。眼睛闭了起来，绝望铺天盖地地袭来。

就在这时候，手腕却被他一把抓住，因为惯力，我觉得自己的胳膊几乎要被扯掉了，因此龇牙咧嘴地痛呼，眼泪都快要流下来。

"贱人！你敢哄骗本太子！你根本就不知道朱邪藏宝图的去处！"

他的面容就如最冰冷的雪原，隐隐然有着凛冽的寒风，而我就要在这寒风中冻死。但我却忽然镇定下来，求生的欲望疯长着，无法想象如果从这里摔下去，该是怎样的惨状，有可能死不了，却残废了，这是最不好的结果吧？只好道："不，我从来没有骗过殿下，只是害怕进入凤翔城而已，那里有许多人被杀，那是个鬼城，是个鬼城！"

他更加生气，"什么鬼城！你胡说什么？！"感觉到他的手似乎有所松动，我挣扎着用另一只手紧紧地抓住了他的手，"殿下，请先救救陈鱼，或许殿下无法理解陈鱼的心情，但是陈鱼真的没有哄骗殿下！"

他的神色微微缓和，却又露出丝嘲讽："既然这样的惜命，刚才却为何如此大胆地敢跳下去？"

我无语。

他却并不想马上将我拉上来，只道："你可知，如果本太子发现你有一句谎话，必要你生不如死？"

我努力地点点头，"知道，陈鱼绝不敢有一句欺瞒太子殿下。"

他的唇角这才露出丝满意的笑容，"好。我救你上来，不过我希望这种事不要发生第二次。"

我连忙保证，"绝不会再发生第二次。"

生命如此耻辱。

就在这时候，却隐隐地听到悠悠的曲声。

竟然是那首曾经在红枫林内的天下客栈听过的曲子，只是这次的琴声却并不激昂，反而透着幽怨婉转。

如梦尘烟飘不散，风中的眼，匆匆流年褪不去动人容颜，爱恨绵绵留不住离去瞬间。一诺千年是不了的缘，难舍的是欢颜浮云遮住眼。心中的悲歌一曲唱不完，豪气和柔肠寄于天地间，曾经的繁华，转眼是青烟……

我心里忽然喜了喜，这声音很是熟悉，难道竟是紫郁？如果紫郁是在这里的话，那么凌战是不是也在这里？他既然是南越的陵王，总不能眼睁睁地看着我这个南越的臣民被歧国太子掳走。连忙从床上轻手轻脚地跳下来，冲到窗前。只见灯火通明之下，依旧有行人往来，但她却是在灯火照不到的地方，拨动着琴弦。

月白色的衣裳使她虽躲在黑暗的地方，却依旧很显眼，只是看不清脸上的神情和容貌。所以我并不能确定她到底是不是紫郁。

琴就放在她的双膝上，自弹自唱间，她缓缓地抬起了脑袋，直觉她是在看楼上的某人，或许这家客栈里便有她想见的人。她的歌声中透着浓浓的怨意和爱意，想必被她爱上的男子是很幸福的。

她能够唱出情真意切的曲子，恐怕也是个善良之人。

想到这里，便从衣襟上撕下块布，咬破手指，在上面写了几个字，"陵王救命！小鱼。"

如果她真的是紫郁，恐怕看到陵王两个字必不会无动于衷，如果她能够通知凌战，他必知道小鱼就是曾被他救了两次的女孩子，不知他会不会救我第三次？看着那块求救的血书随着夜风如蝴蝶般飘飘荡荡地落下去，却是正好落在那歌者的面前。

琴声渐渐地停了下来，歌声也停了下来，她拣起面前的布，只看了一眼便向楼上看来，我连忙伸出胳膊向她招手。

她却又低下头去，终是抱着琴，缓缓地离开了。

她的影子被灯光拉得很长，渐渐地与黑暗融为一体。我最后的希望也破灭了，看来，终是摆脱不了进入凤翔城的命运。

就在我要收回绝望的目光的时候，忽然发现刚刚隐去的影子又出现了，我以为是紫郁，不由大喜，仔细看时，来人却是个男子。他默默地走到客栈楼下，然后仰头往上看着，他脸上狰狞的面具使我吓了一跳，倒吸了口冷气，躲到窗后来，使对方看不到我。

耳听得一阵尖锐的哨声，好像是倾刻间开始的，门窗被踢翻的嘈杂声，接着便是令人心寒的金鸣交击声，我心惊肉跳地几步蹦到床上去躲在床幔之后。

忽然有人冲了进来，一把拉开帐幔，两人目光相触间，他道："跟我走！"

虽然他脸上狰狞的面具将我吓了一跳，但是他的声音我认得，正是之前在马车上救我的安陵辛恒。见我发呆，他一把拿掉面上的面具。

果然是他，依旧是让人过目难忘的俊逸面容，依旧是如水的深瞳。

他说："是我，我是来救你的。"

我摇摇头，"我不会跟你走的！"

我怎么能够忘记上次在他们打退了黑衣人之后，留剑所说的那些话。他救我是有目的的，如果一定要从狼窝跳入虎穴，那么我宁愿滞留在狼窝，去面对那些，我已经知道的危险和将来，而不愿去到虎穴，去迎接我根本就不知道会发生些什么的未来。

安陵辛恒还想劝说我，就在这时，听得两声冷笑。

眨眼间，安陵辛恒的面具又戴在脸上，遮住了他的容颜。转过身，果然是安陵浩不知何时已经来了，他的双目只盯在安陵辛恒的脸上，"辛恒，我的好皇弟，难道你以为你戴着面具就可以隐瞒自己的身份吗？这一路走来，你没有给你皇兄我，少添麻烦，等回到上京，我必要将这些事如实禀告父皇，看你怎么承担得起？"

安陵辛恒只是沉默着，不说话。

就在这时候，忽有人冷笑道："恐怕无法向皇上交待的是东宫太子殿下吧！皇上一定没有下令屠凤翔城，东宫太子殿下为了一己之私，害了那么多人的性命，如此任意妄为，视人命如草芥，晚上睡觉能踏实吗？"

安陵浩嗤之一笑，"留剑，你是越来越伶牙俐齿了！不过，还是想办法救救你的主子比较好！"

话音一落间，他已经徒手冲上，与安陵辛恒战在一处。然后另外一个戴面具的人也从外面冲了出来，加入战团。很显然，这个后来冲入进来的人，就是先前说话的留剑。他们每个人都有着很高强的武功，一时间，屋中劲风飒飒，眼花缭乱，我想趁着几人打斗，跑出房间外面去也做不到。

安陵浩果然不是安陵辛恒和留剑的对手，但我也看出一件事，那就是安陵浩下手时全力以赴，恨不得立刻杀死安陵辛恒和留剑。但安陵辛恒主仆却是剑剑留情，他们似乎并不想杀了安陵浩，安陵浩显然也感觉到了这点，打着打着，在与安陵辛恒对剑的时候忽然将剑扬到一边不再反抗，身体却直直地向安陵辛恒冲来。

安陵辛恒吃了一惊，抬起自己的左手打向自己的右手，硬生生地使自己的剑和身体改变方向。安陵浩就利用这点空隙，竟然蓦地冲到了我的面前，手指成爪状，蓦地扣在我的喉咙之上，"安陵辛恒，你最好收手，否则我立刻杀了她，那么谁也别想得到朱邪宝藏！"

安陵辛恒大概收剑收得太急，伤了自己，微微地轻咳了两声，留剑忙道："公子没事吧！？"

安陵辛恒默然地摇摇头，沉吟片刻，终将如水深眸转向我，满眼歉疚。

我忽然明白了什么，只瞪大着几乎快要流泪的眼睛，低低地向他乞求道："不要这样做，请你救救我——"

被扣住的喉咙痛得很厉害，而那只手没有丝毫的松动，感觉到安陵浩的目光中有阵阵的杀意，我知道，他说得到做得出，如果安陵辛恒不肯退去，他是定会杀了我的。

安陵辛恒的声音里有些让人无法接受的无奈的冰冷："安陵浩，虽然我一直不赞成你滥杀无辜，但是今日，我赞成你杀了这个女子，或许她死了，各方人马便对这朱邪宝藏死心，不会再引起血雨腥风。"

安陵浩的手抖了下，他似乎也没有想到安陵辛恒会说这样的话。

两串泪珠终于从脸上流了下来，我绝望地说道："你们卑鄙，无耻！你们都是，以天下为重的大英雄，大丈夫，而我只不过是个小小女子，那么艰难地想要活下去，甚至一再摒弃自尊，但是你们始终不肯放我一条生路！我不要死在你们的手里！"

说到这里，不顾安陵浩随时都能杀了我的事实，蓦地推开他的胳膊，同时抽出他小腿上别着的短刀，便毫不犹豫地往自己的腹部插下！

剧痛……

我看到他们都愣住了，安陵辛恒往前走了一步，"陈鱼，你——"

我愤怒地低喝道："别过来！你们这些卑鄙可耻的人，我不要你们的脏手再碰触到我！否则我做鬼也会恶心死！"话说完，已经将短刀猛地从身体内拔出来，鲜血喷溅时，眼前阵阵发黑。

我将带着血的短刀哐啷地扔到安陵浩的脚下，哧地冷笑一声。

在他们的注视下，我一步步艰难地往屋外走去。我知道我已经走到了人生的尽头。可惜啊，我甚至还没有把我娘的灵位送给我爹，她到现在还没有进入陈家的祠堂，要成为一个无主孤魂了。

娘，小鱼对不起您……

终于到了门外。

夜风拂面，渐渐迷糊的脑海忽然清醒过来，身体却越来越没有力气，我娘的灵位和我爹的陈王令牌都从手中滑了出去，我只觉得双腿发软，身体支撑不住地往后跌去。但我并没有倒在冷冰冰的路上，而是倒入了

一个有力的怀抱中。

耳边则是他霸道的声音，"你答应了本太子的事还没有做到，这时候想死，痴心妄想！"说着便往我的口中塞一粒药丸。

我抬头看了他一眼，竟然乖乖地将那药丸含于口中，但是并没有咽入喉咙，只是轻轻地压在舌头之下，勉强地挤出一丝微笑，虚弱地道："太子殿下，很感谢，到这个时候，你想救我，做为报答，我应该告诉你朱邪宝藏的下落，将你的耳贴近我……"

他目光微动，终是将耳贴到了我的唇边。

我冷笑着告诉他："安陵浩，我会永远记得你带给我的一切，做鬼也不会放过你的。你以为我会真的告诉你地图的下落吗？你才是痴心，妄想！所以，我不会接受你的药！"说着又将药丸吐了出来，任它滚落在地上。

安陵浩听了，眉间煞气蓦地加重，"贱人！"随着喝声一掌拍在我的胸前，只觉得剧痛之下气息一滞，头脑忽然空白，就这样进入了虚妄世界……

我以为我死了。

但是只过了片刻我又醒来，听到杂乱的金鸣交击声，抬眸看去，却是安陵辛恒和安陵浩及他们的属下，正跟一帮满身都是刺青的大汉战在一处。

我的身边还扔着我娘的灵位及陈王令牌，我从客栈里艰难地走出来，本意便是要给我娘找个安身之处。如今见他们混战一气，没有人顾及到我，大概也都是以为我死了，我便悄悄地爬了起来。

虽伤口剧痛，却不能改变我的决心。

双手捂着伤处，扶着墙壁，一路往前而去……

进入了最近的巷口，走了几步，便见有扇门虚掩着，也不管是谁家小院，不顾一切地闯了进去。天已经快亮了，青色的空气却将一切都映得模模糊糊。有片黄色的菊花，没错，是菊花。

这片菊花很漂亮，而且我已经没有办法走得更远了。

扑入到菊花丛中，冰冷的露水在刹那间沾在我的衣裳，我不由自主地打起了寒颤，只是凭着本能，用手刨开湿湿的泥土，那我娘的灵牌和我爹的令牌埋入土中……

对不起这家主人。

也对不起娘，只能让陈孝言的令牌，这毫无感情的死物继续陪着她而已……

就这样吧。

或许我很快就会与我娘见面了……

冷，好冷，这便是，这个人世留给我的最后印象了……

……

段姑姑是这个小小的雀镇上唯一会酿酒的人。

她酿的酒叫做蛇麻花酒，从初时的选材到最后的蒸酒进坛，都是她独自完成。一般的酒都是用粮食酿成，而蛇麻花酒是用一种叫作蛇麻花的花酿成，不似一般的酒那样浓烈，却另有番难以言说的好味道。

她所酿的酒有限，每日卖的不过三坛，可谓是供不应求，所以小镇上爱喝酒的男人们都对她礼敬三分，生怕下次她不卖酒给他们喝。

我之所以能够进入她的小院，完全是因为她所酿的蛇麻花酒，经过整晚的蒸煮，必要在黎明时分露重之时装坛封存，才可以酿出最好的味道，所以那时她正在忙碌，院门也较常人家的院门开得早。

据说当时安陵浩带人搜到蛇麻花酒小店的时候，她将已经昏迷的我藏在大酒坛里才躲过他们的搜查。

因为我受伤太重，她只是用蛇麻花酒替我洗伤口，然后每日里灌我几口蛇麻花酒。就这样，我竟然在没有大夫医治的情况下，渐渐地好转，直至苏醒。

所以我对她，还有她的蛇麻花酒，都是充满着感激之情。

第一卷：国破山河

伤愈后便力所能及地帮她做些事，可是她蒸酒是秘术，并不打算让我知道其中的关键。是以，我最多只能替她去雀镇外的山坡上摘取蛇麻花而已。

但是因为安陵兄弟还时不时地派人来小镇寻找我的踪迹，出去了两次之后，她便不让我再出门。

转眼间，已经入冬。

那日推开门，忽见满眼的莹白，寒冷又清新的空气扑面而来，心情不由自主地雀跃了下，回头便向段姑姑喊道："姑姑，下雪了！好漂亮的雪啊！快来看啊！"

她闻言便也缓缓地走了出来，道："我早已经看到，却是你这丫头起得晚，这这时候才看到。"

我的脸微微地红了下，"姑姑，让我帮你一起酿酒吧。"

"不需要。"

她总是这样严肃，惜言如金似的。

我也已经习惯，笑了笑便进入厨房，准备两人的早餐。

两人的饭食由我一手包办了，这应该是在吃了七八天的米酒甜醅后，我终于发觉嘴里已经淡得尝不出别的味道了，这才试着去做了顿小菜米饭，结果她非常喜欢，直接导致我做饭的兴趣大增，慢慢摸索之下，竟然是越做越好。

我很感谢她能让我分担一些事情，这样使我在这里生活的更加安然和自在。

饭后，她照例去蒸酒卖酒，而我则进入自己的房间去看书，没看多久，那长久埋在心中的痛苦和绝望，便又如潮水般地涌上来，缓缓地将我淹没。

拿起笔，在纸上一阵描画。不知道段姑姑是什么时候进来的，只是当我把安陵辛恒那张又英俊又可耻的面容栩栩如生地画出来的时候，她便冷不防地将画纸抢了过去，如同发现了什么难以置信的事情般，错愕地盯着安陵辛恒的画像看。而我也因为这突然的变故，从那无法安抚的愤怒中清醒，毛笔从手中滑落在地上。

段姑姑定是看出了我对画中之人的恨意，她向来都是劝解我去放开的。

"姑姑，我……"

"你怎么会认识他？！你如何会认识他？！他是谁？他是谁？"

"他，他是安陵辛恒……"

我从来没有见过她如此失态，紧张之下，说话也结结巴巴，"他是，是，歧国太子安陵浩的人……姑姑，你，没事吧……"

"安陵辛恒？"

我点点头，想到当时的情景，心中泛起一阵愤恨，却是硬生生地掩饰住，闷闷地答道："对，他的名字是叫安陵辛恒。"

两行清泪从她的脸上滑落，刹那的惊喜，"我，终于知道他的名字了，哼哼，终于被我知道他的名字了！"

说到这里，神色又忽然变得悲凄，至最后便只剩无尽的怨毒，"他是安陵辛恒吗？他是什么人，他在哪里？是不是他害得你受伤？小鱼，你快点告诉我，他到底是怎么与他认识的？……"

"姑姑，你和他之间……"

"快点回答我的问题！"

她几乎是咆哮了起来。

我被吓了一跳，见她蹲下身体，将自己埋在书堆中，眼睛紧紧地盯在我的面上，已然做好了听的准备，我便只好将与安陵辛恒及安陵浩相识的经过细细地述说了一遍。除了朱邪藏宝图和我是陈王之女的事情做了隐瞒，其他的都如实禀告。

她听得很仔细，脸上的神情随着我的述说有着微微的变化。

我的内心很是疑惑，能够让她如此失态而不能抑制激动情绪的，除

了感情还能有什么事呢？只是我很难想象，面容枯槁，看起来至少有四十岁的女人，怎么看也看不出美的女人，竟然会与年轻英俊的安陵辛恒有着感情上的纠葛吗？

这真是让人奇怪啊。

直说到我负伤逃跑，进入了她的小院的时候，才停了下来。

她冷冷地道："照你的说法，这安陵辛恒竟是非常的年青，不过双十的少年人而已？"

"嗯。是的。"

"不可能！他怎么可能是双十年华的少年人？他现在应该有四十岁了才对！"

"段姑姑，你说的是何人？"

"我不知道他的名字，但我清楚的记得他的模样，就是他，就是他……"

她脸上的冷漠不知为何就消散了，取而代之的是惶然和无助，"可是，如果不是他，这世上又怎么会有如此相像的人？你说，他到底是谁？"

我将怜悯的目光投向她，如此看来，她所说的那个男子，只是与安陵辛恒容貌相似而已，必不是安陵辛恒本人。而且可以肯定，那个男子必然深深地伤害过她。

一时间，两人都不知道还能说什么，怔怔地坐了片刻，这件事便就这样过去了。但是她却将那幅画收藏了起来，此后的几天里，我发现她都躲在一角，盯着那幅画像发呆。

终于有一天，她不再去蒸酒了。

那日上门买酒的人都被我打发走了，回到房间里却见她坐在梳妆镜前，细细地梳理着自己乌黑的头发。

她的容貌虽然干涩难看，但是头发竟如黑缎子般柔滑明亮。

只看背影，亦觉得她身量柔美，如行云流水般令人可爱，又如山间的一阵风，徐徐温和。我走到她的身后，接过她手中的牙梳，"姑姑，让小鱼来为你梳头吧。"

她从铜镜里盯着我的脸，眼睛里冷冷的没有温度。

我无视她对我的观察，认真地为她绾发。也不知道过了多久，才听她道："原来你绾发如此高明，我已经多年没有梳过如此精致的发髻了，这发式应该是有名堂的吧？"

我笑着点点头，"是啊姑姑，这发髻叫相思缭乱。如果有红玛瑙坠于发上，会更形象。"

这原本是我和我娘住在陈王府时，我常常为她所梳的发式。因为我总觉得丫头们为她梳出的发式都过于死板和沉闷，而我娘的内心里，早已经因为陈孝言而相思缭乱，所以我总喜欢硬将她按坐在铜镜前，将我自己心目中的发式梳出来，使她显得青春朝气些。然后拉着她去园子里转，希望能够引起陈孝言的注意，使他不再冷落我娘。

但这个办法终也没有起到什么作用，我娘还是被陈孝言无情地抛弃了。

想到这里，手里的牙梳竟然嚓地轻轻一响，被我折成了两断。

这轻轻的断裂声使两人都惊了下，我惊慌不已，马上向段姑姑叩下头去。

自从我伤愈后，她便要求我不要记得从前的仇恨，要化去心中的戾气。而我向来只是表面应承，私下里却让那仇恨愈演愈烈，每日每夜地，一颗心如被放在炙焰上烤着般的疼痛。是他们，将我娘逼死，是他们，逼得我绝望自刎。

虽我最终并没有死去，但那被逼得不能活下去的绝望，却那样深刻地在我的心中划出深深的一道血的伤痕。

很意外地，她并没有冷冰冰地责怪我。

反而将我扶了起来，"小鱼，我知道你心中有着深深的仇恨，以前，姑姑总是让你放下，但这于你只是更深的痛苦吧？说到底，人生在世，却不是为了去原谅别人的过错而活的，而是为了可以尽情如意地以自己

的方式生活而活着。所以，姑姑以后不会再勉强你放下仇恨，只是，你还小，一切都可重头再来……"

……

后来的几天里，段姑姑的变化很大。

从前一直素颜不喜装扮的她，竟然每日坐在妆台前对镜贴花黄，初时我只是好奇，直到有一天发觉她忽然变得很美丽。并不是说面容有多大的变化，只是原来枯槁的面容渐渐地白皙灵动起来，水眸如秋波，眉如远黛，最令人诧异的是她的双唇，似乎总有未语先羞的感觉。

这种变化仿若是出自骨子里，但又不完全是。

这时候，年龄感神奇地从她身上消失了。

她见我看得发呆，笑道："很惊奇吗？"

"嗯。"

"没有什么好奇怪的，你还是个小丫头，很多事你不懂。这才是我的真正面容。"

"噢。姑姑，你好漂亮。"

"哧——"

她很轻蔑地笑，"有着姣好的容貌对女人来说是上天的恩赐，是生存在这个世上得天独厚的最有利条件，但也是最无用的。小鱼，姑姑就要离开了。这几日，我会将蒸酒的秘术传于你，让你可以在这里继续好好地生活下去。"

"啊！姑姑，你要去哪里？"

"你不用知道，总之，我或许再也不会回到这里了，这座小院，从此以后便送于你，是属于你自己的真正的家。小鱼，不到万不得已，千万不要舍弃这里的平静，否则的话，你肯定会后悔的。"

"噢。可是姑姑，既然这里的平静如此难得，你为什么却要离开呢？"

"因为我的人虽然在这里平静的小院中，心却一直不能平静，我要亲自去结束这一切，给自己一个答案。小鱼，每个人都不有同的故事和不同的选择，而我现在的选择，便是离开这里。"

"姑姑，我明白了。"

后来的几天里，蛇麻花酒关门谢客。

她每日里都打扮的很漂亮，并且总是将自己的双手泡在蛇麻花酒里。

后来她告诉我，把手泡在蛇麻花酒中，不但可以使手的皮肤白皙，而且摸触起来更加细腻柔软。说到这里却莞尔一笑，"你可不能小看手的魅力，男子都是很喜欢又软又柔又漂亮的手，可以说，手便是女人的第二张脸。"

我心里却只想着，这个蛇麻花酒却是难得的很，好像除了可以当酒喝，其他的功用也很强大，倒要好好的学来。

她一边泡手，一边教导我蒸酒的方法，从选材到最后的蒸酒装坛，都由我独自完成。

之后的一天，我睡得熟，不知不觉天已经亮了。蓦地清醒，连忙跑到酒房内，果见段姑姑已经站在房中，望着大灶头和蒸酒桶发呆。我深吸了口气，惭愧地道："姑姑，对不起，我竟然起来的晚了。"

"今日晚了，并没有关系，今日可以不卖酒。此后的三天里，你都可以不卖酒，而且不至于饿肚子。但是三日之后，如果你还如今日般起得这样晚，那么你就会花光这里的最后一锭银子。"

"谢谢姑姑提醒，我明白了。"

她再木然地看我一眼，随着如风般淡淡的声音，"我走了。"

她人已经轻盈地到了酒房外。

她穿着白色貂裘，仍是淡绿色的衣裙，脚穿鹿皮靴，如画的眉目在雪白的天地间显得更是桃花般动人。我往外追了两步，"姑姑，你是否要去找安陵辛恒？"

她站住了脚步，回身静静地道："你很聪明，你猜对了，我确是去找他。或许不是他，只是他与我要找的那人容貌几乎一样，或许他们之间是有着什么样的关系，父子？叔侄？或者只是天下之大，难免有容貌相似之人？无论如何，我要去验证这件事。"

"姑姑，你万不可相信安陵辛恒，他是个很无情的人。"

她淡然一笑，"你认为，同一个错误，姑姑会犯两次吗？"

"姑姑，能不能告诉我，如何将真实的容貌隐藏起来？就像当初您那样，将自己弄得很丑，可是后来经过什么样的方法，又渐渐地恢复过来。"

"小鱼，你真不是个安分的孩子。"

她说了这话，仿佛很是犹豫，过了片刻道："你心里到底在想什么？小鱼，我真担心你，真怕将来你——"

"姑姑，告诉我吧！"

她终是无法拒绝我。从怀里掏出一个小小瓷瓶，接着说道："这个瓶子里装着的是芳樟醇脂，来自很遥远的西北，原本就是宫中女子用来害人的药物。将其汁液涂抹于脸上，可以使人几天内失去神采，十天后任何人都不会再认为你是原来的那个人，你会在短时间内不着痕迹地变丑，如果不得其解法，便再也不可能恢复动人容貌。而解法便是这蛇麻花酒，将酒汁擦于脸上，七八天后自会恢复原来的容貌。"

我连忙跪了下去，双手举过头顶，将那装着芳樟醇脂的瓷瓶恭敬接过，"谢谢姑姑。"

那漂亮的小瓷瓶被轻轻地置于我的手中，"世间事总是那么难以预料，难计得失，你好自为之。"

"谢谢姑姑教导！"

早上早起蒸酒，卖酒，定是吃饭，定时休息，闲了便看看书，或者在纸上乱画一阵。渐渐地，我发觉自己画安陵辛恒的次数越来越多，我想可能是因为，我对他有着别样的失望，这种失望不是痛恨，却比痛恨多了几分说不清道不明的郁闷。

因为他救了我的命。

但是最后，又是他逼得我不得不死。

我该记着他对我的恩？还是应该记着他对我的仇？

如今我却活了下来，难道真的让这些事随风而逝吗？

如此，我恐怕这辈子都会在郁闷中度过吧？

在段姑姑离开的那日，我便按照她说的方法，将芳樟醇脂在脸上密密地涂抹了一遍，药膏很清凉，除此之外并没有特殊的感觉。过了片刻，我看向铜镜，仿佛自己还是原来的样子，并没有什么变化。于是心里怀疑她是舍不得给我那可将人变丑的药，或者是给错了，这药却是没有什么作用的。

如此想来，便也微微地失望。

不知道为什么，我总觉得在这个阶段，掩住自己原本的容貌，仿佛是正确的选择。现在即是做不到，心里便有些忐忑不安。

果然，有一日，便听到外面嘈杂的声音。这是安陵兄弟又来雀镇搜索陈鱼的下落。

其实我当时既然已经在他们的面前自杀，后来也是躺了近一个月才苏醒，差点丢掉性命。为什么他们不能相信那个其实很无辜的女孩子已经被他们逼死了呢？难道真的要见到尸体才罢休吗？想到这里，心便更加地冷了，这两人狠毒如此，对于陈鱼这个人，竟是活要见人，死要见尸。怎样都不肯放过。

便是在这里蒸酒，也未必就是安全的。

这样又过了两日，那日清晨，我打开了小院的门，将蛇麻花酒的牌子刚挂在门旁的钉子上。

过了片刻，就有两个酒客进来买酒。

看起来都很粗豪的汉子，边走边道："段娘，终于肯开门了，可知道一段日子没有喝你的蛇麻花酒，嘴里都要淡出鸟来了！"

另一个道："是啊是啊！三坛一起给了我们吧！"

说着话已经到了近前，两人这时才看清站在酒架前的原来并不是段娘，不由自主地愣了下，露出陌生的神色，伸了脖子往房间里看着，"你是段娘的亲戚吗？以前怎么没见过？段娘呢？我们要买酒！"

"我姑姑有事出门去了，从此以后这里由我做主了。"

两人这才把目光又转到我的脸上，接着笑道："好，好，不管谁做主，有蛇麻花酒喝就好！"说着两人掏出银子丢在架子上，"今日这三坛都给了我们兄弟吧！今日大家都去凑热闹，恐怕除了我们也没有人来这里买酒喝！不过我看着是要出大事了，气氛很是不寻常，不过有陵王在，却也不怕！"

"唔，二位大哥却是要去做什么大事？"

"这个吗……"

他们互视一眼，犹豫着要不要回答，我也不勉强，笑道："既是如此，今日三坛酒就卖给两位了。"

其中一个接过酒，"段姑娘，不是我们不告诉你，实在是你们姑娘家都不懂这些事，说了也没有什么意思。"

另一个道："没错没错，我们走吧！"

两人出门的时候，我便听他们议论道："真是奇了，原来的段娘就是像木头渣似的脸，白糟蹋了漂亮的眉目。如今这小姑娘，竟然与段娘一般无二的，像木头上刻上了人的五观，真是越看越诡异……"

"是啊是啊！姓段的定是上辈子做了让老天不高兴的事！才生得出这样丑的女人！"

"哈哈……"

我摸摸自己的脸，很明显地感觉到仿佛并不是我自己皮肤，心里紧了下，迅速地跑回房间，对着铜镜仔细地看着自己的脸。乍一看，仿佛还是老样子，但是再看第二眼的时候，便会觉那是个陌生的，连我自己都不认识的人。那是种不着痕迹的干枯，仿佛比几天前老了几岁，皮肤发黄，连眉毛似乎都变得稀疏，咧嘴笑笑，并没有笑的感觉，木然的神情浑然天成。

暗暗地想，段姑姑所用的易容药，果然是神奇的很，恐怕从此以后，这世界上便没有人再认的我是陈鱼。

这日，我去了闹市，走了没几步，便见到墙壁上贴着张寻找陈鱼的告示。画中人物与从前的我，不但容貌相似，气韵也是跃然纸上。看着这幅画，我才发现原来曾经的我，脸上竟然带着几分刁顽和调皮，似乎还有几分如水的清纯天真。我用自己长长的粗辫子轻扫着告示上我的脸，暗想，这寻人告示未免画的过于认真了，也是，画的认真，可能寻找起来才会更加容易。

而下面的落款分明是清风楼。

我知道这清风楼是雀镇第一酒楼，接天下人，接八方客，是个极热闹的去处。想来毕竟这雀镇还是南越境内，安陵辛恒和安陵浩再无视南越国，却也不敢明张目胆以自己在歧国的身份下此告示。

只是不知道，这清风楼内等待着的，是安陵辛恒还是安陵浩。

抬眸间，发现这条小巷内原来是隔几步就有这样的一张告示，当下便一一地揭过去，卷成一大卷，拿到小巷尽头的僻静处，吹着了火折子，点燃了这些告示。虽然这其实是件没有意义的事，但我的心中却仿佛有着极度的悲伤。这世界好大，竟然没有陈鱼的立足之处，看着这些告示在熊熊的烈焰中，缓缓地化为灰飞，倒像是在祭奠那个已经死去的陈鱼。

是的，在我爹无情地要射杀我，在我终于抽刀自杀的那一刻，曾经的陈鱼，已经死了。

有个乞丐见这里有堆火，便试着走过来，伸出手来烤火，"好冷，姑娘，你是否也冷得受不了，才点了堆火，这烧的啥？"

第一卷：国破山河

我勉强地露出一丝漠然的笑，"并不是因为冷，而是烧来祭祀我一个已经死去的朋友。她死的好惨，她本是个向往着外面世界的单纯女孩子，却为了想要活下去而卷入了一件要命的争夺，失去了尊严。但是，还是被一群道貌岸然的男人们逼死了，她死得好惨，好可怜……"

乞丐噢了声，大概是觉得晦气，立刻离开了火堆，拍拍身上的尘土，跺跺脚，骂骂咧咧地离开了。

当接二连三地有乞丐来到火堆前取暖的时候，我才发现街道上原来有许多乞丐，他们个个风尘仆仆，仿佛都是从很远的地方来的。不过这堆火很快就消失了，一阵风刮来，雪和着灰烬被吹起，很快便湮灭了这痕迹。

我不由自主地打了个寒颤，问身旁一个瑟瑟发抖的乞丐，"你们是从哪里来的？怎么会忽然都到了这里？"

"你不知道吗？从明日开始，陵王要在雀镇派粥半月，所以我们特地赶到雀镇来。"

"是啊是啊！想想这几年若不是陵王常常派粥，说不定我们早就饿死了。"

"噢……"

仔细观察，这些乞丐虽然都衣衫简陋，但是都是四肢健全，身体健康的年青人。心中顿时对他们没有了好感。

这样的人居然也当乞丐？他们明明都是身强力壮，可以养活自己的人。而且立刻想到，陵王定是凌战，心里更加地替他冤屈，他派粥必是为了那些无力养活自己的老弱妇孺，却不该是这些强健的男子。

我心里如是想着，却道："难道你们一直是跟着陵王的脚步吗？他在哪里派粥，你们就跟到哪里？"

我的话立刻引来敌视，"你什么意思？"

我不再多说，扭头就往家跑。他们也只是在后面大骂了两句，并不追来。我想着不由地发笑，其实我根本也没有权力去说他们些什么，南越如果治理的好，必不会出现这种情况。南越即有陈孝言这样的王爷，那么玄皇当然也不是什么好人，落到城池被屠，百姓怨声载道，实是他们咎由自取。

我现在想的只是明天可以见到凌战了。

虽然我其实与他不算相熟，但是在我陷入绝望的时候，想到的能够救我的人，竟然只有他。

当然，现在已经基本渡过了险境，不过能够在这冰凉的世界里，见到一位故人，还是比较开心的。蓦然又想到，他派粥救助这些乞丐固然是在做侠义的事情，只是当初却为何不能够救我和我娘出凤翔城？虽然后来他又救了我一次，我亦讲明之前的恩怨一笔勾销，但心里还是隐隐地有个难解的疙瘩。

因为越到后来，我越发现，原来在这个世上，我便只有我娘一个亲人。但她却在无助和无奈中，被歧军杀死。

即将见到凌战那淡淡的悲悲喜喜难以描述，那么复杂地盘桓心间。

伴着夜里渐渐溢出的酒香，望着炉底炙热的焰火，我终于决定，这生便只要远远地听着他的名字，看着他也就罢了。或许告诉他我是谁以后，将来的生活比较容易，或许我还能够借着他的力量回到陈孝言的身边，然后理直气壮地质问陈孝言当初为什么就那样的狠心，为了张破地图要杀自己的亲女儿！

只是如今，我不想给任何人解释的机会，也不想再给自己机会。就让我把这些撕心裂肺的仇恨，继续下去吧。

第二日清晨。

我照例挂了酒牌，打开门准备卖酒，可是等了很久，也没有人来买酒。我便干脆将酒搬回屋中，然后穿着厚袄子，踩着昨夜的新雪，去了闹市东门陵王派粥之处。远远地便见许多人排成三条长龙般的队伍，各人手里拿着粥碗，往前缓缓地移动着。闹市口三口大锅内白粥煮得嘟嘟响，白雾升腾间，粥香四溢。

一排士兵打扮的人在那里派粥，却并没有见到凌战。

整个过程很安静，没有想象中的那样失去秩序。就在这时候，忽见有个已经得到粥的人在端起粥碗不顾滚烫，狠狠地几大口将粥喝完后，便仰天长唤了声："陵王！——"蓦地跪了下去，五体投地匍匐，"陵王！您就是小人的再生父母！您的一碗粥，救了多少人的性命！陵王万岁！陵王万岁！"

他神情激动，眼含热泪，顿时使许多人的情绪受到感染，有粥的，没粥的，都虔诚地将粥碗高举，深深拜倒。周围有些围观的百姓，见状也都跪了下去，一时间，众人三呼万岁的声音响彻天地，"陵王万岁万万岁！"

有人饱含感情地喊道："在我们的心里，陵王才是南越真正的皇帝！他才是我们的皇帝！"

......

一时间，群情激愤，都咒骂起当今皇上来。

我冷眼旁观，心里只是在想，不知玄皇看到此情景会做何感想？他却是争上了皇位失了民心，而陵王则得了民心，可惜天下还不是他的。严格来说，众人对他的三呼万岁他根本受不起，如是玄皇较了真，已经可以以欺君之罪杀了他。

只是那样一个白莲花的男子，当真稀罕这三呼万岁声？当真稀罕这天下吗？

这样想着的时候，便盼着他果然是不稀罕的才好。

就在众人激动的涕泪长流的时候，有人高呼："陵王来了！陵王来了！"

我也本能地抬眸向前看去，果然就见远远的一人乘骏马飞驰而来，马上之人白衣翩然，目如寒星，正是许久不曾见过的凌战。只是，这次他却是单人独骑，身旁并没有冰若的相伴。难道冰若自那次从红枫林内的天下客栈离开后，两人便没有在一起吗？记得当时冰若离开时，凌战的伤心容颜，心下不免感叹，被这样的男子深爱着，她是如何舍得离开的？

马直奔到粥锅前，才长嘶一声停了下来，将那些士兵吓得扔了勺子都爬跪到旁边去。凌战潇洒利落地从马上跳下，他神情漠然冰冷，与众人的热情形成鲜明的对比，凛然的目光从底下跪拜的这群人身上扫过，竟然没有丝毫的自豪和傲色，反而有些愤怒般蓦地抬起剑柄，将几大锅粥都掀翻了粥顿时泼在冰冷的地上，和白雪之间起了阵很奇怪的声音和淡淡白雾。

凌战的声音便如雪原上的冰凌，说不出的冷和干脆，"这次不追究，你们快点散去！否则休怪凌战不客气！"

我茫然望着这一切，不明白到底怎么回事。

按道理说，即便凌战不是传闻中的那般爱民如子，但也不至于宁愿将粥锅打翻，也不让这群乞丐吃。要知一碗暖粥，对于这些忍饥挨饿的人真是太重要了！

就在众人貌似也被这幕惊住的时候，他继续冷冷地道："你们即刻离开这里！以后别让本王再看到这种情况，否则的话，将你们全部都抓往天牢！"

"陵王！您这是什么意思？今日兄弟们能来这里，全部都是因为听说陵王要亲自派粥才来的！哪知闻名不如见面，本以为是南越真正的皇帝，我们心目中的皇帝，今日竟然亲自打翻我们的粥锅！所谓见面不如闻名，陵王真是太令大家失望了！"

"对对对！陵王不该是这样的人！"

"陵王啊陵王！您怎么能这样对待这些爱护您的子民？……"

各种议论和各种窃窃私语，立刻使刚才还在悲沧中带着令人感动的气氛，刹那间变得尴尬。

而我亦注意到，吼的最大声的正好是昨日在小巷中所见到的那几个精壮乞丐，也是他们在此之前，演绎了崇拜陵王到感激涕零的场面。这

时候，我忽然明白了凌战的愤怒，这场派粥恐怕并不是他组织的，只是有人利用他的名字，利用这场派粥，想要达到一些见不得人的目的。

而这些精壮汉子，显然不是真正的乞丐。但他们的言行和所造成的误会，显然已经影响了一些原来真正善良的人，他们原本虔诚的脸上，都出现了疑虑。

这到底是怎么回事呢？

如果不是凌战安排了这场派粥，那到底是谁安排的？又有什么样的居心呢？

我悄悄地问身旁的乞丐："你是如何得知这里派粥的消息？"

他看起来面黄肌瘦，我判断他是真正的乞丐。果然，他道："大家都知道，我自然也得到了消息，所以就来了！我们向来都尊重陵王，却不知今日陵王为何变成这样？"

我道："或许是因为有危险呢？你想，陵王向来都很爱护百姓，如今却要发这样大的脾气，很可能这场派粥就是阴谋，说不定有人利用这场派粥要擒陵王或许对大家不利，你觉得我说的有没有道理？"

那乞丐顿时满面郑重说道："如此一说，确有道理。向来便有人说，当今皇上对于陵王相当不满，虽然陵王当初为了百姓放弃争夺皇位，但是皇上登基后始终不能放下这件事，而且还将原来为贤王封号的他派去守皇陵，并封为陵王。但是陵王却违抗皇命，到处为百姓奔忙做好事，名扬天下，听说，当今皇上一直在找机会想要杀死陵王……"

"噢，原来如此……"

在众人神情各异，议论纷纷的时候，凌战忽然道："凌战只是个只有匹夫之勇的剑客而已，辜负了大家对凌战的期望。希望各位以后不要再听信派粥之言。自今日以后，凌战再不会行派粥之举。当今皇上政绩卓绝，相信只要各位好好努力，定能够求得温饱，继续过日子。今日之事到此结束，各位请回吧！"

话音刚落，便见一行人抬着个十六人大轿缓缓行来。因轿辇华丽，隐约可见轿中之人执扇而坐，尊贵无比。众人都不由自主地散开，让出条路来。轿子直行到凌战的面前才停了下来，轿帘掀开，便走出个身着华服的男子。男子头发以玉簪束起，脸若桃花，姿态闲雅，瘦雪霜姿，瞳仁幽深不见底，邪魅的双目微笑间，完全掩饰了眸子中偶尔流出的忧郁。

他竟然是逼的我不能继续存在于这个世界上的安陵辛恒。

他与凌战是完全不同的，如果凌战是高洁的白莲花，他则是悬崖上一株艳丽的梅树。两人站在一处，直美到让人窒息。是的，窒息。我狠狠地捂住了自己的胸口，就是这世间少有的，美丽不可方物的如宝石般耀眼的人，竟是败絮其中的小人！想到自己执刀自杀的那一刻，便将牙咬的咯咯响。

他永不会体会到当初我内心深处比死亡更深的绝望。

留剑依旧在后面跟着，背上背着那柄很宽很长的留剑。

这时，他竟然像老朋友似的，真诚又低调地道："凌兄，这却是本太子送给你的礼物，只是如何弄至如此狼藉？"

"在这里谢过，可惜歧国之西宫太子的大礼，本人却无力承受！"

"凌兄过于谦虚了。凌兄善名名扬天下，前些时日听兄感叹，入冬以来，这些无家可归的百姓们的日子越发地难过了。所谓，说者无意，听者有心。本太子恰好逗留在雀镇，于是替凌兄做了凌兄想做之事，我本以为，凌兄应该会很开心，没想到……"

"我南越地大物博，即使是乞丐，也不会食歧之嗟来之食。"

"呵呵，凌兄吃得饱，穿得暖，当然不能够体会百姓的痛苦，你看他们……"

安陵辛恒说着便用手中折扇缓缓地指过那些百姓，接着说："他们确是南越的百姓不错，但是你看他们，一个个衣衫褴褛，面黄肌瘦。他们在风雪中瑟瑟发抖，晚上，他们不知道要居在何处，而这碗粥对他们，其实很重要。他们当中或许就有人因为没有吃到这碗粥，而挨

不过今晚，或许，他们现在只想喝碗热粥，而不会计较这碗粥到底是凌兄所赐，或是我这个歧国的西宫太子所赐，因为善举不分国界。凌兄即是号称爱民如子，是南越真正的'皇帝'，而你竟然为了所谓的国之尊严，一已之私，不能够放下自己是南越国陵王的身份，打翻了粥锅，着实令人心寒。"

他这番话乍听在情在理，而且他说的时候，声音清冷，语气柔和，听着却像是肺腑之言，确有动人之处。

有不少乞丐大概想到晚上无家可归，或许会冻饿死在风雪中，不禁情绪忧郁沮丧，对于安陵辛恒所说的话深以为然。

百姓们又开始悄声议论。

凌战的唇角于是牵起一抹得意的微笑，"不过，大家不必感到惊慌，至少现在不必害怕，因为凌兄必不会眼见你们在冬日的风雪中受罪，会同意本太子重新起灶熬粥对不对？"

说着扭头静待着凌战的回答。

这时候的凌战，若回答愿意，便是与别国太子站在一处，将本国君主置于被人诟病嘲笑之处，而这件事若传到玄皇耳中，必要以判国之罪削他爵位品级，以此理由诛杀他也并不是不可。但是若回答不愿意，却又是不能以百姓为重，必然引起百姓非议，从此陵王善名不存矣。

凌战当然也能够想到这些，甚至想到了更多，他紧抿着唇，目寒如星，一袭白衣风中飒飒。他虽是天下闻名的王爷，却不知如何，此时此刻的身影里，有种难以言说的寂寞和无奈。而似乎所有人都在等待着他的答案。

可恶！

原来这次派粥，就是安陵辛恒特意安排，以此制造陵王声势，使陵王和南越国君之间产生严重的矛盾！

虽然我从内心深处拒绝承认自己南越国的臣民，因为它曾经那么无情地抛弃过我，辛苦到达越京的城门口，迎来的却是亲爹锐利的箭矢。

但是相对之下，我更加痛恨歧国，在凤翔城发生的一幕幕还那样的鲜明，仿佛昨日的事情。安陵辛恒怎么敢？怎么敢在这里大言不惭地标榜是为黎民百姓好呢？而且，他竟然是西宫太子。

想到安陵浩，当初有人称他是东宫太子。我倒没有想到，歧国竟然有两个太子，还分东西宫的。

不过这不重要，重要的是凌战此时正被安陵辛恒设计陷害。

我深吸了口气，从身边的乞丐手中夺过他的破碗，狠狠地扔在地上。

随着冬日里清脆的碎裂声，我挑衅地抬起头，迎上安陵辛恒和众人的目光，下巴昂得很高，冷然喝道："安陵辛恒！你还敢公然出现在雀镇！难道你以为我们南越国的人都是没有尊严的人吗？可以扔在砧板上任你宰割吗？你在凤翔城做下屠城之恶举，城内尸横遍野，万人坑上空食腐鹰群始终盘桓，难道这就是你说的善举不分国界吗？安陵辛恒，你不要自欺欺人了！我们宁愿冻死饿死在街头，也不会接受你这个杀人魔王，跟我们有血海深仇的劳什子歧国西宫太子的嗟来之食！"

听了我的话，人群中顿时有人议论，"对啊、对啊，听说凤翔城被屠，原来都是真的吗？"

"当然是真的，各位父老兄弟们，今日我……"

我差点大声喊出自己的名字来，惊异之下，脑海迅速地转动起来，要给自己起个名字。是段姑姑给了我重生的机会，又用了芳樟醇脂掩住了原本的容颜。只希望将来有一日，终可使陈鱼再度出现在这个世界上的时候，可以有张如月之皎美丽动人的容颜，那便叫……

"我段皎，就曾亲历凤翔城被屠，后来如果不是被一个好心人所救，今日已经不能够站在大家的面前……"

"是吗？那到底是怎么回事？"

"对对对，快说说！"

"小姑娘，快讲讲，到底是怎么回事？难道他们真的杀了整个凤翔城的人吗？"

"听说是确有此事的……"

我向凌战和安陵辛恒所立之处行去，百姓们都自动地分开，让我顺利地走到两人面前。他们在看清我的面容后，都不约而同地露出了错愕的神情。但我知道，他们经过第二眼的判断之后，便会确定我并不是陈鱼，而只是一个和陈鱼有几分相像的，陌生的丑女孩。

我的目光只是在凌战的面上淡淡地掠过，便盯在了安陵辛恒的脸上。

我哧笑道："若想人不知，除非己莫为！今日便让我这个侥幸逃出凤翔城的小人物，来讲讲你们歧国的恶行吧！"

安陵辛恒水眸深沉，只是冷冷地道："你是谁？可知你正要卷入一件什么事？"

我像没有听到似的，径自站到了旁边的大石上，这才转目道："安陵辛恒——西宫太子？哈哈，真是笑死人啦！听说歧国已经有了个太子，却不知你这西宫太子在歧国到底是怎样的身份？是摆明了要和自己的兄弟争夺皇位吗？"

安陵辛恒竟是极能忍耐，居然没有发怒，只是静静地看着这些嘲笑着他的人。我心里很是爽快，果然"西宫太子"便是他的死穴。恐怕他如此自称的时候已经是觉得很耻辱，更不喜别人如是说。

一个雪团突如其来地飞向安陵辛恒，留剑很自然地伸手一挡，将雪团抓在手中，将雪团捏成雪末，洒落在地，唇角泛起一丝不屑的冷笑，"凭你们这些贱民，也敢伤西宫太子！"

她的话音刚落，就有无数的雪团向她和安陵辛恒飞去……

"滚！歧狗快点滚！"

"杀了他们！"

"对，杀了这些歧狗！"

……

留剑旋转起长剑剑柄，想要挡住雪团，可惜雪团在她的剑柄上爆裂后，雪末照样往后飞去，片刻间，她便浑身都是雪末，犹如是个雪人。

……哈哈

看到他们的狼狈模样，我真的感到很开心，便也去旁边团了数个雪团，然后瞅准了，蓦地扔在安陵辛恒的脸上。因为留剑在前面挡着，他之前其实并没有被雪团打中，如今这一下却是因为我在侧面，离得又近，根本不在留剑能够挡下的犯围内，雪末沾满安陵辛恒的脸。留剑不顾自己被雪团打，立刻更离安陵辛恒近了些。

我却拿着几个雪团，干脆走到了安陵辛恒的面前。

我想他一定能够感觉到我的仇恨。

我们面对面，他更躲无可躲了，我的雪团狠狠地扔在他的身上，一个，两个，三个……

安陵辛恒不再躲避，反而失神地看着我，"你，到底是谁？"

"我是谁重要吗？在你们这些大人物的天下大业面前，所有人的生命都贱如蝼蚁不是吗？你又何必问我的名字？我知道无法杀得了你，否则现在飞向你的该是锋利的长剑！"

安陵辛恒似乎还想说什么，却觉得有人一把将我拉到了他的身后，正是凌战。

"安陵辛恒，今日之事对你非常不利，你最好不要轻举妄动，还是乖乖地离开雀镇吧！以后也不要在我南越国之内兴风作浪，虽说当今皇上不会失礼于人，于情于理凌战更不能强行将西宫太子扣留，但是歧国屠凤翔城毕竟是事实，群情激奋下万一伤了太子，实在是得不偿失。而且凤翔城之事还在两国交涉中，西宫太子不易常常在南越国境内露面。"

安陵辛恒没有反驳，很认真地道："凌兄之善意提醒，本太子必将谨记在心。"接着却向我看来，"只是本太子见这位姑娘面熟得很，倒像是位故人，想带她去清风楼长谈，不知凌兄可有意见？"

凌战的目光向我转来，"这要看这位姑娘自己的意思。"

这当然不是用考虑的，直接回答道："对不起，我很忙，没工夫到你那里做客长谈。"

"那好吧，姑娘，今日之事，谢谢你。"

"不用客气，你还是快点想办法安置这些百姓吧！他们是真的慕陵王大名而来，你不会让他们失望吧？"

"当然。"

他随即吩咐下去，将这些百姓暂时安置在小镇公房里。每人发给崭新的棉衣棉被，由镇衙门将各人名字登记入册，每日先以公粮养之，并逐步将这些人按照身体素质及所拥有的特长和能力量才而用，分配到小镇各个用人之处，以期自力更生。

事情说起来容易做起来难，一旦吩咐下去，做起来还是需要费些工夫，凌战亲自监督指挥，忙到不可开交，甚至连额上都渗出细汗来。

我在旁边看了会儿，便默默地回到了自己的酒屋。

今日果然没有人来买酒。

我便进入厨房炒了两个小菜，然后抱着酒坛进入了房间，自斟自饮起来。想到安陵辛恒包藏祸心来到南越，便是不断地害人，再害人。真正的金玉其外，败絮其中。可惜了那绝世无双的惑人容貌。

想着想着，便笑了起来，安陵辛恒，你定想不到你曾经要逼死的女孩子，现在好好地活在这里，自由自在地喝酒吃肉吧。

我想我醉了。

我本以为，喝蛇麻花酒是不会醉的，而段姑姑也曾说过，蛇麻花酒只能使人微醺，但正是这微醺的感觉才难得。所以一旦喜欢上蛇麻花酒的人，便很难再戒除此酒。但是为什么，我好像不止是微醺。

视线模糊，手脚无力，终于趴在桌上不省人事。

也不知道过了多久，恍然间我觉得是进入了一个温暖的怀抱，不由贪恋地更往那怀里缩了缩。

下一刻，却被人惊慌失措似的狠狠地扔在床上。

疼痛之下，我蓦地清醒，"怎么回事？谁？！是谁？"

乍然看到床前站着两个人，却正是水眸温和的安陵辛恒和冷漠的留剑。留剑见我醒来，不屑地道："明明醒着却装醉！公子，她却是狡猾得很，你好心怕她冻死了，她竟趁机要往你的怀里拱，如此贱人，不知公子费心找到她做什么？还是让我杀了她吧！"她说着果然就双手成爪，想要立刻动手。

安陵辛恒忙阻住了她，"留剑，别乱来，你先出去。"

留剑气息一滞，终是无奈退下。

虽然在白天的时候，借着群情激奋算是替我出了口气，但在此时此刻，我仿佛才记起来他其实是个杀人不眨眼的魔头。他和那个东宫太子安陵浩，为了争夺劳什子地图，竟然害了一城人的性命！他和留剑都武功高强，而此时天已经黑尽，便是天亮着又如何？他们想杀死我，简直就跟踩死一只蚂蚁似的容易。

我不由自主地往床里缩去，"你想干什么？"

"你怕我？你以为我想干什么？"

"别杀我，我，我不想死……"

这句话说出口，我便愣住了。

天呐，我竟然在他的面前说出如此没有骨气的话来！霎时便觉血气上涌，自己将自己气得差点吐血。

他也愣了下，道："既然如此怕死，今日怎么敢坏本太子的大事？"

依稀觉得这句话很熟悉，不愧是安陵浩的兄弟。我已经不想说话了，只是失神地暗想着，娘，当你付出生命的代价，为你的女儿争取一线生机的时候，有没有想过你的女儿竟然是这样一个胆小如鼠，为了保住性命而对着自己的仇人求饶的没有骨气的人？如果你知道你的女儿终要变成如此模样，当时还会不会不顾一切地要保住我？

"你叫什么名字？"

"段皎。"

"真的吗？"

"是。"

"你在这里卖酒？酒是自己制的吗？这个酒香闻起来很特别。"

"这是蛇麻花酒，天下之大，卖此酒的地方，恐怕只此一处。"

"要不要请我喝一杯？"

"不好意思，每日只蒸三坛酒，今日的酒已经被我喝完了！"

其实还有两坛储着，桌上的一坛也并没有喝完。不过，虽然他可以取我的性命，却不可以逼我请他喝酒。他当然也明白我的意思，也不继续勉强，向房间里打量了一番，又道："你和我曾经认识的一个女孩子很像，但是她是不会求饶的，她很有勇气。不过，虽然我知道你们绝不是同一个人，我还是不想犯任何错误，必须要验证一下。"

"要如何验证？"

"留剑。"

随着他的呼唤，留剑走了进来，手里已经端了盆清水。

她将清水放在桌上，恨恨地瞪了我一眼，便站到了旁边。安陵辛恒从怀中拿出一包药粉，当着我的面将药包拆开，所有的药粉都落入到水盆中。过了片刻，药粉已经和清水完美融合，再不见药粉的踪影，而水还是那样的清澈。

"融入水里的药粉，有个很有趣的名字，叫'望穿秋水，伊人何在'，故名思议，望穿伊人真面目。这包药粉并不会伤害你的皮肤，但它却可以洗去你脸上所有的伪装，即使是再高明的易容药，也没有办法抵挡它的力量。你敢用这盆水洗脸吗？"

我记得，段姑姑曾经告诉我，这芳樟醇脂必须用蛇麻花酒方才能解去。只是这包药粉被他说的如此神奇，难保里面没有蛇麻花的成分，万一真的被洗去脸上的芳樟醇脂，不是要死定了吗？

我狠狠地摇头，道："我为什么要用这盆水洗脸？什么望穿秋水，伊人何在？你说没有伤害就没有伤害？我怎么知道你会不会拿毒药害我？还有，你这么会作诗应该去风花雪月的地方，而不是待在我这破旧的酒屋！如果没什么事请你立刻离开，我这里不欢迎你！"

留剑喝了声，"放肆！"

说着话已经将长剑甩在背上，两步走到我的面前，揪起我颈后的衣领，猛地将我整个脑袋按入水盆里。

"放开我，放——"

虽然只是小小的一盆水，竟然跟那条护城河一样，可以让人恐惧到窒息。

我奋力地挣扎着，可是怎么可能是留剑的对手呢？直到我快要被呛晕的时候，她才将我提起来使我能够呼吸口气，接着又被按下去。如此三番四次，终于听到安陵辛恒低喝了声："够了。"

留剑这才冷哼了声，将湿淋淋的我提到安陵辛恒的面前。

我手脚发颤，浑身发软，连脑袋也耷拉着，他伸手抬起我的下巴，仔细地盯着我的脸看。

眼中闪过一丝疑惑，又似乎觉得这样不能够看得清楚，便从怀中拿出帕子来，认真而仔细地将我脸上的水迹擦拭干净，并且不断地往帕子上看，待发觉帕子并没有变色，而我的脸也没有任何变化的时候，他的神情便变得很是复杂，疑惑和失望，沮丧和赫然……

"留剑，放开她。"

留剑的手一松，我便一口水喷在她的脸上，她啊地尖叫了声，仿佛我喷出的是毒水，惊惶后退下竟然拔出了腰间能够杀人的长鞭。还是安陵辛恒一掌拍在她的手背上，迫使她的长鞭不能够出手，然后带着她到了门外。

寒风在脸上一吹，她激灵灵地打了个寒颤，"公子……"

安陵辛恒道："你先留在这里，我再与她问几句话就走。"说着将刚刚他替我擦脸的帕子递给留剑，"擦擦脸吧！"

留剑将帕子接了过去，大概是蓦然想起他刚刚给我用过，于是又愤愤地扔在地上，将那条帕子在脚下踩了又踩，脸上的水珠只用衣袖抹去。

我好笑地看着这一幕，刚刚被她强行地淹在水盆中的怒气也消解了些，见安陵辛恒张了张口似乎不知道该说什么，我径自坐在了桌旁的椅上，以居高临下的语气道："既然知道错了，就快点离开这里吧。我的家，不欢迎陌生人来做客。"

"好吧，今日的事是我太冒昧了，打扰之处，还请原谅。"

原谅？

这个词听起来很刺耳，我恐怕是永远也不会原谅他的，沉默着没有再说什么。他于是向外而去，但到了门口却又回过头来，"不过，你真的和我认识的一位姑娘长得很相，但你却又真的不是她。"

"她是你的朋友吗？"

"不知道。"

"她是你的敌人吗？"

"算不上。"

"她叫陈鱼？"

他愣了下，眸中刚刚淡下去的疑虑又泛了起来，"你怎么知道？难道你见过她？还是跟她有什么关系？你们如此相像，难道你们是姐妹？"

我哧地笑了起来，"西宫太子，你的联想未免太丰富了。我只是看到整条街都贴满着寻找陈鱼的告示，她的面容和我是有几分相似，可惜，她好像比我漂亮灵动多了不是吗？而且那个叫陈鱼的女孩子，被画得惟妙惟肖，使人真的很怀疑，以为是她的情郎亲自执笔画来找寻她的。是她的情郎在寻她吗？"

不知道为什么，我觉得他的脸色微微地苍白起来，"并不是。不过如果你见过她，或者未来的几天里有机会见到她，请你到清风楼通知我一声，必有重谢。"

"好。"

他们终于离开了。

而我的心却越发的不平静，曾经的一幕幕，在脑中反复跳跃出来，久久不去。

清冷的月光照到我内心最黑暗的地方，冰冷而绝望。整个人如同被浸在即将凝固的冷水之中，连骨髓也要被冻成冰雪的模样。不知哪里传来阵阵的箫声，悠远的曲调像是在诉说着深沉的相思和离别。

我打开门，飞快地迎着箫声而去。

然而直到小巷口的时候，那箫声却渐渐地止息了。

任我再集中精力，也不能够听到一丝声音。

寂静的夜，只有我的孤独和绝望在思索。终是放弃了寻找，找到了又如何呢？会因为这箫声而成为能够分享仇恨和心事的人吗？说不定这吹箫之人是个大坏蛋，而这箫声只是钓鱼的鱼饵呢？

如此想着，我便再也不想去追寻什么箫声了，失神地回到酒房，机械地挂桶、搅拌、封闭、蒸馏，看着那如玉般的晶莹液体在暗夜中发出诱人的微光。浓郁的酒香充满了整个房间，灶下的烟火却已经渐渐地熄灭。

将最后一滴酒封入坛中后，我终于决定了一件事。

我想，恐惧，逃避，不敢面对，会使我的一生留下难以磨灭的耻辱。这些自以为是的男子们，真的以为自己是天，自己是地吗？如果他们真的是天是地，那么我也要颠覆这天这地，搅动混沌，让他们为自己的自大自狂、错误及无耻，付出巨大的代价！

青色的黎明，我奋笔疾书。

冬尽春雀来羽妍，

幕下翱镇秦御史。

太乙句陈处处疑，

忍使江鱼葬屈原。

日精才现月华凝，

却羡杨朱泣路岐。

吴越声邪无法用，

题所书宝月塔铭。

紫顶昂藏肯狎人，

正赞阳出滞之辰。

笔没有停，直写到夕阳西下，日落月升，方才让胳膊的剧痛被迫停住，猛地颤了下，笔也掉落在纸上。而屋子里更到处都是这首藏头诗，"雀镇陈鱼现，朱邪宝藏出"，想来以安陵辛恒和凌战的聪明，必能够参破这首不伦不类的诗。然后呢？会发生什么呢？

我的唇角静静地牵起一丝微笑，发生什么都好，反正都是莫须有的。

三更过后，夜深人静，冰天雪地，月朗星稀。

我拿着这些亲手抄写的诗篇，走到街上去。走一路撒一路，便像是送葬的人在为路旁的冤灵撒纸钱……

天亮了，我将酒牌挂出去，顺便往小巷两边看了眼，果然不远处似乎是有血迹，有些没有被拣走的兵器丢在原地。

暗暗地想着，昨日那首诗，肯定会被安陵辛恒发现，只是不知道这小巷中受伤流血的到底是哪路人？不管他们是哪路人，只要是为了争夺劳什子藏宝图，便是死得活该。

人为财死，鸟为食亡。所有的结果都是咎由自取。

很快就有酒客进来，边买酒边谈论着今日之事，"怎么回事？今日的街道上忽然多了许多当兵的？穿的衣裳都一样，不知道是咱南越的兵还是歧国的兵！前几天有个西宫太子，唉，昨天好像又来了个什么东宫太子。唉呀，兵慌马乱的，你说会不会打起来啊！"

"你还不知道吗？已经打起来了！昨夜，没有听到他们的厮杀声吗？"

"怎么办？雀镇这里已经不安全了……"

说话之人忽向我看了眼，笑道："如不是惦着这蛇麻花酒，我早就走了，不会留在这个小镇，事儿人多了！虽然说现在陵王就在此镇，但是他只是个看守陵墓的王爷，即无兵又无权，虽然心善可以帮助许多穷苦的人，但到底是起不了什么大作用的！"

"嘿！不许这样说陵王！你始终要记得，陵王为什么是陵王，而不是皇上！"

"吁——别乱说，杀头——"

到底还是君权可畏，他说到这里便很小心地住了口，提了酒出门而去。

后来又陆续有几个买酒的，便知原来不只是歧军的东西宫太子来到了雀镇，甚至还来了些背着长剑大刀的剑客刀客。这些人平时号称杀富济贫，都颇有侠名。其实大家都知道，剥去游侠的外衣，他们便是杀手，什么杀富济贫不过是借口而已，有时候只要有人给银两，便是去杀他的爹娘恐怕也愿意的。

只是不知道他们这次会杀谁？

安陵辛恒？安陵浩？还是凌战？

凌战……

我的心不由自主地颤了下。

只说玄皇为了自己的帝位，竟然将他贬为守陵王爷，但是那日派粥之事，他却始终站在玄皇的一边。后来安排乞丐们的生活也很得宜，他是个好人，他不该卷入这场风波，好在雀镇不远处即是天下客栈，那里有着一大群支持他的人，他自己亦有不俗的武功，应该会没事吧？

在我写的藏头诗发出去的第四天，忽然天降大雪。

整个白天和夜晚，世界都被笼罩在令人透不过气来的鹅毛大雪中。

而在前一天，因为得知雀镇曾发生几次比较严重的打斗，虽然作为

普通百姓，我们不知道打斗的那群人到底是谁，但我却仍然觉得很开心。无论如何，反正他们都是为了藏宝图而来，如不是他们争争抢抢，或许就不会发生屠凤翔城之事，而我娘也不会死，我也不用隐姓埋名。

所以，他们该死。

作为庆祝，我买了两片风干肉，用自己所酿的蛇麻花酒煨在炉子上。这是我自己心血来潮独创的，蛇麻花酒在我的心里已经是无所不能。用它来煨肉，恐怕会更香。炉火的热焰将整个房间熏得暖烘烘的，蜡烛微微地跳动着，酒香和肉香融和在一起，有种难以言说的引人食欲的味道。

我拿着本书，围炉而坐，酒早已经摆在桌上，只等到肉彻底煨软了后，便要好好地享受一番。

就在这时候，却听到似有人落到了院中，并且踉跄向房间奔来。

噗！

我本能地吹熄蜡烛，就跑到门口想要用椅子将那门堵起来，可是已经晚了，在我刚到门口的时候，门已经被猛地推开。寒冷的夜风夹杂着稀薄的雪片蓦地吹进房里，同时有个冰冷的身体也扑了进来，我被吓得惊叫起来，"啊！谁，是谁！"

"别喊！"

这声音有几分熟悉，我顿时住了嘴，听他又道："如果有人追过来，你知道该怎么应付吧？否则的话我现在就杀了你！"

他在微微地颤抖，我的鼻端有微微的血腥味，他定是受伤了。我于是道："想要我救你，你必须听我的。"

"什么？"

"你放心，我不会让你死的。"

"你，你是谁——"

他显然也是觉得我的声音有点熟，可是因为灯火已经吹熄，这时只是能够看到两人黑黑的身影而已。

他微微地踉跄了下，我忙扶住了他，"跟我来！"

进入了酒房，打开那个只有坛口露出地面以外，其他基本都埋在地下的大酒坛，扶着他进入了酒坛。就在我要盖上坛口的时候，他的手从坛子里出来抓住了我的手腕，"这里真的可以吗？万一被发现……"

"你放心，这个坛是酿酒用的坛，只有坛口露在地面上，乍一看不过是个很矮的坛子，根本不会想到里面还能藏了人。不过要事先说明啊，你若吓得自己惊叫起来，被人发现将你剁成肉酱，那我就没有办法了。对了，你是否东宫太子殿下？"

"你怎么知道？你是谁？"

我笑了笑，安抚地拍拍他的手，"放心，我既然认得你，更要救你。"

他仿佛忽然想到什么，便要从酒坛里挣出来，却在这时听到嘭嘭的敲门声，接着门便被一脚踢开。我不由分说按住他的脑袋，使他不得不矮下身子，然后迅速将坛口封住。而这时，酒房的门也被踢开，我其实也被吓了一跳，有时候这些士兵杀人放火，连眼睛都不会眨一下，也有可能不由分说地杀了我的。

因此惊叫了声："你们做什么？"

几个士兵将房里看了一圈才答道："有没有见过一个穿着淡黄色长衫，受伤的年轻男子？"

我惊惶地摇摇头，"没见过。"

一个火折子被倏地摇亮，那头领拿着火折子走近我，看着我的脸，然后啐了口，"竟然这么丑，倒胃口！我看这破烂地方不像是能够藏得住人的，兄弟们，我们走！"

他们说完便又如进来似的模样，风风火火地离开了。

发现酒坛封子微动，安陵浩似乎等不及要从坛中出来。我连忙走过去，一脚踩住了那酒封，然后把一个大酒桶滚到上面压住酒封，这才拍拍手，跳上灶头静静地等待着。

果然，坛里发出他闷闷的焦急的声音："喂！你干什么？快点将我放出去！知道我是谁吗？你敢戏弄本太子，不想活了！"

太子又怎么样？太子在面临生命危险逃跑的时候，不是一样的狼狈？竟然躲在大酒坛内！而且他这样大喊大叫，消耗空气，一两个时辰之后，必定会憋死在坛内。我也不说话，只是走过去敲敲酒坛的边缘，听到里面传出用剑划酒坛坛壁的声音。

我哧地一笑，这酒坛被埋在地下的，周围都用土培紧，即使是宝刀利刃也不可能把它弄破。况且破坏又怎样，还不是在地下？除非他是只耗子，否则休想钻出来。

再过了片刻，声音渐渐地小了下去，想必是累了。

我再敲敲坛壁，"唉，死了没？"

"你到底是谁？为什么要这样害我？"

"害你？我明明救了你好吗？至于我是谁，我是住在南越雀镇的，我是南越人。你啊，不好好在你的歧国做太子，跑到南越来兴风作浪，竟然血屠凤翔，你做下如此杀人放火的恶事，当然是人人得而诛之！唉，你这样的人却要死在我酿酒的酒坛内，真是便宜你了！你知道不知道，我酿的这种酒，叫作蛇麻花酒，没听说过吧？雀镇的人们有福气，能喝到，雀镇之外的人不知道有几个喝过这种酒？可惜……"

"可惜什么？"

"可惜你也喝不到了，酒坛里的酒已经被我取干了。不过应该还有酒香的，你闻闻。"

"要怎样，你才肯放了我？"

"嗯，求我啊！如果你诚心求我的话，我说不定就会放了你。"

"你——"

他很生气，拿着剑柄敲坛壁，我道："你省省吧！如果我不放你出来，你是出不来的。唉，你现在还会不会觉得自己的生命很高贵？听人家说，皇帝啊，王爷啊什么的，总喜欢别人拜见他们的时候说什么万岁万岁万万岁……真是好笑，难道每天被这样提醒着，便真的不会老，不会被砍成肉酱，不会被憋死在坛内吗？"

"你到底想怎么样？"

他的声音很低弱，而且能够听到他大口的喘息。

我知道，再过一会儿，他肯定会很难受，难受的快要死去。如果一直还这么固执，那么便让他真的死去吧。他杀了凤翔城那么多人，我娘也在那次的屠城中被杀死，让他死的这么容易已经是上天对他最大的恩赐了。

打定主意后，便干脆靠在灶旁发起呆来。

这样又过了好一会儿，却听他说道："你若放了我，你要什么我都给你。"

"哧，你又在以你高高在上的姿态来威逼利诱我，听着，求我，否则的话我不会放你出来的！"

"你不信？你知道太子是什么人吗？就是将来的皇帝，国君。一国之君，金口玉言，说出的话是不能够收回的。"

"哧——"

他又拿这种话来骗人啦，我也懒得跟他争辩，只是冷笑着。

他当然可以金口玉言，他从酒坛里跳出来，不由分说地杀了我。死人是不会指证他无耻的食言，再说，我想要的，他又真的给得起吗？我不会像以前一样的傻，轻易地相信男子的话。

我的沉默使他感到了强烈的恐慌，"喂，你还在吗？还在吗？"

我盯着那酒坛，仿佛能够看到他在里面惶急害怕的模样。听不见我的回应，他开始大声地喊救命。

"救命！救命！来人啊，救命！"

"你这个疯女人，有本事你就杀了本太子，否则的话本太子不会放过你的！"

……

第一卷：国破山河

他终于开始没有风度了，或许他一直就是没风度的人。我走到酒房门口去，靠在门上静静地欣赏着他此刻的狼狈。也不知道什么时候，骂声渐渐地低弱下去，再过片刻，就此没了声息。

我敲了敲坛壁，"怎么样？是不是快要死了？我给你最后一次机会，求饶！向我求饶！用世界上最卑微的态度向我求饶！如果我满意的话，便放你出来。你要明白，虽然你是太子，可是你也是血肉之躯，你若死了，跟普通百姓一样，尸体会血肉模糊，会腐烂，会变质，暴尸荒野的话会被狼和野狗，还有天上的鹰群给撕着吃了……"

"休，休想！就算本太子被野狗吃了，也不会向你这个不可理喻的疯女人求饶！"

"好，你有骨气，那你就在这里面待着吧！"

他难道到现在还以为自己的命会比谁高贵几分吗？难道那些曾经因为他残忍的决定而逝去的生命，真的比他的命低下吗？想到那堆积如山的尸体和我娘离开我的情景，我再也忍不住自己的泪水，几步跑到外面去，狠狠地吸着冰冷的空气，仰天望天，使那些泪水回流和仇恨的血液融为一体。然后赌气地回到自己的房间，扯了被子蒙起脑袋生闷气。

脑子里却乱七八糟地想着，如果他死了，我也算是为我娘和凤翔城那些无辜的生命报仇了，我娘在地下也可以安息了。

可是就这样好了吗？这个人死也不会承认自己的错误，怎么可以这样？又想，或许并不是死亡能够解决这一切的，这个不可一世的男子，他应该明白自己是卑微的，他的命并不比任何一个人的生命更高贵，他应该承担起他所犯的一切错误。就这样死了，实在不是最好的结果。

况且还有安陵辛恒和陈孝言，我又怎么能够放过他们？

但我亦不能将他们怎么样。不过，安陵浩可不同，他有权有势，心性狠辣，或许他能够帮我？

想到这里，蓦地从床上跳了下来，迅速地跑到酒房，将大酒桶搬开，打开坛封，"喂！你怎么样？"

没有人回答。

我连忙端了灯仔细查看，只见他果然已经昏厥，额上满是细汗，脸色苍白地萎顿在坛中。把油灯放在灶上，伸手便去拉他。也不知道哪里来的力气，竟然很顺利地将他拉了出来。他已经完全失去了知觉，让他躺倒在地上，趴在他的胸口听听心跳，似乎已经没有心跳了，探探鼻息，似乎也没有鼻息了。

死了？！

混蛋！竟然真的宁愿放弃生命也不愿求饶！而这却更使我生气，我又想起了我结床帐为绳打算从客栈逃离的时候，是他抓住了我，而当我要从客栈三楼掉下去的时候，我竟然向他求救。如今，他却并不愿意向我求饶，更显得我胆小，懦弱，惜命，无耻。一直纠结的自尊，最后一道防线，就此被攻破。

屈辱的泪水终是流了下来，我右手握着拳，狠狠地打在他的胸口，"醒来！醒来！你这个无耻的混蛋！你不能就这样死了！你醒来！"

这是我从书上看过的急救方法。但是不知道是不是方法不太对，击打了好半晌，也没有什么动静。

"混蛋！混蛋！"

我恨的咬牙切齿，但是对于这样的他，却也毫无办法。犹豫了下，我终是走过去将那灯火吹灭，感觉脸颊火辣辣的烧痛，缓缓地跪在他的身边，深吸了口气，颤抖的双唇轻轻地贴在他冰凉的唇上，将气息吹入他的口中。

这样反复三四次后，他忽然睁开了眼睛，而那时候，我的唇正贴在他的唇上。

他痛苦地咳了几声。

就在我还因此事而不知所措的尴尬的时候，他却已经迅速地翻身起来并且抽出了长剑，剑锋搭在了我的脖子上。

我能感觉到他眼中冰雪似的冷。

"你是谁？！"

"我，我叫段皎！"

"你敢骗我！信不信我立刻杀了你！"

"我从没有骗过你。而且，是我救了你，之前你可是说过，只要我放了你，我要什么你都会给。你说你是将来的皇帝，不要食言哦！"

"可是你差点杀了我！"

"你，你杀了凤翔城那么多百姓，做为南越人，我只是一时生气而已。可是我还是救了你啊，你现在并没有死，重要的是结果，对不对？……"

"你——"

他仿佛很无语，道："把灯点着。"

我嗯了声，重新将灯拨亮。

我们终于看清了对方的模样。

他确实受了伤，右胸的伤口还在慢慢地往外渗着血，惨白的脸色显得眸子更加如黑曜石般明亮，微微颤抖的身躯显出与平时不一样的脆弱，没有血色的唇边却带着丝错愕，"你竟然是——呃，你不是——"

我知道他肯定想起了从前的我，那个差点被他要了命的女孩子。

我并不想点破，只道："怎么了？是不是我的丑吓着你了？"

"是。"

虽然我知道这并不是我真正的容颜，但是被人这么痛快的确定回答，我是个很丑的女孩子，还是忍不住生起气来，白了他一眼，"好了，现在你反正已经出来了，又有长剑，我不能将你怎么样。如果你不但违背自己的诺言，而且还要杀了我的话，我也无话可说。不过有件事我真的很想搞清楚，为什么歧国会有东西宫两个太子？这个意思，是不是说你也不一定能够当皇帝的？"

他的剑锋更往我脖颈上贴近，微微的刺痛，感觉到温暖的液体流出来。

我知道那是血。

此时此刻，只要他稍一用力，我就会没命。但是不知道为什么，我却一再地挑战着他的底线。

而我手中的短刀也早已经抵在了他的腹部，或许他是在重伤中，竟然直到现在才发现。他惊讶地低头看了眼那柄刀，"你以为你会有本太子快吗？"

"我只知道，你的手在抖。"

他怔了下，继而唇角挑起一丝自嘲的微笑，缓缓地收了剑，我的短刀随即也收回袖中。他看起来很累似的，走到门口，将身体斜靠门上。在淡淡的月光中，这身影倒显出几分孤寂和惨烈，着实令人同情的。

但我不会同情他。

我轻轻地扶了他的胳膊，"去睡房吧，你的伤口需要包扎一下，而你也需要睡一觉。"

他摇摇头，"我要走了，我害怕在我睡着的时候，你会杀了我。你放心，我安陵浩是知恩图报的，你说的对，无论如何你是我的救命恩人，你要留在这里，迟早我会来见你。"

我还想要挽留，他却固执地推开我，跟跄往门外而去。

我不再阻拦，冷眼看着他的背影，幽幽地道："其实我还想问一个问题，为什么男子们为了争夺所谓的天下大业，追逐权力而可以不顾一切，不但伤害了许多其他无辜的人，很多时候自己也是伤痕累累，几乎要丢掉性命。难道天下大业，真的那么诱人吗？"

他的脚步蓦地停住，没有回头，喃喃地道："你不过是个普通的小小女子，你懂什么……"

话音刚落，他便无力地扑倒在雪地之中。

……

那晚，整个小镇非常的不平静。

时有明火执仗的士兵从小巷里奔过，也偶尔可见一些穿着夜行衣的剑客飞檐走壁。我猜测着他们是安陵辛恒派来的，亦或是凌战派来

的，这个千人小镇齐聚三个身份如此特殊的人，不翻天才怪。

当然，恐怕那首莫名其妙的诗功不可没，原来我以为，安陵辛恒和凌战的危险或许更大些，没有想到却是后来安陵浩。

我本以为，他是他们三人中最强最狠的，但他现在却倒在我的面前。看起来，真的是"人不可貌相，海水不可斗量"。只是不知是安陵辛恒伤了他，还是凌战伤了他？或者是他们联手伤了他？

我默默地替安陵浩清洗了伤口，并且包扎好，之后便一直守在他的床前，直到天明。

第二日的气候很是晴朗。

我拿了所有的银两去了小镇唯一的草药店，打算为他买些草药来治伤。但是远远地便见许多士兵散布在药店的周围。这些南越国的士兵，难道是凌战派来的？他们守在药店前就是因为知道安陵浩受伤了，必来买药。如此的话，这药却是买不得了。

当下我便又悄悄地回转酒房。

他仍然没有醒来，而且明显地发起热来，额头滚烫，整个人却是冷得发抖，渐渐地便蜷缩起来。乌黑的头发散落在枕头上，干裂的唇渗出血迹，平添了一抹艳色。我轻轻地抚着他的脸，如果只看这时候的他，又怎么能想到他是个杀人不眨眼的魔君呢？只是这魔君啊，这次能不能活得下去呢？

没有药，便只能学着段姑姑的模样，将那蛇麻花酒取来烫热了，慢慢地给他灌下去。

午后的时候，他果然好了些，额头的热度退下了些，如同喝醉酒，茫然迷离的眸子微微地睁开，喃喃地说着个模糊的字，"……鱼……鱼……"

鱼？

我当然很自然地想到我原本的名字——陈鱼。不过马上便有了自知之明，说不定他正在做梦，梦到自己在吃鱼。

他不是胃口太大了吗？屠了凤翔，还想占雀镇。所谓大鱼吃小鱼，小鱼吃虾米。弱肉强食，他恐怕是最享受这个过程了。

想到这里，便没好气地在他的额头上狠狠地拍了下，"去死！"

他却一把抓住了我的手，"　　鱼，别走……"而且他的眸子分明是在盯着我。"安陵浩，你做什么？"说着我便甩开了他的手，他却不顾伤痛蓦地从床上坐起，"鱼，别走！是我不对，你原谅我吧，原谅我一次吧！"

他的目光那样的恳切，眸底深处的害怕被拒绝的惊慌毫不掩饰地流露出来，两人就这样对视着，直到他的唇角又现出一抹艳色，他的眉头也因这疼痛而倏地拧紧，伸手捂住了自己的伤处。

我终是被他打败，只好安抚地说："好，原谅你一次。你好好的休息吧。"

且不要说，此时我已经不是原来陈鱼的模样，我也敢肯定他所说的"鱼"绝不会是陈鱼。但他躺下后，却如撒娇的小孩，非要握着我的手才能入睡。我只好给他握着，看着他唇角泛起一丝满足，他便在这丝满足中，渐渐地合上沉重的眼帘。

他睡着的时候比醒着的时候少了分凌厉，安静如秋叶般静美，长长的眼睫毛像藏着什么小秘密似的，偶尔地颤动一下。

我在想，那个让他如此重视的，叫鱼的女孩子是谁？她很漂亮很美丽吗？像他这样将江山放在第一位的人，真的会爱上一个女人吗？

带着这样的疑问，我忽然对他的梦境关注起来。

夜里照常蒸酒，清晨卖酒，然后便是照顾他。

在第三天的时候，我终于拜托一个酒客从药店里买了些治伤的药材，在确定没有人跟踪后，才走出来拿了药回酒房。因为害怕药味会引来安陵辛恒或者是凌战的注意，我便在每夜里蒸酒的时候在酒房中煎药，让浓郁的酒香将药味掩盖。

有了药，他明显地好多了。

但是梦境却也越来越少，再没有从他迷糊的梦言梦语中得到更多，关于他私事公事的任何信息。

那夜，我正在酒房内蒸酒，不知道什么时候，门却被缓缓地推开。

冷风吹了进来，我不由地打了个寒颤，回过头，便看见他站在门口，似乎是有些愣怔的，对于眼前所看到的一切很茫然。我知道，他肯定没有想到自己竟然还在这个普通的小院中，在昏迷之前他本来是要离开的。

好在他很快就知道发生了什么事。一步步地走近我，这时候我才发现他的脸上，带着说不出的狠绝。再想躲避的时候已经晚了，他的手指很精准地扼住了我的脖颈，只消用力一拧，我便会死在酒房中。

这次我没有求饶，我不能在这个被我救过来的，曾经软弱到我只需要一根手指就能够杀得了的人面前再次示弱。

但不知为什么，他的牙咬了又咬，终是慢慢松了手，双手无力地垂下，却是沉默着不说话。

"我救了你，你为什么想要杀我？"

"你不该对我这样好。"

"哧——这是什么话？我只是救了你而已，或许我只是不想如你一样双手沾满鲜血而已。我对你的好，完全只是因为你是个受伤的人，需要照顾。"

"但愿如此！"

话虽如此，我却不由地脸红心跳。

原来他在昏迷期间，并不是完全没有知觉的。那么我给他喂药和守在他身边，用沾了水的巾子敷在他额头上的举动，他都是知道的了。当时因为他昏迷着，做这些事并没有觉得不自在，但现在想来，却都是很亲密的举动。

我明知自己心如坚冰，对眼前这个男子绝不会有其他的想法，但还是在他的注视下心如鹿撞，连忙掩饰地蹲下身去，往灶里添了把干柴。

"我饿了！"

他说完便走了出去。

我正在蒸酒，没有时间为他重新做吃的，只好去厨房端了碗凉粥弄热，又拿点酱菜给他送入房间里。

他端正地坐于桌前，正在等待着。

看到这些粗糙的食物，竟然是两眼微微发光，我知他确实是饿得久了，连日来只是喝点汤药而已。但是他却并不立刻端起碗就吃，反而是将目光盯在我的脸上，那神情仿佛表明我是很不懂事。

"怎么？觉得食物不好吗？不好意思，这里便只有粗茶淡饭，没有山珍海味，如果你想……"

"给本太子试菜！"

"什，什么？"

他于是又重复一遍，"给本太子试菜，否则本太子是不会吃的！"

我真的要被气傻了，怒极之下却是冷冷一笑道："爱吃不吃！你便是太子，可我却不是你的臣民！即使是你的臣民，我也有权利拒绝替你试菜！命对谁都只有一条，对谁都一样的宝贵！"

说完我便甩甩袖子走了出去。

已经到了最关键的时候，如果不能把握火候，这桶酒便要浪费了。

但是那久久被压在心中的愤怒，却被他一句试菜无情地勾了起来。要怎样，才能让他明白，如此藐视别人的生命该是多么大的错误？要怎样才能让他切身地体会到，他的生命其实跟我一样的脆弱与卑贱。

终于还是稳住了心情，直到最后一滴酒进入坛中。

迅速封坛，使酒能够接到清晨的地气与水露，激发出它最美的味道来。

我这才呼了口气，拍拍走出了酒房。此时正是黎明时分，如果按照平日的情况，我应该还能睡一个时辰。进入房间里，油灯依旧亮着。我吹熄了油灯，发现安陵浩竟然还端坐于桌前，双目盯在食物上，却紧抿

着唇，像是打定主意没有人试菜，绝不吃下去。

我摇摇头，他如此固执，如果不幸在野外，难道要活生生地将自己饿死？

当我扑倒在床上准备好好地睡一觉之时，却听到什么东西倒地的声音。

我蓦地坐起来，果然是安陵浩终于支撑不住，倒了下去。我连忙奔过去将他扶了起来，他并没有完全的昏厥，只是无力而已。

我也知道他这是饿的，但他的眼睛里却还是没有丝毫的妥协。

我没有办法了，将桌上的粥拿勺子舀了口喝进肚里，又吃了口酱菜，全部都咽下去后，才道："可以吃了吧？"

他低弱却命令地道："喂我。"

这次我没有拒绝。他的额上已经渗出细汗，身体微微地发着颤。我知他已经坚持到极限快要虚脱，恐怕是连碗都端不稳。

我当下便拿了勺子喂他。他虽然已经饿得狠了，但吃东西却依旧慢条斯理，非常优雅，一点看不出是饿了多天的人。

高贵的人就要保持这种虚伪的姿态吗？真是让我越看越生气，我不再迁就他的速度和优雅，干脆把酱菜倒入粥碗里，搅在一起，一勺紧接着一勺地往他的嘴里送去。他神色愠怒，却没有时间说话，只得张了嘴一口接一口地吃下去。

几口之后，他仿佛有了些力气，便固执地将碗夺了回去。我以为是因为我喂得太快，他才要自己吃。

谁知他端起碗来，几大口便将一碗粥吃完。吃完后抹着嘴巴道："明知本太子已经饿得很厉害了，还喂得那么斯文，你不但人长得丑，而且心思也不灵巧，一点都不善解人意。"

就在我郁闷的时候，他却又把碗向我一伸，"本太子还要吃！"

"呃——"

"怎么还不去给本太子盛粥？"

"去死！"

我几乎要把粥碗向他摔去，这个可恶的家伙！

做了伤天害理的事情毫无悔意，而且还时时刻刻标榜自己的身份与地位，将全天下人都看成是他的臣子。

也就是在这一刻，我忽然做了个决定，如果我能够办到，定要让他从天上落到地上，而成为天下最卑微的人。

想到这里，我心里平衡了些，道："你的身体才刚刚好了些，而且多日未食人间烟火，一次吃多了会撑坏你的肚子！你还是先去休息吧。"

他若有所思地噢了声，"你说的非常有道理。本太子先去睡。"

他说完便站了起来，迈着平稳的步子走到床前，向我看了眼，忽道："可是我刚才看到你在这个床上睡觉。是否这房间里只有一张床？"

难得他能够注意到这一点。

其实本来是有两个睡房的，只是段姑姑离开的时候，将她那间睡房锁了起来。

我当然不会特意去将那把锁打开，占用段姑姑的房间。

所以自他来到小院的这段日子，我几乎没有好好地睡过觉，至少没有好好地躺在床上睡觉。我希望，有朝一日能够证明我此时为此人的辛苦是值得的。

他见我不答，便又道："好，我睡床，你睡地上吧。"

说着他就从床上扯下一条被子，很随便地往地下一扔，算是在确定答案后的安排。

他一点也没有觉得这样不妥，自去躺在床上，还舒舒服服地打了个哈欠，眼睫毛便微微地垂了下去，很快要进入梦乡似的。

"唉，你是男子，应该有君子之仪，你睡地上才对。"

我知道这是不可能的，但还是不甘心地说了句。他迷迷糊糊地道："地上很舒服，以前在上京的时候，我的侍女都是睡在床边的地上，她们都睡得很舒服……"

"可是我不是你的侍女啊！"

"可我是病人……"

我无语了。

再说我这会儿也不能睡了，要出去挂酒牌卖酒，所以也不和他争辩。刚要出门，却听到后面有什么动静，转身却见他不知为什么又坐了起来，怔怔地盯着我，我狐疑地说："又怎么了？"

"你不会在本太子睡着的时候杀了本太子吧？"

"你说呢？"

"你费心费力把我救回来，应该不会再想杀我了。这样吧，你有什么要求现在说出来，我都答应你。"

"我还没有想好。"

"不，你必须说一件事让本太子答应，因为你有事相求于本太子，所以要杀本太子的意向便会大大减弱，相对来说我会变的安全些。"

"好吧，为了使你安心睡觉，我就求你一件事吧。"

"快说！"

"我要你——娶我！"

"……"

"怎么？要反悔啦？因为我长得丑吗？还是因为你害怕我所以不敢娶我？但是你也知道的，在你昏迷的时候，是我用我的唇，吹气给你，才把你救活。所谓男女授受不亲。你我有如此亲密的举动，已经是违反了女戒妇德，假如你不娶我，以后我还能够嫁给谁呢？"

"好，一言为定！"他很爽快地答应了。

我反而愣住了。

我刚才只是想吓吓他，以我现在的容貌，他怎么可能娶我呢？

我只是想逼着他食言一次而已，以证明他是个说话不算数的卑鄙小人。但是事实上，自从我们第一次见至今，他仿佛并没有食言过什么，反而是我，一直在骗他。不过这又怎么能怪我呢？如果不是他拿我去骗藏宝图，我又怎么会骗他呢？

"怎么？后悔了？"他看出我的窘迫，好笑地问着。

"不！我怎么会后悔，我反而害怕你反悔！那你现在是不是能够睡得着了？"

"能，当然能。你想要权要利，当然不会让本太子死的。"

说完，他果然就睡去了。

我突然觉得他也有几分可怜，却又说不出哪里可怜，微微地叹了口气。对那种叫江山的东西更加好奇，到底是什么样的魅力，竟然使这些男子们前仆后继。

这样又过了几日。

忽有一日，我意外得知安陵辛恒竟然快马加鞭地离开了雀镇往上京而去。这个消息使安陵浩很不安。因为他猜不到安陵辛恒忽然放弃雀镇赶回上京的原因，喃喃自语地道："难道是父皇召他回去？亦或是上京发生了什么大事？他竟然能够放弃盘桓了几个月的雀镇？他难道不是对朱邪藏宝图志在必得的吗？"

各种疑问使他做了个决定，立刻赶回上京。

他的伤还没有完全好，害怕伤口崩裂或者使伤口受了风寒，导致伤情更重。无奈之下，他将马缰绳递给了我，"爱妃，由你赶马车送为夫回上京如何？"

"谁是你爱妃？！"

"你啊。你让本太子娶你，本太子答应了，那你不是本太子的爱妃吗？"

"一日没有成为事实，便一日不是。"

"你如想早点成为事实，又有何难？"

他说到这里，目光里闪烁着邪魅的光芒，不怀好意的样子。我的脸微红了下，跳到了车上，"本人身无长物，小酒房一座，倒也不用特意地去关照，所以，送你一程又如何！"

两人说走就走。

这时候，我已经完全将段姑姑的话抛到了脑后，她叮嘱我不要轻易地离开酒房，不要轻易地离开这平静的生活。然而我的内心里，强烈的不甘心和说不出的愤怒化成熊熊火焰燃烧着，使我义无反顾地加入了这场关于江山，关于天下的角逐。

当然，没有人会知道我心里做了怎样的决定，没有人会明白，一个还不到十四岁的女孩子，立下了怎样的雄心壮志。

一路行得很顺利，仿佛并没有人注意到这辆由一个丑女赶着的马车。我们很快便到了歧国境内。

十天后，在我们快要到达上京的时候，安陵浩的伤也差不多痊愈了。

他道："等到了皇宫里，本太子便吩咐他们给你专制一座酒房，供你酿酒如何？"

能够进入皇宫？想来这是很好的。

"但是，你娶我就是为了让我给你酿酒吗？"

他却又不答话了。

这日午后时分，我们已经能够看到上京的城楼，而迎面走来一队穿着孝衣的送葬队伍。

带头那人哭得极是伤心，这时候抹着泪水哽咽道："年轻人，你一定是刚从外地回来吧？上京刚刚传出消息，亲父驾崩了！"

"什么？！"安陵浩忽然变得很激动，喝道："无知狂徒！竟然敢咒亲父死！你们是不是活得不耐烦了！小心把你们全部都抓起来砍头！"

他说着便跳了下去，疯了似地把那些人的麻衣扯下来，又夺过唢呐手的唢呐狠狠地扔在地上，"不许哭！你们都不许哭！他不会死的！他绝不会现在死的！"

这些送葬之人顿时乱成一团，都要冲过打安陵浩，但是他们哪里是安陵浩的对手，安陵浩只一招，便将他们都打得趴在地上起不来。

他还要继续打，一位老者忙艰难地爬起来向他作揖，"公子饶命！

我等只是平民百姓，不懂得什么事。只知道宫里下了讣告，说亲父驾崩，我等只是出于对亲父的尊重啊！内心里也极不希望亲父有事，或许是我等弄错了，我们这就散去，这就散去……"

安陵浩愣住了，"宫里下的讣告？谁下的？谁下的？！"

这些百姓哪能回答得了这个问题，都爬起来匆匆地逃离了。我也静静地躲在一边，他现在的模样仿佛是要杀人。

忽然，他冲到车上，夺过我手里的马缰绳，驾的一声，马车已经飞速向前奔去。

道路颠簸，我觉得自己的五脏都要被颠了出来，只盼望着能够快点到达城门口。路上又遇到几支送"亲父"的队伍，安陵浩只当没看见，如果是当了路的，便直接让马车冲散队伍，丝毫不做停留。

但是事情并不如想象的那么顺利，在我们好不容易赶到城门口的时候，已经是深夜，城门紧闭，只有些士兵守在城楼上。安陵浩仰头向他们大喊："开门！开门！"

上面有人询问："来者何人？"

安陵浩只得答道："东宫太子安陵浩！请速开城门！"

上面安静了会儿。

正当安陵浩等的不耐心的时候，便有篮子从城楼上吊下来，"请太子将太子行令放入篮中，以便小的们验证！"

安陵浩怔了怔，"瞎了你们的狗眼！本太子的太子行令丢了！你们快点打开城门，本太子有急事，不能和你们瞎耽误！"

篮子在安陵浩的面前停留了片刻，见安陵浩果然没有将太子行令放入其中，便又慢吞吞地被收了回去。

"对不起，此时已经是深夜，你没有任何行令，我们不能放行！"

说完，负责之人便下了城楼，只剩余那些死守岗位的守卫士兵。安陵浩其实也知道规矩，当下便往另外的城门奔去。

但是，直到最后的北门时，仍然被拒绝入内。而且到达北门时，

宫内已经传出指令，因"亲父"离去的突然，东、西两宫太子正在宫内商量"亲父"的后事。如果有人在城外自称是东宫太子，便就地格杀。

眼见着城楼之上士兵剑拔弩张，要将安陵浩射杀。

我连忙驾起马车，唤了声："快上车！"

没有时间犹豫，他咬了咬牙，只好跳上车来。

我们逃得不可谓不狼狈，而且立刻意识到，恐怕歧国皇宫内发生变故。既然歧国有东、西两宫太子，那么自然这两名太子都是有做皇帝的资格。我在心里暗暗地想着，看来他们所指的"亲父"必然是安陵浩的父皇，这人却是糊涂得很，竟然分别设立东、西宫两太子。今日这场亲兄弟间的厮杀，当然也是意料之中的。

只是没有想到，如安陵辛恒那样绝美并且看起来温文尔雅，心竟然真的这样狠，即便是自己的亲哥哥，也不放过。

这样跑了一阵。我勒停了马车，向他问道："现在该怎么办？"

他显然是悲伤已极，眼里时时地泛起水雾，却将泪水狠狠地逼回眸子深处，闷闷地道："既然本太子不能进入城门，想必父皇驾崩的消息竟是真的了。我那皇弟，恐怕是不会放过我的，等会儿可能就有杀手紧追而来。你若想活命，就立刻离开这里吧。"

自认识他起，从未见他如此沮丧，即便是受重伤快要昏迷的时候，也是副盛气凌人的模样。现在他忽然沮丧至此，我心中竟也有些难过。

而我却在想着另外一些事，我在想，当时到底是他将名为陈鱼的我从安陵辛恒手中抢过来的，还是安陵辛恒亲自将我送给他的？继而又觉得很好笑，事实是怎样的已经不重要了，重要的是，可能正是因为这两个男子为了争夺天下大业，而害了整个凤翔城人的性命。

无论是谁当皇帝，另一个都不应该轻易地放弃和承认失败，否则做皇帝的那个岂不是太舒服了？杀了那么多人的人，是不该这样舒服的生活下去的。

我想到这里，道："我倒是想立刻逃命去，只是没有想到，原来那么有骨气的东宫太子，竟然这么轻易地就认输了！"

"认输？不，本太子从来不知输为何物！"

"如此最好！"

他不解地忘着我，我笑道："你即知片刻之后，很可能就会杀手赶到杀你，你怎地不想办法保命？"

"你怎么知道我没有想？"

"那你想到了吗？"

他怔了怔，终是摇摇头，"辛恒即是比本太子早到了皇宫，此时恐怕已经在密谋登基之事。这时候是绝不会允许我回到宫里的。早就听说他养了一批杀手，这些杀手皆为死士，接到任务便会一定完成，至死方休。我自问不是他们的对手，而之前又在冲动之下去城门报了名姓，这时候怕是他已经得到消息，我是插翅难飞，却要如何逃得性命。"

大概自知不幸，他的心情非常低落，说话也不再像从前那般凌厉。

我同情地看着他，"你们本是兄弟，难道竟然如此的不相容，非要另一个死吗？"

他苦笑道："你是女子，哪里懂得江山易主的凶险。哪个皇帝登基时，不血流成河。我身上背负的又岂只是我自己的性命？他身上背负的也非他一人之命，我输了，那么曾经站在我这方的人，都非要被屠杀殆尽，他才能安心地当他的皇帝。倘若，今日是我在皇宫中，他站在这里，我必也会如此待他。"

"不明白，为什么你们会有东、西两宫太子？"

"我朝东、西宫两党分歧已经不是一日，我是长子，我母是敏皇后，我本来就是天经地义的太子，就该当皇上的。可是，辛恒之母刘妃妖媚异常，又颇有几分野心与头脑，仗着近几年甚得我父皇宠爱，竟然在西宫党派的支持下，硬是立了辛恒为西宫太子。如此名不正，言不顺，他们早就将我看成是眼中钉，肉中刺。我只恨，没有早早地识破他们的诡计，竟然在如此关键的时候为了劳什子藏宝图而离开皇宫去了雀镇。当

真愚不可及！"

"倒也不用如此自责，你即是注定的真命天子，任谁也无法改变这个事实。你看那边来了些什么人。"

他举目望去，果然见到一行麻衣人正走在小路上。

想来歧国的亲父还是很受尊重的，这些人冒着严寒送葬，各人都尽了心力，可惜回来的却有些晚，只当是亲父送给安陵浩的礼物好了。

安陵浩神伤道："虽然在我父皇治国期间，出现了两党相争，但他却是爱民如子的好皇帝。歧国这些年来国泰民安，百姓安居乐业，没有如南越国出现的横征暴敛，所以子民们都很敬爱他。他们得知父皇驾崩，披麻戴孝，诚心祭祀倒也难得。"

他这时候冷静下来，倒忘了之前在路上是如何将那些祭拜的人暴打一顿的事。

"将他们杀了。"

"什么？"

"将他们全部都杀了！"我又冷冷地说了一遍。

见他震惊又茫然地看着我，我只好在他耳边解释了一番，直到他终于点头，我才哧地笑道："跟着你真是倒霉，本以为可以飞黄腾达，没想到还是要被追杀。"

他没有再说话，眸中泛起阴沉，盯向那队远远走来的麻衣人。

他们一共有七八个人，全部都是普通百姓。所以当安陵浩猛然落到他们面前的时候，他们只有惊诧。下一刻，安陵浩的长剑已经出鞘，他们甚至没有来得及呼救，便都在鲜血喷溅中倒在了地上。

我的眼睛像被火灼了下，微微地痛。

我走到这些死人中间，瞅到一个身形与安陵浩颇有几分相似的青年男子，便说："这个吧！"

接着他便与这名已经死去的青年男子换过了衣裳。他变成了一个普通的送葬人，我也找了件麻衣穿上。然后毁去死去青年的面容。

我回头时，看到一抹惊异从他的脸上一闪而过。

我暗暗地冷笑。

两人又把现场布置了一番，看到他手中抓着只精致蝉纹玉佩，我便要抢过来，扔在青年男子的身上。

他却猛地缩手，"你干什么？"

"看来你很爱惜这只玉佩喽！那他们更容易相信是你啦！"

他还在犹豫，我已经固执地将那玉佩夺了过来，然后扔在尸体的旁边，"如果估计不错，至少可以争取到两个时辰的时间，我们可以利用这两个时辰入宫或者是逃命。"

好一会儿，果见有两队人马找到了这里，他们皆身着黑衣，看到地上的尸体便下马查看一番，然后有人道："好像是太子！"

然后众人皆上前查看那具尸体，"果然是太子吗？"

"不一定啊！说不定是太子的金蝉脱壳之计。只是这些人却是谁？"

"难道是陵王？他们在这里混战过？"

"嗯，有道理。不过据我所知，这蝉纹玉佩好像是太子特别珍爱的……"

"那么真的是太子喽！为防万一，我们还是需要找到那辆马车！"

"马车往这个方向跑了！"

"别说了，都去追！"

一时间，几乎所有人都去追那辆马车，却只有最后发号施令的黑衣人留了下来。他的马在原地不安地踏着蹄子，他的目光紧盯在地上的那具尸体。

接着他便从马上下来，拣起地上的玉佩看了片刻，忽转目向四周，并且摘下了缚在面上的黑巾。只见他浓眉大眼，一脸正气，神情间更透着沉稳和坚毅，是个很容易让人产生信赖的青年男子。

"太子，微臣姜毅拜见太子殿下！如果太子在此的话，请出来相见！微臣有办法送太子入宫！"

我身边的安陵浩面露喜气，止不住低唤了声："姜毅！"

说着便要起身相见，我连忙扯住他，"安陵浩，你以为自己还输得起吗？"

"什么意思？"

"我想你必须适应一下现在的状态，那么你就不会对你以前所信任的事情那么笃定了。如今是你的皇弟安陵辛恒在宫中，所谓识时务者为俊杰，这些平日里跟随着你的将士难道真的都那样忠心吗？我劝你还是小心为妙！"

我永远无法忘记，当我一心只想到达越京寻找我爹，一心巴望着他救我的时候，他却只是用冷冷的箭矢对着我的情景。那一刻，有着比死更大的恐惧。它用残酷的事实来证明，我已经被这个世界抛弃。

安陵浩果然冷静了下来，悄悄地伏低，并不理会姜毅的再三呼唤。

后来，姜毅似乎也确定安陵浩并不在附近，将那块玉佩收入怀中，再看了眼地上的尸体，哧地冷笑，便打马而去。

我想对于那声哧笑，安陵浩的理解恐怕要比我所理解的复杂得多。

因为我看到他的手掌不由自主地紧握成拳，然后一拳击打在身旁的树上，雪花掉了下来，灌满了我的脖子，冻得我激灵灵地打了个寒颤。

我一把拉起他，"这时候发脾气有什么用？应该抓紧时间回宫，此时不回，恐怕这辈子都没机会了！"

他忽然拉住我，盯盯地望着我的眼睛，好半晌才道："谢谢。"

我微感意外，在我的记忆里，即使是他受重伤得到我的照顾，也从来没有说过一个谢字。而在此时此刻，却很难得地从他口中听到了这两个字。

安陵浩又道："刚刚得知我父皇去世的消息，我的心确实乱了，今日若没有你，恐怕这时我已经遭了毒手。"

我其实能够理解他。在凤翔城内，当我确定我娘再也不会回到我身边的时候，我也很惶然冲动。

我淡然道："不必客气。"

好在安陵浩对这里的路径是很熟悉的，两人不敢走大路，只往偏僻的小路而去。一路上再没有多余的话，直到快要到城门口的时候，他才又说："你让我很惊异，没想到你的胆子如此大，很庆幸遇到你的人是我。如果你在辛恒的身边，不知又会是怎样的情况？"

我知道他说的是我将那青年男子的脸砍成肉酱的事。

"我亲眼见证整个凤翔城被屠，这又算什么？"

我面不改色地述说着这残忍的事实，安陵浩打断了我，"你恨歧国？"

"嗯。"

"你该不会告诉我，你让我娶你，是另有目的吧？"

"哈哈，你觉得呢？"

"你知道吗？如果你不是曾救过我的命，我会立刻杀了你。"

"如果我确定你会杀了我，那么之前我就不会放你出来。你是堂堂太子，金口玉言，你说过不杀我就绝不会杀。而且，现在你需要我不是吗？"

"没错。不过总有一日，我要你心甘情愿地臣服在本太子脚下。"

"好，我们走着瞧。"

冷月高挂。

莹白的雪反射着月光，让人产生错觉，仿佛已经是黎明过去，太阳马上便会升起来。实际上，虽然我们经过了这么多事，这时候还只是三更而已。上京城楼周围已经紧密布防，便是一只蚂蚁也休想随便的进入。

当然，可以用老法子，拿根枯芦苇的杆，然后跳入河中，从河底走回城里去。但现在是天寒地冻的冬天，恐怕一入水便要被冻僵了。

而这时候的安陵浩，已经完全冷静下来。

他仰头望着那高高的城楼，如黑夜般的眸子里满是复杂。他如此凝

重，我不敢再过于放肆，只默默地跟在他的身后。好一会儿，他才将一直挂在脖子上的如小指粗细的玉笛拿了出来。

"她说过，这一生，她只帮我一次。而且用完了这次，她便永远地离开我。"

"她是你喜欢的女子吗？"

他哧地一笑，"不，不是喜欢，而是深爱。"

后来，我才知道这名女子竟是姜毅的亲妹妹姜瑜，也是歧国唯一的女将军。她与安陵浩本来就是情投意合的如玉璧人，可惜后来不知道因为什么事，使得她再无法原谅安陵浩，但两人之间却有个如安陵浩之前所说的约定。

我想这女子定是也深爱着他，同时也恨极了他，否则不会有这样的约定。

我同时也明白了，原来她便是他重伤时，一直呼唤着的，不是"鱼"，而是"瑜"。当想到这里的时候，我就不由地哧笑，鱼和瑜，多大的差别啊！鱼是世界上最愚蠢的生物之一，据传它只有十秒的记忆，所有发生过的事情，十秒之后便会忘记。

瑜，却是美玉，或指玉之光泽。

不过此时在城楼下，我只是对这个安陵浩说深爱着的人，非常的好奇而已。而且我也很难相信在这种时候，这个被他深爱着的人会如何的救他。他的唇紧抿着，似乎是不能够下定决心吹响玉笛，我道："要不要我帮你？"

他却又摇头，"不，如果她定要离开我，便由我亲自送她。"

说到这里，他不再犹豫，吹响了手中的玉笛，只觉得声音悠扬却有着说不出的怪异，但穿透力强如一把迅疾射入城中的箭，惊起暗夜里的一片寂静。再过了片刻，忽见守着城楼的那些士兵都惨叫着倒下，惨叫声过后便陷入寂静，并且有人迅速地替补了他们的位置。接着便有根绳子从城楼之下垂上，隐隐间，似有个身穿银甲的女将，沉默地立于城楼之上，寒风吹起她的发丝，她的神情也是冷如寒冰。

安陵浩没有犹豫，抓住绳子，接着托起我的腰，顺着绳子如登梯似地迅速上了城楼。

我只觉得耳边似有风声，整个人如腾云驾雾般。心里非常羡慕他这样好的功夫，而又想着，假如有一日，他没有这身功夫又会如何？他似乎感觉到我眼里的冷意，在双脚落到地上后，他冷冷地问："你刚才在想什么？"

我还没有回答他的问题，只听异常清晰却如雪山云雾般冷漠的声音道："我们走吧。"

说着，她已经向这些士兵下了命令，"将这些尸体好生处理。"

"是！"

她当先带路，安陵浩竟然也是没有丝毫的怀疑，跟着她下了城楼。

从开始到现在，两人根本就没有交流过，就这样顺其自然地进行着这些事。我悄悄地观察着姜瑜，只见她容貌甚是秀美，却不同于一般女儿家的娇弱，而是带着男子的英气，当然，这亦可能因为她是个武将的原因。

到了城楼之下，立刻有人送来一套侍卫的软甲，安陵浩便就地换上。我和姜瑜同时将目光转向一边，这时候，姜瑜才向我看了眼，只是淡淡的一瞥，便向身边的士兵吩咐道："将这位姑娘带到姜府本将的别院，看好她，不许她到处走动，亦不许她被人杀了！"

听到后半句的时候，我已然放了心。

而且此时到了歧国的地盘上，又是如此严峻的时候，我不听从安排也不行。安陵浩对姜瑜的安排没有一点质疑，又或者我根本就不在他的关注之中。总之，我很快便被两个士兵带走。

回头看安陵浩，他已经换好了衣裳，配好了剑，混入了一队侍卫打扮的人群中。青色的黎明几乎要淹没了一切，整队人跟在姜瑜的身后往皇宫而去，分不清谁是谁。

这时候的上京，实在是静得很。

除了偶尔的巡逻队伍经过，甚至不闻鸡鸣狗叫声。两旁的店铺都大门紧闭，不过门口都挂白花素绫。乍然进入到这样的城池中，只觉处处阴风，处处悲怆肃穆，便如进入鬼域般让人害怕，我不由自主地抱紧了双臂。

后来便到了一个很大的红门前，"上将军府"四个字龙飞凤舞。两个士兵拿出令牌，直接将我送入府内一处大气精致的院落，上书"小上将军府"。我感到好奇，向两个士兵问道："为什么上将军府内又是小上将军府？"

两个士兵有点自豪地道："府中姜老爷官拜上将军，现并未离职。而郡主文韬武略样样出色，又被皇上看中提拔成为了小上将军，可惜小姐终是女流之辈，且未出阁，没有办法另置府邸，于是便有了这府内之府，小上将军府。"

"哦，原来如此啊。这个小上将军肯定是很厉害了。"

这次两个士兵却不说话了，看他们的神情，我显然是说了句废话。从府中迎出一个十七八岁的女孩子，走到我们的面前，先看了我一眼，这才向两位士兵道："两位大哥，郡主有什么吩咐？"

"给这位姑娘安排休息之处，同时让人看住她，使她不能乱走动，同时也不能让别人伤了她。"

"好，交给盈盈吧！"

"谢谢盈盈姑娘。拜托。"两人交了差，便出了府。

盈盈将我上下打量了番，虽然她搞不清我的身份，到底是敌是友，但依旧很有礼貌，亲自带着我到了西厢房。

房间里布置的倒不似府中院落一般华丽，院落里亭台水榭，花园假山，美轮美奂般。房里反而是透着干净朴素，除了必要的卓椅和床铺，没有任何多余的装饰，但那个金香炉和窗上的青花瓷瓶却使房间的格调立刻提升。

这是种不动声色的奢华，就如瓶中盛开的兰香般令人不能小视。

"谢谢！"

"你即是郡主的客人，便不必客气。有什么需要尽管向盈盈说，盈盈都会尽量办到的。"

"噢，我……"

话还没有说完，我的肚子便咕咕响，盈盈何等机灵，马上道："盈盈马上让人送饭菜来，等会儿会备好热水请姑娘沐浴。"

对于她的善解人意我很是喜欢而又有点难为情，只好再道了声谢谢。

这时候，天色好像忽然就亮了。

饭后沐浴原来是件很舒服的事情，温热的水浸透皮肤的每一寸，本来紧绷的神经慢慢地松弛下来。我想着这姜瑜如此的精明干练，临危不乱，有她的帮助，安陵浩是必定能够回到皇宫的，不知这时候皇宫里正在上演着什么样的好戏？继而却又想到安陵浩吹响那支玉笛时的情景，那时候我以为他们两个人就像是真正深爱的情侣般，见了面会很激动。

但是并没有。姜瑜和安陵浩各自的冷漠，好像表明了两人只是合作关系。

或许是因为安陵浩吹响了笛子，便由之前的情侣关系忽然转变到了合作关系？他们之间到底有着一段什么样的感情呢？好一会儿，我才发觉，脑中竟然一直都是这个对我来说可能没有任何意义的问题，不由自嘲一笑。

想想自己现在只是一个卖酒女，入住到了小上将军的府中，应该没有什么不安全的。连日来辛苦奔波的疲累还是将我打倒，我几乎是拖着自己的双腿到了床前，然后便直直地扑下去，在脑袋挨到枕头的刹那间，已经进入深睡。

……

恍惚间，我好像回到了凤翔城中我与我娘避难的那间小院。

好像我还是躲在那个储酒的小格子里，在夕阳的映照下，看到我娘

那熟悉的绣花鞋在裙摆下若隐若现，那脚步却是缓缓地向我走来，心中一阵难以抑制的高兴，"娘，娘你回来了！你没事！"

我猛地掀开酒格子上的木盖，想要看个清楚，却见眼前温暖的情境忽然变成了黑夜里的雪原。有些穿着麻衣的人正走在路上，然后被安陵浩一掌将他们一一地拍死，他们全部都倒在地上。

我以为他们已经死了，下一刻，他们却忽然睁开了眼睛，每只眼睛里都充满怨毒，直直地看着我。

"啊！"

突如其来的惧怕使我猛地坐起身上，额上都是细细的汗珠。

屋子里黑漆漆的，竟然又是晚上。想到刚才的恶梦，不，不是恶梦，其实是真实发生过的事情，又是一阵寒意袭上心头。

走到窗前，打开窗户，只见一轮圆月高挂空中，我知道我娘不会原谅我，我的双手已经沾染上鲜血。那些麻衣人是因为我的恶计才死去的，而且我亲自将其中一个青年砍得面目全非。

其实当时还有别的办法，一定有别的办法。

只是，我就要进入敌人的国家了，我知道自己将走上怎样的一条路，我使自己的双手沾染鲜血，或许这样，自己便不会再有退路，不会再犹豫，不会再胆怯。

……

轻轻的敲门声打断了我的思路，我连忙收拾心情打开门，只见是盈盈，她道："姑娘可是饿了吗？"

她手里端着些糕点和茶果，我忙将她让了进来，"盈盈，你真是个贴心的人，做事很周到。"

她笑了笑，"想必姑娘也是受人照顾习惯的，如果盈盈设想不周到，恐怕要被姑娘所诟病。"她话中有话，而且目光犀利。我不由地心中一凛，她虽然年龄不大，但小上将军府中的事无巨细，似乎都要经过她的手。既然那位姜瑜不是普通的女子，她所依重的婢女当然也不能小看。

　　只怕是因为我在陈王府时，虽然地位并不怎么高，但确是从小受丫头婆子照顾，所以很坦然地接受了她的照顾，使她看出了些什么。

　　当下便连忙摆出很是感激的神情，"可能是因为跟着太子在一起太久，学起了他不少的坏毛病。也确实是太累了，来到府中便全靠盈盈姑娘照顾，真是非常的感谢。"

　　她神情一肃，"噢，原来姑娘是太子的人吗？"

　　我微微地笑着，自拿了糕点和茶果慢慢地吃着。她站得无趣，便低头告辞了。

　　……

第一卷：国破山河

第二卷：有妃皎洁

那日，我终于看到姜瑜回府。连忙紧跑几步想要跟她说上几句话，但尚未到她的面前，就见她满面怒色，并且边走就边解下了身上的红斗篷和银色软甲，后面的小婢不敢说话，只是将她扔在地上的银甲捡起来抱在怀中。

她却蓦地站住了脚步，转过身冲着那小婢冷声道："将它们全部烧了！"

小婢不敢问原因，只是唯唯诺诺地应了。

我稍感失望，她这样的状态，如果我去找她的话，恐怕得不到自己想得到的答案，只好向身旁被盈盈临时派来跟着我的小婢问道："不知道外面是不是已经变天了？唉呀，老皇帝死了，所谓国不可一日无君，不知新皇帝登基了没有？"

那小婢木然地站着，根本不说话。

唉……

我无奈地叹了口气，只好先回到自己的房间去。

夜晚的时候，忽然听到一阵悠扬的琴声，却是凄凄惨惨，又夹杂着说不出的躁怒。我打开门走了出去，顺着琴音，竟是到了姜瑜的房间。刚刚站定脚步，就见盈盈已经走了过来，"段姑娘，这么晚了，您怎么还不休息？"

"噢，我觉得这琴声很好听，况且你家将军也没有睡，我很想跟她打声招呼。"

"呃，这个吗……"

"盈盈，让她进来！"

"是。"

盈盈连忙替我打开了姜瑜房间的门，我走了进去，她便知趣地又退下。

姜瑜这时候已经换了日常所穿的衣衫，坐在打开的窗前拨动着琴弦。寒风入室，吹起她散落的发丝，水纹长袖随风颤动，而她的琴声也如银盘落沙般的急。只见她长眉入鬓，目如秋水，粉嫩的红唇似语非语，面上却含着怎么也掩不住的薄怒和失望。

我心里暗暗地猜测，她既是安陵浩最爱的女子，莫非还是安陵辛恒赢了？安陵辛恒当了皇帝？

呃，事情当真是出乎我意料啊。

当初在城楼之上见到冷如冰霜的姜瑜和在丧父之后迅速调整好自己要与西宫太子争夺皇位的安陵浩时，我便觉得这两个人合作，肯定什么事也难不倒他们，安陵辛恒应是输定了。

难道，是我看走眼了？

就在这时候，嘣地一声，断了根琴弦，她怔了下，便将那张琴蓦地推倒在地上。

"小上将军，您……"

"我已经不再是小上将军，你可以叫我姜瑜，有什么话直说好了。"

"其实我也没有什么要说的，只是不知道，安陵浩他现在怎么样了？

还有，我什么时候可以离开小上将军府，我感觉自己在这里，像个被看管的犯人……"

"你既是他的人，便该听从他的安排，在他没有另外安排之前，你得先留在这里。"

"他？他是谁？"

"他现在已经是皇上了。"

她说到这里，却像是很愤怒似的，双手握在一起，眸中沁满泪水，神情间毫不掩饰自己的痛悔。

"既是如此，你为何这样的不开心呢？"

我暗暗地猜测，是不是安陵浩登基之后，她才发觉自己以前对他太冷漠，以至于现在很后悔呢？她说她不再是小上将军，那么她现在是个什么样的身份？听她道："安陵浩做了皇帝，我姜瑜为何要开心？没事的话，你走吧！"

既然已经得到了答案，我也不想再惹她，噢了声就退了出来。

原来，终是安陵浩当了皇帝。

也是，他本就是太子，如果没有西宫太子安陵辛恒的出现，便不会有东、西两宫太子相争夺嫡的事。想到安陵辛恒将因为此事而变成个大笑话时，心中便有着淡淡的开心。

现在真想看看他的表情啊！不知道是不是正在哪里借酒浇愁，可惜我的蛇麻花酒，他始终无缘尝到，否则的话，我倒愿意在此时此刻给他提供蛇麻花酒，让他喝个够。

当时，我完全没有想到，一个失败者所面临的后果，其实并不是借酒浇愁那么简单。

那是第二日。

大约清晨时分，忽然听到盈盈在外面唤道："段姑娘！段姑娘！起来吗？"

我蓦地坐了起来，"什么事？"

她道："段姑娘，皇上亲传圣旨，请段姑娘接旨。"

"啊！安陵浩来了！"

我的脑袋马上便清醒了。立刻想到什么亲传圣旨，只怕是想见姜瑜吧？也不对啊，他现在是皇帝，想见姜瑜那还不是最容易的事情？当下更有兴致了，哼哼，貌似他们两个人之间的事情很好玩啊！

我迅速起身来到正厅。

我反正也是丑人一个，所以也没有刻意地打扮梳妆，脸上还是一副睡眼惺忪的样子。果见安陵浩身穿明黄色龙袍，头戴九龙珠冠，背着手站在厅中。

我笑嘻嘻地上前请安，道："小女子段皎参见皇上！"

他回头向我看来，俊颜竟是封了层薄冰似的冷如霜雪，墨黑的眸子中没有一丝笑意，紧抿的双唇只是闷闷地嗯了声。突如其来的距离感，使我也只得收起了笑容，不敢造次。

不过，此时此刻的他真的像皇上啊！好像他天生就该做皇上的，身上原有的一点温文尔雅的书生气，早已经被这套君临天下的龙袍所掩盖，显露出来的只有天下唯我独尊的霸气和傲色。

看着面前的他，我的心又开始冷笑。

这个男子，当了皇上之后果然就与之前大不同了，完全忘记了当初在雀镇的狼狈和在城门口被追杀的无助，他现在堂而皇之地摆起了臭皇帝的架子。

好一会儿，姜瑜终于来了。

她倒是收了昨夜里痛悔和不屑的神色，安安静静，规规矩矩地向安陵浩请安见礼。安陵浩的目中闪过一丝亮光，却依旧板着脸，"瑜，听说你已经自行去吏部削去了自己的品级？朕知道，朕当皇帝非你所愿，你不愿帮朕，朕能理解，但是朕不能接受的是，你竟然是这样恨朕了吗？如果今日朕不是来到上将军府，你是不是准备就这样偷偷地离开？你是去找他吗？！"

说到这里，他已经有些咬牙切齿了。

姜瑜丝毫不惧，只道："姜瑜心中到底在想什么，从来都瞒不住皇上。"

安陵浩气得身体都在微微地发抖，"好！好！"

姜瑜却又道："按照先皇的遗嘱，东、西宫太子中，任何一人坐实皇位，另一人便要心甘情愿地臣服于他，并且从此以后被贬为平民，离开皇宫。如此，他是已经没有翻身之日了，而你抢了本该属于他的一切，如今便干脆放我和他一起离开又如何？"

"你真的要和他一起离开？瑜，你，你怎么能这样做？不许，朕不许你这么做！"

姜瑜仍然是面不改色地说道："对不起，姜瑜已经不再是歧国的小上将军，而他亦不再是西宫太子，我们只是普通的平民百姓，所以即使是皇上，也无法勉强我和他做我们不喜欢做的事情。"

安陵浩似是大受打击，脸色煞白，站立不稳地后退了两步，最后只得无力地坐倒椅中。看得出，姜瑜这番话击到了他的软肋。

好半晌他才道："瑜，朕不会让你走的，一定不会。"

接着却又道："付公公，宣旨吧！"

付公公便是那位一直站在他旁边的看起来瘦削却极精明的太监，这时候低低说了声是，便拉长了声音喊道："段皎接旨！"

我心里咯噔了一下，为什么偏要选在此时此刻此地宣旨？会与他们现在谈的事情有关吗？果然，付公公这边在宣读圣旨，安陵浩那边便冷笑着对姜瑜说："你对朕如此绝情，朕对你却是始终难以忘情。朕将这丑女封为新妃，以使朕的后宫不至空虚，不过朕会对她很好的，朕会对自己的女人很好，很爱她，让她做世界上最幸福的女人让你知道自己此时的决定是如何的荒唐愚蠢……"

姜瑜同情地向我看了眼，却没有再说什么。

直到付公公将圣旨读完，我才知道自己已经被封为昔妃。

辨三酒之物，一曰事酒，有事而饮也；二曰昔酒，无事而饮也；三曰清酒，祭祀之酒。

他倒始终没有忘记我其实是个酿酒女，而且他竟是得了蛇麻花酒的精粹，知此酒无事而饮之，微醺不醉，畅之快之。

就这样，我成了他的昔妃。

当我从酒房里送他来歧国的时候，并不是想要做他的女人或者什么的，只是如他这样的人物，跟在他的身边必能够达到我自己想达到的目的。但却未料到会发展到今日的地步。

然而他竟然因为姜瑜的离开，赌气将我这个丑女封为昔妃！

我呼地站了起来，"安陵浩，封我为昔妃，你得到过我的同意吗？"

他目光一凛，接着走到我的身边来，一双如星的眸子看着我，就在我越来越紧张，想要躲避他的目光的时候，他伸手扶住了我的下巴，"朕曾答应过你，你若帮了朕，朕便娶你。如今便是践当日之诺，这不是你想要的结果吗？"

说到这里，他微微地俯身，用只有我能听到的声音哀求道："请你，不要拒绝朕，朕会给你所有你想要的。"

他哀求的语气中更多的是威逼和利诱，而我向来是禁不起这两样的。

我弱弱地问道："那你刚才的话都是真的吗？你说你会对自己的女人很好，很爱她，让她做世界上最幸福的女人？"

他怔了下，却终是点头，道："君无戏言。"

我的心咚地跳了下，这个承诺，对女子的诱惑有多大，他想必是知道的吧。所以他知道我一定会答应的。

在他返身回到自己原来的位置时，我茫然地带着患得患失的心情跪了下去，"段皎领旨，谢皇上隆恩！"

……

就这样，我成了歧国的昔妃。

而姜瑜和安陵辛恒没有成功离开。

而我亦因为还在先皇的丧期之中，虽然是八抬大轿，皇上亲迎，却也不能光明正大从东直门直接进入宫中，而是从西侧门，通过清冷的永巷进入的玉宸宫。不知道这里原本的主人是谁，只觉得亭台水榭，假山喷泉，九曲长廊，皆是美不胜收。虽是冬日，凭栏处却是花香阵阵，不见冬日之萧瑟。

进入宫门，便有一行太监和宫婢跪在那里迎接，"恭迎昔妃娘娘！"

我淡淡一笑，"起来吧。"

虽然我没有当过娘娘，好在陈王府中的生活使我颇能适应这宫中的奢华，并不觉得不知所措，反而是前所未有的安逸。

入夜，我便让他们都下去，独自在房中等着安陵浩。

按道理，他今夜应该过宫而来的。

一阵东风，又一阵西风。

原来白日里的繁华都只是表面的，霜雪摧残下，整个玉宸宫显出颓败来，露出了冬日调零的真实面貌。

前尘如梦。

而我的脑海里，只有那数次被欺骗、被逼迫、被追杀的场景和空中黑压压的鹰群以及如山似的尸体。

这记忆已经融入我的生命，注定时刻追逐着我，使我做出连自己都不相信的疯狂决定。

比如，我竟然成为了歧国新任国君安陵浩的妃子！

门这时被推开。

随着冷风灌入，身穿龙袍的安陵浩醉醺醺地站在门口。脸色因醉酒而潮红，更显得少年英俊，一抹风情。只可惜那双邪恶的眼睛，已经暴露出了他的本性。他摇摇晃晃地走到我的面前，捏起我的下巴，使我不能不面对着他。

"你当了朕的昔妃，难道不开心吗？为什么？为什么？难道你也觉得，只有他安陵辛恒才有资格当这个皇帝吗？他凭什么？他本来连太子都没有资格做，什么西宫太子，从头到尾就是个笑话！哈哈哈……"

他狂笑起来。笑完了，却仿佛兴味索然般无力地坐倒在椅子上，很久很久……

我冷眼旁观，这件事让我觉得颇有趣。记得在姜府的时候，他曾说过，不会成全安陵辛恒和姜瑜，却不知这两人现在如何了？

我给他倒了杯茶，递到他的唇边，说道："皇上，你喝多了，喝口茶解解酒吧。"

他俊眉微蹙，一把推开，喝道："朕不要喝茶，拿酒来！让朕醉，让朕醉！"

想了下，我便真的拿了壶酒，并且把整壶都递给他。他抬起布满红血丝的眼睛，怔怔地看了我片刻，唇角勾起一抹冷笑，"朕知道，你不是真的听话，你肯定以为，就算你拿一壶酒来，朕也喝不下去，朕便让你看看，你的猜测是如何错误！"

他说着就仰起头，只消片刻，已经将一整壶酒都倒入肚中，蓦地趴在桌上，不省人事。

我轻轻地推了推他，道："皇上？皇上……"

他略微地睁开狭长的凤目，"瑜……"

现在，我已经知道他口中喃喃叫着的字，不是鱼，更不是陈鱼，而是姜瑜，那个冷清的小上将军。让我吃惊的是，他此时看着我的目光，迷离中带着莫名的热情和希冀，还有些说不清道不明的东西，使我忍不住想逃。

却在此时，他猛地抱住了我的腰，"瑜，不要走！可知朕想这个日子想了多久？我们从此以后可以长相厮守，永不再分开了！朕现在是皇帝，你知道皇帝代表什么吗？"

我用力地想推开他，可却完全做不到。

他继续道："皇帝，就代表着天大地大，皇帝最大。从此以后，任何的阴谋诡计也不能伤害我们！更不能伤害你！瑜，你开心吗？你开心吗？！"

他说着，忽然站了起来，仍将我狠狠地搂在他的怀中，并且将他的脸埋在了我的肩上，在我的耳边轻轻低喃："瑜，你迟早会明白，你是朕的女人，只有朕才配拥有你，这辈子，一生一世，你只能是朕的女人！"

微颤的唇，轻轻地吻上我的脖颈。

一种奇异的，说不出的陌生的，令人惊悸而又莫名使心跳加快的感觉，让我脑中蓦地一片空白。

愣怔之下，我已经感觉到那点柔软冰凉的触觉，本能地狠狠推开他，"安陵浩！你看清楚一点，我不是姜瑜，我是段皎！"

我发觉自己愤怒的声音发着抖，那是与被追杀而濒临死亡时的害怕完全不同，而是种莫名其妙，无所适从若即若离，一种奇怪的感觉。

他毕竟是喝醉了酒，冷不防被我推的撞到桌上，腿上吃了痛，他闷哼了声，便抬目向我看来，"瑜，你——"

"我是段皎！"

他晃了晃脑袋，似乎清醒了些，发红的脸颊上，竟然闪过一丝羞愧，"哦，对不起……"

见他并没有失去理智，我轻吁了口气，"没事。"

他深吸了口气，忽然哧地笑了声，"朕走了。你放心，朕明日还会来的。"

他说完，便跌跌撞撞地走了出去。

"唉——"

我往前追了两步，想要叫住他，转而又想，或许他走是对的，我们的结合本来就是场很奇怪滑稽的误会，两人待在红艳艳的洞房中面对这样的事实也是件很尴尬的事情。

这个特殊的夜晚，便在我淡淡的茫然中度过了。

第二日，他并没有如他所说的那样来到玉宸宫，后来的几日里，我都没有再见到安陵浩。

我反而无意间听说了有关安陵辛恒的事。

原来安陵浩登基的第一件事，竟然是安排安陵辛恒生母刘妃晋位，成为贵妃。虽然老歧君已经死去，但能够晋位仍然是老歧君的后妃们所盼望的事情，其实这对她们已经没有什么意义。

刘妃成为贵太妃，更被要求住在安陵浩生母敏皇后生前最后居住过的清澜宫，并且入主中宫。

她竟然是在自己的夫君死去后，得到了最大的晋升。

以安陵浩的话说，刘妃晋位是在情理之中。理由便是近几年来细心照顾父皇生活起居，功劳甚巨，因此要将刘妃如同自己的亲生母亲那般的侍奉。只是，刘妃即不能离开皇宫，做为他的儿子，安陵辛恒当然也不能弃母而去。

好在安陵浩大发慈悲，允许已经没有任何爵位和功名在身的，被贬为庶人的安陵辛恒仍然在宫内原西宫太子府居住，可以常与自己的娘亲贵太妃见面。

所有人提起这件事的时候，无不赞叹安陵浩的胸襟气度。

虽然安陵辛恒差点便要杀了东宫太子自己当皇帝，最终胜利的东宫太子，现如今怕皇帝，对西宫母子二人，还是表现出了最大的宽容。一时间，这件事竟然在上京甚至是举国上下传为美谈。

与安陵浩所获得的赞誉形成强烈对比的是，安陵辛恒以往在民众心目中建立起来的良好形象，就此彻底崩塌。

歧国从此没有西宫太子安陵辛恒，只有一个大逆不道，夺嫡失败的庶人——卫庄。

他从此以后的默默无闻，几乎已经是注定了的事。

而在我的印象里，却总是在他救了我后，我睁开眼睛的刹那，所看到的风华绝代的男子，还有后来他逼着安陵浩杀死我的模样。一救一杀，本该抹平，无恩无仇，可是为什么在我的心里，便只有对他的仇，再也没有半点恩情？

那日百无聊赖之际，我在凉云和万叶的陪伴下逛着园子，却见付公公进入了玉宸宫，脸上带着笑意，至我面前，便甩袖跪倒，"奴才见过昔妃娘娘！"

"付公公，起来吧。看你红光满面的，有了什么好事？"

"娘娘，奴才这可是为您高兴呐！皇帝让奴才带娘娘去一个地方，给娘娘一个惊喜。这可是娘娘独享的殊荣啊！"他边眉飞色舞地说着，边站了起来。

我笑道："那到底是个什么样的地方，有什么样的惊喜？"

"这奴才可不敢说，说出来就不惊喜了！皇上知道了那可是欺君之罪。"

"好吧，你前面带路。"

他卑躬屈膝地前面引路，又瘦又长，照在地上的影子就像是根弯曲的竹杆儿，万叶哧地笑了起来，"娘娘，奴婢觉得这世界上再没有比付公公更瘦的男子啦！"我尚没有说话，另一边的凉云语带嘲弄地说："叶子，你却是错了，如付公公这样的人，又怎么能算是男子呢？"

她的声音不大不小，却足够被付公公听到。只见那瘦长的身躯微颤了一下，目光却是阴毒地往凉云的脸上扫了扫，凉云脑袋微微一扬，仿佛并不惧怕。我心里蓦地产生怪异感觉，这凉云明明知道付公公现如今是什么样的地位，她这样公然地得罪他，难道不想要自己的小命了吗？

我知她反正连我也不看在眼里的，倒有心看看她如何应付将来要发生的事，所以装作没听见她的话，只对万叶说："那却是未必。本宫曾见过一个男子，便是骨瘦如柴，比之付公公更甚。只是那人是因为长期得不到食物饿的，与付公公在宫内陪伴皇上，锦衣玉食却仍然如此消瘦大是不同。"

第二卷：有妃皎洁

"那付公公可是天生体质弱？"

付公公听到这里，方回首一笑，"你个小叶子，本公公瘦便瘦了，说什么天生体质弱？可知本公公力大如牛，便是三个如山般强壮的男子也未必是本公公的对手呢！"

"付公公你吹牛！"

几人哈哈地笑了起来。

这样且行且说，不知不觉间已经到了玉宸宫深处，两边树木高大，只是冬日未尽，走在婆娑的树影之中，有种说不出的美好和新奇。暖手炉渐渐地凉了，凉云很是机灵，将暖手炉接了过去，"娘娘，不如奴婢回去换热的暖手炉来。"

我嗯了声，知她心思多，不知又在打什么主意，即是管不住她，便由得她吧。

待凉云走了，万叶将我的手握在她的手中，并且掀起侧边衣襟，"娘娘，这里暖和些。"

我蓦地想起在陈王府时，常在冬日里玩耍而不知回屋，非要冷到忍受不了才匆忙跑回去。这时，我娘便将我的手放在她的怀中暖着。

此时此刻的情景，倒与那时候略有相似，我心中微微感动，道："谢谢。"

万叶脸一红，"娘娘客气了。"

转而向付公公埋怨道："早知如此远，就叫娘娘坐轿而来，付公公却是想得不周到了。"

付公公忙道冤枉，"这是皇上特意叮嘱的，说是要步行而来，才能看清两旁的道路，将来才可以常来常往此地，却与小人的周到不周到无关。"

我道："没事，这几日被几个丫头围得出不了门，早想走远点，看看到底都是些什么景致。"

这时，付公公道："到了！"

抬眸看去，却见正前方出现一座小屋子。红墙绿瓦，竹木掩映，煞是精致漂亮，只是造得却颇为奇怪，墙壁高处皆是菱形气窗，并雕着各类花纹。进入屋内，见到一口大锅和几个封桶及竹漏，还有埋在地下的酒坛，方才明白这间屋子的作用。

他虽不会酿酒，但却明白酒气升腾间屋内闷热之况，因此造了这间有着气窗的屋子，比之段姑姑留给我的酒房，却是精致优雅了不少。

虽然我随他来宫里，并不是为了酿酒，但见这准备的妥妥当当的酒屋，心还是不由自主地动了动，如平静的湖面扔下了块细小的石头，又如春风吹过湖水，引起涟漪。

他果然守信。

虽然他并不是个好人，但这个酒房确实使我对他的人品有些改观。

付公公的语声打断了我的思路，"娘娘，满意吗？"

"是皇上让你这样问的吗？"

"呵呵，娘娘果然聪明人。"

"那你就跟他说，酒房虽然造得不错，但如今天寒地冻，到哪里去找蛇麻花这种植物来酿酒呢？固然本宫很想一试身手，可是也如望梅止渴，画饼充饥一样，好看是好看了，却没什么用。"

"这——娘娘，真的要这样回吗？"

"不错。"

"娘娘三思。"

付公公皱着眉头，显然他害怕我的答案会惹怒安陵浩，连累他也受惩罚。可惜这点我却帮不了他，因为这就是事实，是我的答案。

付公公只好唉声叹气地离开复命去了。

万叶小声道："娘娘，虽然奴婢尚没有见过皇上，但听闻皇上是个很骄傲的男子。他如此费心讨您开心，您为什么不接受皇上的好意呢？"

我摇摇头，"叶子，你先回去吧，我想一个人在这里待会儿。"

万叶还要说什么，我连忙用眼神阻止了她。

我的心里乱糟糟的，只想自己静一静，万叶只得把没有说出口的话硬生生地咽了回去，默默地离开了。

重新打量着这间酒房，我思绪万千，回忆凤翔城破后的点点滴滴，每段路都走的那样凶险和艰难，更多的却是伤心和无助。如今，这酒房确是安陵浩替我造的不错，而且他应该是以宠爱的名义送给我的，但我心中明白，我和他之间根本就没有爱。

在酒房中默默地停留了很久，我想起了段姑姑。

从她离开雀镇至今，我再没有得到有关她的任何消息。按照当初的情况，她必是来到了上京找安陵辛恒或者是老歧君，不知结果如何？是否已经进了宫？还是仍然徘徊在宫外？想到这里，我便再也坐不住，立刻回到寝宫，并将万叶叫来面前。

"叶子，你是什么时候进宫的？"

"奴婢进宫有两年多，只是之前一直做粗婢，后来承蒙新皇登基之福，才有机会被选入内宫做娘娘的近身侍婢。"

"哦，那时间也不算短。这几个月来，你可听说宫中是否有进来姓段的女人？"

"姓，姓什么？"

"段——"

我刚刚说出这个字，立刻就被惊慌失措的万叶捂住了唇，继而意识到如此的动作是为大不敬，颤抖着跪了下去，"娘娘，对，对不起，奴婢不是故意的。只是您说的这个姓，如今已经是宫中大忌，切不可再提起。如果被人听到，势必要引来轩然大波。所以请娘娘以后切勿再提此姓。"

"到底怎么回事？"

万叶清澈的眸子里满是害怕，"娘娘，奴婢真的不知道是怎么回事，只是听说先皇的死是跟一个姓段的女子有关。而且宫里向来就有这样一个说法，说凡是姓段的女子皆不可入宫，所以在过去的许多年里，每一次的选秀和所有的充裕后宫的活动中，凡是姓段的女子都被摒弃在外，不准入宫的。"

我听得糊里糊涂，"既是如此，那么宫里恐怕就没有姓段的女子，为什么先皇的死却又与姓段的女子扯上关系？"

她尚没有开口回答，我却蓦地想到了什么，"莫非，竟是与她有关？！"

我想起段姑姑离开雀镇时，那种决绝的神情。不知道她到底跟老歧君有着什么样的瓜葛，但是以她的决心，必是寻到宫里来了。难道老歧君的死，竟是跟段姑姑有关？

那么，她现在如何了？

如此推导下来，我内心里已经明白，段姑姑恐怕……如果真的是她害了老歧君，那么宫里必然已经知道了，否则不会有此怪异的禁忌。

心里说不出的难过，难道段姑姑已经被处死了？

"娘娘，您，您怎么了？"

大概是我的脸色难看，万叶的神情显得更加惊惶。

"没事。叶子，凉云不是回来拿暖手炉吗？却为什么到现在都没有见过她？难道她是去给本宫送暖手炉的时候走岔了？你去酒房找找她吧。"

"是，娘娘。"

叶子走出去没多久，凉云却自行回来了，一边将暖手炉送入我的手中，一边说："娘娘，奴婢刚才去了酒房，发现您已经离开了。叶子呢？怎么没有在您身边伺候着？"

我看到她脸色微微发红，仿佛真的是一路小跑而来。我对玉宸宫还不是很熟悉，是不是还有另外的路可以到达酒房也不得而知，当下不纠结此事，只道："叶子去找你了。对了，你可不可以告诉我，段姓在这宫中为什么成为了禁忌？"

凉云目光一凝，接着却是含笑道："那倒也不能完全算是禁忌，现

如今先皇逝去，敏皇后也早已经归天，还有谁会在乎宫中有无段姓呢？至于说先皇之死与段姓的女子有关，恐怕也只是以讹传讹罢了，娘娘却不必如此在意。”

她果然是与万叶不同的，话语间也算颇有见识，只是这番话说出来用心如何就不得而知了。

我赞同地点点头，“虽然人言可畏，但如此没来由地去忌讳一件事，当真也是愚蠢。只是这禁忌竟是与敏皇后有关吗？”

凉云嘻嘻一笑，“这奴婢可就不敢说了，有机会，还请娘娘亲自问皇上吧。”

我心里蓦地浮起怒意，这丫头若不想说，大可像万叶一样，干脆不说。但她现在是说了一半留了一半，这最是恼人，却有耍弄我之嫌。只是我也已经不是那个刚刚从陈王府里逃出来，不能控制自己情绪的人，竟然没有当场发作，只是淡声道：“既是如此，本宫也不愿再打听那些闲言碎语，不知原委也罢了。”

她又道：“娘娘，皇上明明不爱您，却特意地给您造酒房，到底是为了什么？”

我终是不能不发作，蓦地在桌上狠狠一拍，“你说什么！”

她却伸了伸舌头，并不惧怕，反而笑嘻嘻地迎上来，做乖巧状在我的身后替我捶背，“娘娘您别生气，奴婢并没有不敬之意，只是在娘娘新婚之时，皇上并没有留宿玉宸宫，所以众人都在暗中议论，奴婢也只是将别人的疑问转述给娘娘而已。如今咱们皇上的后宫内只有娘娘一位，而皇上也没有册立新妃之意，可见即使是不爱娘娘，亦没有爱上她人。否则以皇上的地位，又有哪个女子不能爱呢？”

我扭身站了起来，冷冷地道：“别人说什么，便让别人去说好了。只是作为本宫身边的人，却不该失了身价与那众人一样地说三道四，你自去罚禁吧！”

在陈王府的时候，大娘惩罚那些丫头婆子，便让他们自去罚禁，其实就是自己将自己锁在冰冷的柴屋中不许吃喝，直到她再次发话，被罚之人方可出来。既然陈王府有此规矩，想来皇宫中也有的。

果然，凉云的脸色变了下，"罚禁？娘娘，奴婢……"

终是没有将话说完，无奈却又带着怒意地道："奴婢明白，奴婢告退！"

……

她倒确实有些脾气，后来的两日，她果然将自己锁在玉宸宫的空屋中，又冻又饿的挨了两日，却丝毫不出声求饶。万叶几次去看她，并且偷偷地送去吃喝之物，她皆原封不动地推了出来。

我尝过饿肚子的滋味，心中有点佩服她的忍耐力，却也有些心惊。后来便差人去打听凉云的身世，原来，她是出生于贫苦人家，虽然也经历了些风雨，却并没有什么特殊之处。

这样又过了一日，直到入夜时分，我亲自去厨房端了几样精美的糕点，送到了锁着她的屋前。房间里静悄悄的，不知道为什么，我没有立刻敲门，反而像被谁施了定身法似的，站在门口很久很久。

我忽然想到，如果我是她，我会如何做？答案当然令我羞愧，我想我会求饶，我首先想到的应该是活下去。

我再次感到了挫败，为什么，我竟然会变成这样一个，贪生怕死，毫无骨气的人？

又想，她既然如此有骨气，便让她继续在里面待着，难道她还能真的将自己饿死不成？

我将手中的糕点盘啪地摔在地上，任糕点滚落一地，扭头就走。

气恼之下，却是不看路，只往前走着。过了片刻，我方才发觉自己已经到了陌生的道路，回头看看，仿佛已经走了很久，看不到回路了，干脆就坐在旁边的花台上休息。心中的怒意仍然高涨，阵阵涌起使我心口疼痛，我像是受了重伤的人，竟然忍不住捂着胸口呻吟了声。

这时我却听到有个温文尔雅的声音道："娘娘是否身体不舒服？还

是回寝宫请太医瞧瞧的好。"

这声音犹如晴天霹雳，我蓦地扭头，便与安陵辛恒的目光撞在一起。他显然早已经知道这位皇嫂是谁，所以并不感到惊异，见我盯着他看，便又很有礼貌地身体微微一伏，"在下卫庄，见过昔妃娘娘。"

"卫庄？"

我狐疑地站了起来，走到他的面前，仔细地打量着他。虽然换去华服，但是淡青色暗花袍也颇显尊贵，况且腰间的玉带绝非一般男子可佩戴之物。他面容沉静如水，双眸淡然，依旧深不见底，唇角的那抹微笑，似乎一阵轻风便可吹散。

这分明就是我记忆中的安陵辛恒，但他却说他叫卫庄？

"安陵辛恒，你什么意思？难道你以为本宫是傻子吗？你明明就是安陵辛恒，却说什么卫庄！"

安陵辛恒淡淡一笑，"娘娘说的不错，在下从前确是安陵辛恒，只是如今，已经被赐为一介布衣，并且不能再拥有皇家之姓。当今圣上亲赐卫庄此名，倒教娘娘见笑了。"

我愣了下，这安陵辛恒因为夺嫡失败，竟然连原本的名字也没有资格用了，怪不得他只称我娘娘，不称我为皇嫂。如此一来，便没有了兄弟之情，当然也就没有皇嫂之称。

别说他曾经是歧国的西宫太子，便是平民百姓，也绝不能接受这样的改变。只是见他将此事娓娓道来，平静的如同在说别人的事情，反而令我大惑不解，他不该如此平静的。

我哂笑道："原来堂堂西宫太子也有今日吗？却叫本宫意外。"

继而语带讽刺地道："卫庄卫公子，既是一介布衣，却如何还要逗留宫中，而且这玉宸宫可不该是卫庄公子可来之处吧？"

安陵辛恒再次一揖，"卫庄奉皇命来此觐见，冒昧之处，还请娘娘海涵。"

"噢？奉皇命？"

"是的。据说是皇上的蛇麻花草的花棚建好，请在下前来见识。"

"啊！"

"蛇麻花草？"

"据说娘娘是喜酿酒的，而且所酿之酒称为蛇麻花酒，入口清洌味甘，于人体有益，与其他烈酒大是不同，想必这花棚必是皇上专为娘娘准备的。"

"噢。"

怀着复杂而有些茫然的心情，我与他一起往那花棚所在之处，其实已经是快要到了。没有走几步，却见到了付公公。因为安陵辛恒只是庶人白丁的身份，付公公也不便向他施于大礼，只是微笑向安陵辛恒点点头，便将目光转向我，"娘娘，皇上正让奴才去接您，没想到您就来了，看来娘娘的消息倒是灵通得很，却不知谁比奴才的腿还快，抢了奴才的头彩。"

其实我只是误撞到这里来的，因此只是笑道："付公公说笑了，这玉宸宫虽大，却已经是本宫的家。试问，本宫对自己的家里正在发生着什么事尚且不知的话，是不是更惹人笑话呢？"

两人说着话，已经到了一处所在。

只见一个绿色的大棚出现在眼前，与皇宫内的凉亭水榭极不搭调，有些太监宫婢站在棚外。各人神色凝重，安静的令人窒息。

果然，进入棚内，却见安陵浩就站在一片蛇麻花草之间。我们进入后，付公公并没有特意地通报，而他似乎也并不知道我和安陵辛恒已经进入棚中，犹自低头认真地研究着面前的蛇麻花草。

他今日好像特别的意气风发，却不是平日里中规中矩的打扮，衣襟前的衣带被解开，露出内里的盘龙绣金的淡金袍，颈上围着雪白的貂皮，更衬的他眉目鲜明，黑眸红唇。君临天下的傲气没有丝毫的掩饰，唇角有丝淡然的笑意。

我与安陵辛恒向前走了两步。

"臣妾参见皇上，万岁万岁万万岁！"

"卫庄参见皇上，万岁万岁万万岁！"

安陵浩这才如梦初醒似的，将目光从蛇麻花草上移到我的面上，两人目光相触间，竟都坦然。

他微微一笑，道："爱妃，刚才让付公公去请你，你竟是这样快的来到了朕的面前，看来付公公现在办事的速度真是让朕吃惊了。"说着伸手将我扶起，"这是朕特意为你准备的花棚，虽是隆冬未尽，这里却有足够多的新鲜的蛇麻花草，如此，那酒房便不会是无用之物了吧。"

我做受宠若惊状，"皇上，如此天寒地冻，却是怎样办出这样一个花棚的？"

他哈哈一笑，"你忘了自己的夫君是什么人吗？朕是天子，这对朕来说，不过是小事一桩，只要能博爱妃一笑，这点事又算得了什么呢？"

直到这时候，安陵辛恒还保持着施礼的姿势。

安陵浩装作没有看到，我便也不去提醒他，虽然我是有些同情安陵辛恒的，但是我怎么能够忘记，此人心狠手辣。如果今日他是皇上，恐怕安陵浩早就丢了性命。

但是不知道为什么，想到这些的时候，我的心竟有些微微的刺痛。无来由地吟了句："人生若只如初见，何事秋风悲画扇……"

"爱妃，你不喜欢这个花棚吗？"安陵浩疑惑地问我。

"不，很喜欢，谢谢你。"

"我们是夫妻，朕为你做点事是应该的，从此都不必提这个谢字。"

我蓦地站住了脚。我们的对话如果放在寻常皇帝与妃子之间，那或许是再正常不过，但是我与他之间，不应该是这样的语气说话？我们都了解彼此的底细，我们都曾见过对方的狼狈，他明白我来皇宫目的不纯，我也知道他的皇位来的何其凶险。我们不该是举案齐眉，而是应该话里话外充满暗斗和讥诮才对。

"安陵浩，你为什么要对我这样好？"望着他的眼睛，我终是问了出来。

"因为你是我的女人。"

"你知道的，我不是。"

"可是在所有人的眼里，你是。"

我还要说什么，却听付公公追了上来，说："皇上，小上将军来了！"

安陵浩的眼睛蓦地一亮，"是瑜姑娘来了！付公公，她如今已经不再是小上将军，以后要称她为瑜姑娘或者是郡主。"

虽然姜瑜的父亲只是个将军，却拥有爵位，她确也算是郡主。

举目间，果然见到姜瑜走了进来，她一眼就看到了单膝跪地保持着施礼姿势的安陵辛恒，脚步微微地顿了下，却是面不改色地走到了安陵浩的面前，"姜瑜见过皇上，见过昔妃娘娘。"

安陵浩这时却是傲慢极了，冷冷地嗯了声，淡声道："起来吧。"

姜瑜站直了身体，目光在安陵浩的脸上微微一顿，却是转到我的脸上来，两人目光相触间，俱都漠然。

该到的人终于到了，而我也终于明白了安陵浩的用意，他为我做的这些事原来是做给姜瑜看的。

果然，他仿佛才刚刚发现安陵辛恒依旧跪在那里的样子，轻噢了声，道："卫庄，你也起来吧。你向来都是个风雅的人，又是极洒脱，想来应对很多事都有自己独特的看法，你且来看看，这花棚做得怎样？"

安陵辛恒脸色微微苍白，缓缓地起身，我注意到姜瑜的目光还是不由自主地转到了安陵辛恒的身上。我以为安陵辛恒必羞于在此时此刻见到姜瑜，肯定要躲闪，没想到他的唇抿了抿，却是平静地抬起了头，向着姜瑜微微一笑，道："在下见过郡主。"

姜瑜怔了怔，接着也是释然一笑。

安陵浩仿佛并没有注意到这一切，依旧向安陵辛恒和姜瑜介绍着这个花棚，"共有一里长，内设暖炉，由专人侍候。蛇麻花草外观并不出众，但这种植物很奇怪，你看这花不像花，果实不像果实的白绿相

间的串串儿，充其量也只是有趣而已，并且也没有令人愉悦的馨香之味。你们一定很奇怪，朕却为什么劳心劳力做了这个花棚。"

安陵辛恒与姜瑜必也知道原因的，却都沉默不语。

气氛一时冷了下来。

我深吸了口气，终是决定配合安陵浩，虽然这其实很卑鄙，而且安陵辛恒和姜瑜肯定也已经看破安陵浩的用意，心中不知怎样地嘲笑着安陵浩。我同情地望着安陵浩，就算他是皇上，毕竟这世间，还是有他得不到的东西。

我轻轻地挽住了他的胳膊，道："皇上，臣妾知道这一切都是皇上为臣妾做的，因为臣妾喜酿蛇麻花酒，所以皇上便在这隆冬里移来了活的蛇麻花草和建盖了酒屋，而且是在这样短的时间内，这简直就是奇迹。臣妾感念皇上隆恩，无以为报，只求在不久的将来能够酿出令您满意的蛇麻花酒，请皇上品尝臣妾亲酿之酒。"

安陵浩果然轻轻地将我揽入怀中，"爱妃不必客气，你既是朕的女人，这些事朕乐于为你做，你知道，这世界能让女人欲所欲求的男子，毕竟还是不多的。"

说着话，目光却控制不住地看着姜瑜。

我看得出，他眼里有责怪，更多的却是期待，他肯定希望姜瑜能够做出些反应，或许姜瑜会因为他为我而做的那些事，可以重新选择自己的未来。

但是，姜瑜只是沉静地站在那里，对我们表现出来的"恩爱"，无动于衷。

安陵浩失望极了，揽着我肩膀的手指不由收紧，甚至嵌入了我的皮肤，这尖锐的疼痛差点使我叫出来。

但是我为什么要在另外一个女子的面前示弱呢？

况且，无论如何，安陵浩已经是我的夫君，女人的天性里，便是不允许别的女人与自己分享同个男子。在陈王府的时候，我就深深地知道这个道理，也接受这个事实。我怎么可以允许安陵浩在我的面前，爱着别的女子呢？

我心中五味陈杂，虽我与他的姻缘中，并没有感情的因素，此时此刻，我心中的嫉妒却疯长着。

当下硬忍着这疼痛，面带幸福的微笑，继续陪着安陵浩将这场戏演下去。

"皇上，不如我们在这花棚里走走，看看暖炉的设置是否妥当。而且花草刚刚移植过来，稍不小心便有可能枯死。"

"噢，好！"

他如梦初醒，知道自己手上用力太大，当下看着我的眸子里便带上了感激和歉疚。可惜，这感激于我却是多余的，甚至是耻辱的。他难道在感激我陪他演这场戏。这真是太可笑了，凭什么呢？

几人就这样往前走去，只见花棚果然是很壮观的，每十步必有个侍草太监在那里精心地照顾着这些蛇麻花草。棚内温度适宜，通风良好，想来这些草会在这里很好地生存下去，我心中顿时那些复杂的东西被这满眼的绿色清空。

转目间看到一簇特别大的串儿酒花，我忍不住笑了起来，如此看来，倒真的如安陵浩所讲，马上便可以使用酒房蒸酒了。

我想到开心处，更是抬眸往远处看去，却蓦然感觉到一束目光似乎正盯着我。扭头追寻而去，却是安陵辛恒。

不知道为什么，他的目中竟然带着些痴然。我的心跳忽然加快，安陵浩见到姜瑜的时候，仿若也露出类似的目光。

难道……

尚不敢深想，便已经觉得脸颊滚烫，连忙转头避开这目光，自嘲地暗道："如今我面容丑陋，丑女一个，如此胡思乱想，却是自作多情了。"

转目间却又看到安陵浩正痴痴地盯着姜瑜看，而姜瑜的神情却始终是漠然的。很明显，她能够感觉到他的目光，但她不给他丝毫的回应。

我将那串酒花摘下来，哎呦地轻叫了声，手被藤蔓刺了下，但是安陵浩却完全没有注意到我的痛叫声。反而是安陵辛恒，似乎颇为关心地往前紧走了两步，只是抬眸间触到已经是皇帝的安陵浩，便无奈地停下了脚步，神情又是木然，木然的微笑。

我心中泛起涟漪，从这些微小的反应，我竟觉得安陵辛恒是关心我的，甚至他并没有把自己的心思放在姜瑜的身上。

我暗暗地猜测，或许姜瑜与安陵浩一样，都是一厢情愿，她爱着安陵辛恒，可惜安陵辛恒却并不爱她。

如此一来，这场游戏似乎更加好玩了。

……

无论如何，其实安陵浩的表演都算得上失败的。他不爱我，所以我与他表面的恩爱不能让任何人嫉妒，何况他即便是表面的表演，也是很粗糙。我被刺破的手指，还是回到寝宫后，万叶替我包扎起来。

而这日傍晚，万叶却慌慌张张地跑来告诉我，凉云晕倒了。

我没有想到，她竟真的如此倔强。

看着躺在床上，脸色苍白的她，长长的眼睫毛微微地颤动，似乎睡得极不安稳。我请了太医来为她诊脉，说是受了风寒，加上身体虚弱，才至这样的严重。我真的不明白，难道生命对她来说不重要吗？为什么可以如此轻易地放弃呢？如果我真的下了狠心，任她在那间房里自生自灭，于她来说，这已经算是走到了人生的尽头。

万叶道："娘娘，由奴婢照顾凉云好了，您回寝宫休息吧。"

我像没有听到她的话，只向昏迷不醒的凉云道："为什么？为什么你可以对自己这样残忍，难道真的有什么东西比生命还重要吗？"

没想到，凉云这时却醒了，慢慢地睁开了眼睛，虽然无力，目光却无比的清澈锐利，"没错，有比生命还重要的东西，那就是尊严。"

"醒了就好。本宫走了。"

我装作没有听到她的答案，站起身来就准备离开。

却听到她在我的身后冷冷地道："在娘娘的心目中，尊严必是没有生命重要的。"

"大胆！"我蓦地转身，怒声喝道："大胆凉云，你真的没有将本宫放在眼里啊！难道你真的以为本宫不会杀你吗？"

凉云道："好！你杀了我好了！与其如此耻辱地活着，不如让我死好了！"

"你——"

我只觉得一股怒焰从心头冲起。

凉云确是聪明的，虽然我们认识的时间并不长，而且是主仆关系，但她竟然看透了我，直接触到我心头最受伤的地方，她这是存心在找死啊！想到这里，我却忽然冷静了下来，继而静静地看着凉云的眼睛，她如水的眸子狭长如柳，目光如湖波似的有着层晶亮的波光。她是个美丽而且带着些柔媚的女子，与我以前所见过的任何女子都不同。

这样一个女子，必也知道自己的优势所在，是不会就此求死的。

"凉云，你如此逼迫本宫，必是有什么目的吧？其实本宫也只是偶然地闯入深宫的普通女子，你若有什么为难之处，本宫或可理解，也或许能够帮你。或者，你不想留在本宫的身边，本宫也可以送你去你想去的地方，你却不必如此一味求死。"

凉云略感震惊地看着我，朱唇微启，"娘娘，你——"

我重新回到床边，坐在她的身侧，"凉云，到底出了什么事？"

"我——"

她欲言又止的样子，更使我明白自己猜对了。但是我又等待了片刻，仍然没有等到她的答案，她只是沉默着。最后他干脆从床上挣扎起来，向我施礼道："娘娘，奴婢求死，确是有另外的原因，不过请娘娘原谅一次，同时也请娘娘放心，以后奴婢会做好自己的本份，不会再故意气娘娘了。"

她不愿吐露心事，原也在我的意料之中，当下笑着点点头，"好。"

关于凉云的这件事，似乎已经过去了。第二日她能够起身，便如常地做起自己该做的事。目光偶尔与我相触，也是匆匆地低下头去。

那夜，我独自面对着一大桌菜，郁郁不欢。

虽万叶很善解人意地劝说我多吃些，但我却怎么都吃不下。自花棚分开，便又有七八天没有见过安陵浩，我有种被人利用完后，便迅速抛弃的感觉。

蓦地站了起来，将整桌饭菜都掀翻。无名的愤怒几乎要使我发狂，我大声道："来人，给本宫更衣！本宫要去见皇上！"

万叶被吓了一跳，"娘娘，现在已经，已经很晚了……"

"那又如何？！"

万叶唯唯诺诺地应了声："是是，娘娘，奴婢这就替娘娘更衣！"

片刻之后，已经换了身绛红色的华丽宫装，从镜子里看到站在我身后的凉云，似乎有些微微的惊讶。

我顿感疑惑不解，回首问道："凉云，你在想什么？"

凉云惊了下道："噢，娘娘，奴婢，奴婢只是觉得娘娘很美丽，身段很美……"

我也没想到她竟然是注意到我的身段，女孩子都是禁不起夸的，虽然我对她并没有好感，这时也不由觉得可亲，高兴地道："是吗？"

仔细看看镜中的人，竟然使我自己都愣住了。

原来不知不觉间，我似乎长高了不少，纤细匀称，非常曼妙。我很自恋地在镜前将腰肢左扭右扭，对自己此刻的状态很是满意。忽想到如果我娘还在世的话，看到现在的我，大概是不会像从前一样的发愁了，她那时候总是因为我长得像个假小子而发愁，害怕以后我不能够嫁一个爱我的夫君。

可惜，她终究是没有看到她的女儿真正长成美人，当时的情状，肯定使她带着很多的不甘心、不放心，还有疼痛，凄凄惨惨地离开了人世。

泪水便在眼眶里转啊转，我蓦地背转身子，不再看镜中的自己，如果她真的活着，知道我已经成为歧君的王妃，不知又该是如何的痛心和失望？

万叶见状，连忙道："娘娘，您怎么了？是不是想到了什么伤心事？"

我好不容易将眼泪逼回眼眶深处，却再没有心情去见安陵浩默默地坐在榻前，感觉今夜不但漫长而且特别的寂静。香炉中袅袅的香烟，竟似是整个世界中唯一的活物，如水的孤独和寂寞，刹那间淹没了我。窒息似的恐惧使我迅速地冲到窗前，哐啷推开窗，一股湿湿的冷风扑面，原来不知道什么时候，竟然下起了雪。

那飘飘扬扬的雪花，仿佛是在为整个世界唱着无声的挽歌。

我哈哈地笑着冲入了风雪中。

万叶和凉云都不知道我怎么了，惊惶地唤着娘娘，却终是远远地跟着，不敢来打扰我。我在雪中跳着笑着，好像遇到了世界上最令人开心的事情。而其实，我心里的悲伤和痛恨，就像这纷纷扬扬的雪花，绵绵似无绝期，快要将我逼疯了。

凤翔城的血。

凤翔城我娘的血，我唯一的亲人的血。娘，我会为你报仇的。

我在玉宸宫内疯跑着，只想让这冷冷的风雪夜，将我的仇恨埋得更深。

也不知道过了多久，我忽然滑倒在地。

万叶和凉云并没有跑过来扶起我。手掌被擦破了，火辣辣的痛。我挣扎着爬起来，往四周看去，这才发觉自己不知不觉地跑离了熟悉的道路，此处林木似乎特别密集，假山亭台也错落有致，只是没有大路，触目皆是曲径通幽的小径。这样看了一圈儿，甚至连方向也辨不清了，所以连回去的路也找不到。

我早已经见识了宫中道路的密集和曲折，知道在宫内生活时间太短的人，往往容易迷路，但直到此时此刻，才发觉迷路其实也是件很可怕的事情。我进入亭中，静静地坐在冷凉的石椅上，抱紧了双臂。

或许这样的地方，才能够让我冷静下来。

过了片刻，忽然听到断断续续的箫声，这箫声呜呜咽咽，未语还诉，有种让人难以释怀的伤痛。

我的脚步便跟着这箫声，慢慢地走出了刚才如迷城似的所在，眼前豁然开朗，原来我已经在不知不觉中走出了玉宸宫，尚不自知，以为仍在宫内，却其实已经到了玉宸宫外的另一处园子。

进入月洞门后，见里面竟是处佛堂。上面只是龙飞凤舞地写着一个字，"悟"。

佛堂的门打开着，内里并没有念经静坐之人，只有个少年，背对门口侧坐在蒲团之上，持管青玉箫在昏黄的灯火下，任呜咽的箫声从唇间溢出。他一身素衣，瘦消的背影透着强烈的孤寂和幽远。

我内心微感疑惑，后宫乃是皇家内院，向来不许男子轻易进入，这人却是谁？竟然能够在皇宫内弄箫？

正在这时，却见他已然收了玉箫，缓缓地转身向着我的方向道："你来了。"

我吃了一惊，不明白他怎么会发现到我。而更让我吃惊的是，这人眉目俊逸，虽只站在那里也无法掩盖身上如玉般的清润，脱下昔日的华服，一袭白衣的他似乎没有了那令人压迫的气势，反而如山间的竹子，临风而立，潇洒自然。

却不是安陵辛恒又是谁呢？

既是他，我便也理直气壮地从阴影中走了出来。

他在明，我在暗，待我走近了，他才看出我是谁，脸上便露出一丝诧异和茫然。我对他的反应也早在预料之中，冷脸大摇大摆地走入佛堂之中，上上下下地打量了一番，发觉这佛堂颇为清冷简陋，与皇宫中的富丽堂皇大相径庭。只是这佛堂有三进，内里还有两间屋子，屋子内也点着灯火，却不知是否有人在内。

"安陵辛恒，深更半夜你不睡觉，却在这里附庸风雅，扰人清梦！"

"卫庄参见昔妃娘娘。在下不知箫声打扰了娘娘的睡眠……"

没有等他的话说完，我便道："以后不许你在宫中吹箫，无论是白天还是夜晚，还是任何时候。你可知这宫中住着的，可都是尊贵的主儿，而你现在被贬为庶人，白丁一枚，让你住在宫中已经是皇上宽大为怀，你却不知好歹半夜弄箫，分明就是不将皇上看在眼里！"

"在下——"

"行了，你别说了！房间里还有其他人吗？"

"回娘娘，没有。"

他如此恭敬，我没来由地一阵心酸，想到初见他时，他虽不能称为意气风发，却也是个绝不会甘于人下，风华绝代的男子。

如今却……

如果他知道我是曾经的陈鱼的话，不知又会做何感想？

默了半晌，终是道："安陵辛恒，知道本宫为什么不叫你卫庄吗？"

他如海的眸子茫然看着我，不知如何回答，我接着道："因为本宫知道，安陵辛恒就是安陵辛恒，不是卫庄。就如本宫，无论本宫现在在做什么，又叫什么，都无法改变本宫原本是谁，来自于哪里。"

他轻叹了口气，又扬起一丝微笑，便如黑暗中闪起的一粒星子般，令人心动。

我不由地痴想，"倘若当初不是他将我从护城河里救起，即便是后来他与安陵浩的争斗中要将我当成牺牲品，或许我也不会如此恨他。"

他却喃喃地道："我本以为，这个皇宫中再也没有能够看得起我的人，一个失败者是没有资格被别人看得起的，一个失败者，甚至连自己原本的名字都没有资格再拥有。却没有想到，昔妃娘娘竟能如此胸襟，仍然承认我是安陵辛恒。"

说到这里却顿了下，"无论如何，娘娘今夜对辛恒所说的一切，辛恒会铭记于心，谢谢娘娘。"

说到后半句的时候，语气里已经隐然有了些无法掩盖的豪气。

我就知道，如他这样的男子，又怎么肯甘于人后呢？特别是，他曾经站着的那个位置，曾经离那个至高无上的位置那样的接近过。

我淡声道："如此，甚好。"

两人再没有多说什么，只是默然地立了片刻，我便悄然离佛堂而去。走了没多久，便有把伞遮在头顶，扭头看时，却是安陵辛恒，"娘娘，如此风雪之夜，还是带着伞比较好。"

我接过伞柄，面无表情地道："谢谢。"

他张了张嘴还要说什么，我却扭头绝然离去。

或许今夜的邂逅是美丽的甚至让人充满幻想的，但是绝不是一个善意的起点。

……

因为整夜的辗转反侧，结果到了清晨，亦不想起身。

本来按照规矩，作为帝妃，我每日该早早晨起去贵太妃那里请安。安陵浩的亲生母亲敏皇后早已经离世了，先皇也已经驾崩，如今在后宫之内，除了皇帝便属贵太妃地位最高，算是长者，每日里给她请安也是理所当然。只是安陵浩早已经发下话来，说贵太妃在佛堂静修，诸人皆不必去打扰。

而我也明白，安陵浩之所以将贵太妃留在宫内，完全是因为安陵辛恒。

他的目的达到也就罢了，那贵太妃曾与敏皇后之间，为夺帝宠定是少不了纷争，否则不会出现当时的东、西两宫太子之争了。让他真正的尊敬贵太妃，那可能就如逼着小孩吃姜似的困难。

因此直到现在，我还没有见过贵太妃。

正在想着这些事，忽见万叶匆匆地跑了进来，气喘吁吁地在珠帘前禀道："娘娘，娘娘不好了……"

"什么事？"

"是花棚……花棚出事了！"

我蓦地坐了起来。那花棚是安陵浩为了刺激姜瑜而送给我的礼物，我未必是看在眼里，但棚里的蛇麻花草，确实是令人可喜的，我仍记得那蓬勃的朝气。没有来得及将厚衣穿上，便往花棚赶去，凉云拿了貂毛披风，紧追在后面，"娘娘，当心，别着凉了……"

花棚前早已经跪了一溜太监奴婢，见我到来，皆惊恐地趴跪下去。我没有理他们，进入花棚，只见触目间一片衰败。原本青翠欲滴的蛇麻花草，不知为什么都在一夜之间死去，如中毒了似的变成黑青色，水分从枝叶的尽头慢慢地滴落下来，在地上形成一片片污青色的水迹，整个花棚内充满着一股腐败的味道。

那是植物死亡的味道。

凉云终于追到了我，见此情景，连忙将我拉了出来，"娘娘，内中气味难闻浓郁，恐怕对人身体不利，娘娘还是莫要立于棚中。"

我愣怔地道："怎么回事？虽是异地移植，但得到这样好的照顾，应该能够生长的很好，怎么会死去呢？"

"娘娘，异地移植的植物确是很难培植的，气候和时令，还有环境的差异都会导致它们死亡。"

此时此刻，也只有凉云才敢跟我说话。

说到这里，凉云眉头紧紧地拧在一起，"娘娘，虽有些客观的原因，但最重要的还是这些奴才作死，这可是皇上赏赐给您的花棚，内中的每株植物都能抵得起一条性命，如今变成这样，却又如何惩罚这些奴才？"

半晌，我的心情才平静下来，"怪他们做什么，异地移植，对这些花草本来就是考验，如今它们无法在这样的环境里生存下来，只能怪它们自己。这件事就这样算了，我们回去吧。"

……

这一日，便整天的心情不好。

整棚死去的花草，时不时地跳入到脑海里，一阵阵无法抵御的冷。

而整个玉宸宫仿佛也没有了生机，安陵浩整整半月不曾来到玉宸宫，隐约传来的消息好像是说向来臣服于歧国的南越国，竟不知道因为什么原因，变得胆大包天，要进军歧国。而领兵之人，竟然是陈王陈孝言。

我很快就想到了凤翔城被屠的原因，那是为了张什么样的藏宝图，还是军事图或者是别的什么？总之，就是为了那样东西，才有了如今的局面。

莫非，陈孝言率兵来打歧国，还是因为这个原因？

如此一来，更加莫名地烦躁，再过了两天竟然如同生病了似的。脑海里常常会跳出那个问了无数次的问题，"我这样做到底对不对？我选择的这条路真的可能走下去吗？真的可以吗？"

娘……

娘……能不能回答我，我选择的这条路，到底对吗？

在这疑问中，时日变得越发的长。无法言说的孤独感将我紧紧地缠绕着，没有丝毫的安全感，甚至于有时候会一惊一乍地，对周围任何细小的动作和声音都充满防备。

有次甚至在凉云给我端上茶后，忽然发觉她的眼中似乎有种得意的恨意，结果硬生生地将那杯茶置于桌上，不再饮用。趁着别人不注意，我将那杯茶倒在了门口挂着的鹦鹉笼子里，隔了一日，鹦鹉饮了水后似乎并没有什么异状，方知自己疑心生暗鬼，冤枉了凉云。

也是啊，现在歧国与南越国就要打仗了，而我曾是南越国陈王的女儿，现在却别有用心地当了歧君的妃子。

说到底，我的身边，包括万叶、凉云这样貌似对我忠心耿耿的人，其实都是与我站在敌对立场的人。如果我一个不小心，泄露了自己的真实身份，那么便会立刻陷入万劫不复之地，就像那原本蓬勃的花棚，似乎是在刹那间枯萎零落。

那花棚的凋落，终成为了我的一块心病。总觉得有朝一日，自己也会如那花棚的花一样，忽然间枯萎。

大约是七八日后，我的精神稍好了些，便干脆放下心事，甩掉凉云和万叶，往花棚而去。不知那些枯萎的花棚是被如何处理的？

站在花棚外，也能感觉棚内的萧条。

原来守在棚外的太监侍婢，如今都不知道去了哪里。此处本来就是选在幽静处，这时候更显得破败。蓦然想到了安陵浩，果然他是为了姜瑜，才送给我这处礼物，如今这礼物并没有收到预期的效果，所以他便也将这里弃如敝履了。

内心里觉得，安陵浩对姜瑜，真的也算是用情至深了，但他爱着她的方法，可真是令人感到哭笑不得。

虽然花棚已经无人看守打理，但设施还算完好，掀开帘幕进入内中，里面的情景却让我大感疑惑和惊喜。

原来整个花棚几乎已经被搬空，原来的花架和暖炉，基本已经不见了，棚内打扫的很干净，露出原本的青石地面。但就在棚的中部，却有一处三丈见方的绿色，不但不见之前的零落，更郁郁葱葱，繁茂异常。周围用干草垒起矮墙，似乎是为了给这些蛇麻花草挡风，附近设有两个暖炉，可以看到里面红艳艳的火炭。

竟然有这么一片蛇麻花草存活了下来？惊喜之下，眼眶蓦地热了，想要流泪似的，我紧跑两步，才看到这片蛇麻花草中，蹲着个人，身着素衣，正在那里认真地整理着蛇麻花草中间的杂草。

那是株狗尾草，常与蛇麻花草相伴而生，他俊容上一双水眸中满是为难，似乎想要将这株草拔去，却又爱惜这株草也有生命。

这人赫然正是安陵辛恒。

这样犹豫了半晌，他终是叹了口气，放了那株草，"且让你多活半日吧！"

"只是多活半日吗？"

第二卷··有妃皎洁

他大概没有想到会有人来此，诧然抬眸看向我，满脸错愕。接着便站了起来，微微躬身，"卫庄见过娘娘。"

"不必多礼。"

我将目光转到那些蛇麻花草之上，接着道："原以为，那日之后，这些酒花全部已经枯萎了，没有想到竟然还有这些存活的。这段日子，是你在照顾它们吗？"

他唇角牵起淡淡的一丝微笑，道："回娘娘，其实这种蛇麻花草的适应能力还是很强的，上次之所以出了那样的事，皆因为宫人们不懂得此草习性。其实它们不是被那夜的风雪冻死，而是因为宫人们为了使花棚内暖和，于是燃起了过多的暖炉，虽然是上等的火炭，却仍然会产生淡烟，很多暖炉的淡烟聚在棚内，于是呛死了它们。"

我听得怔了怔，"植物也会怕烟呛吗？"

他又是一笑，"当然！植物和人与动物一样，都是有生命的，它们和人一样，也会被烟熏死。而这些，就是在那场劫难中侥幸存活下来的，卫庄感念它们的坚强，所以让宫人们将已经枯死的蛇麻花草清理出去，剩余下来的便集中一处继续培植，还好，它们现在终于真正的活了过来。"

"是，它们活过来了，谢谢你。"

我由衷地感谢着他，这些蛇麻花草的死而复生，使我这些日子里所积下的阴霾一扫而空，它们就像是照亮我前方之路的明灯，使我对自己的选择忽然坚定了起来。

"只是，你为什么要这样做？"

等我心内稍平静的时候，疑惑地问出了这句话。他目光略有闪躲，"呃，并没有什么原因，只是那日见到这花棚就要被拆除，心下不忍，便打发了宫人们离去，自将这花棚整理起来，现在见它们生长的好，也很有成就感。"

"哦，呵呵……"

"娘娘在笑什么？"

"没什么，本宫只是没有想到，昔日堂堂的西宫太子，竟然沦落无聊至此，不过是植了几株没甚大用的野草而已，竟然还觉得很有成就感？所谓二年河西，三年河东。时光和境遇，还有命运这个东西真是太令人不可思议，难以置信。"

"娘娘……"

他的声音更加凝重，连目光也都像是要看透人心似的锐利起来，"你很像卫庄曾经认识的一个朋友。"

"本宫知道。那又如何？"

他曾经去段姑姑留给我的小院里，在水里洒上药粉逼我洗脸的事，我还记忆犹新。他显然也想起了这件事，道："曾经对娘娘多有冒犯，还请娘娘恕罪。假如当初知道娘娘原是皇上的女人，卫庄必不会多疑。"

我抬手阻止他继续说下去，"你说本宫跟你的朋友像，不知你那朋友现在生活如何？你是否已经找到她了？"

他的目光蓦地黯然下去，失神地摇摇头，好半晌，才喃喃道："我不知道她现在怎么样了，或许，已经……如果她真的已经……我是不会原谅自己的，如果不是我大意，她现在应该已经与她的父亲团聚，也不至于生死未卜。"

"大意？"

"是。"

我心里的疑云越来越厚。记得当初他和留剑将我从那些追杀我的黑衣人手中救下，虽然我知道他们也是别有用心的，但无论如何也没有想到，醒来之后竟然会在另外一个人——安陵浩的手中。

其实一直也没有人回答我，我是为什么落到了安陵浩的手中，如果当初没有遇到安陵浩，大概不会有人以我去要威胁我爹陈王，那么我倒真的有可能与我爹团聚，至少在没有灾难和决择的时候，我们或可维持最基本的父女之情。

想到陈孝言的种种绝情，我的心蓦地抽痛。我用手狠狠地捂住胸口，仍然不能缓解这种疼痛，只好背对着安陵辛恒，以防被他看穿什么。

"能对本宫讲讲，那时候的事情吗？"

"如果娘娘想听的话，卫庄又有什么可隐瞒的呢？"

"当然，愿闻其详。"

花棚已经作废，倒是个很好的谈话场所。

两人围着暖炉而坐，当日所发生的事情便如故梦似的，缓缓地从安陵辛恒的口中道出。也不知道是有意还是无意，他甚至是从凤翔城护城河中救起一个叫作陈鱼的王爷之女谈起。他说，当初救她，只是本能，每个生命都是珍贵的，就如这株狗尾草，虽然它生长在不该出现的地方，或许是并不合适它生存的地方，但它依旧有自己的生命与灵魂，只给它半日的时间，对它实在是太不公平了。但是没有办法，人往往要面对许多选择，这种选择常常以剥夺某些生命权为代价。

就如此刻，拔去狗尾草，只因为可以使蛇麻花草长得更好。

而杀陈鱼，只因为陈鱼不死，纷争不止，不知道又要有多少英雄好汉死于非命，也不知道还会引起多大的波澜。

在他谈到在客栈内，逼安陵浩杀死陈鱼的事情的时候，他的目中满是痛悔。本来一直想要再多给那株狗尾草半日时光的他，竟然蓦地将那棵狗尾草连根拔起。我的心似乎也被他拔起，莫名的疼痛和怜惜，却已经无法挽救了。

他也如梦初醒，蓦地跪了下去，"对不起，娘娘，卫庄不是故意的！"

我怔怔地看了眼那株还是很水灵的狗尾草，心中的伤痕仿佛正在裂开，慢慢地往外渗着血。

但我的语气却淡然到令自己都吃惊，"没事，就如你所说的，它是生长在不合适宜的地方，死亡才是它最好的结果。就如陈鱼，她出现在一个无法使她生存下去的境况里，她被杀死亦是理所当然。只是，既然你已经决定要她死，也觉得她死才是解决问题的最好办法，如今却为何要为了她而唉声叹气？"

他的目光更加地黯淡下去，"其实，本来她可以不死的。当天，是我在南越国的城门前救了她，我本可以将她送至一个安全的，没有人找到她的地方，隐姓埋名，至少可以以普通人的身份开始新的生活，却不料，我拼命救下她后，却没有将她保护好，她竟然被偷了！"

"被偷？什么意思？又是什么人偷走的她？"

口中问着，心里却立刻想到，难道是安陵浩？是他以卑鄙的手段将我从安陵辛恒的身边偷走，然后以我来要挟我的父亲陈王，才将我逼到后来不得不死的境地？

果然，安陵辛恒说到这里，却含糊其辞起来，他的声音有几分干涩，"是的，有人将她从我的身边偷走，但是那个人的名字，却不能再提。因为绝不会有人相信他会做出那样的事情来。而后面的发展，更是出乎我意料之外，那其实是惨绝人寰的，她在那个过程中，应该是失去了一切的一切，从心到身都受到了前所未有的伤害。而我更是将她逼到了绝境，迫使她最后选择了自杀……在她倒下的那一刻，我觉得自己犯了滔天大罪，而且很可耻，但是……"

"但是，你不但救不了她，亦不能救她。"

"是……"

他说到这里，如中气不足似的，我几乎要听不到他的声音了。但他心里的遗憾和痛，却使我清清楚楚地感觉到了。

难道，他对我所做的一切，真的是可以原谅的吗？

可以吗？

如果我站在他的位置上，说不定会跟他同样的选择。其实他对那个叫陈鱼的女孩子，已经是仁至义尽，他甚至早已经看透当时的情况，知道她必然会成为各方欲得却又欲杀的棋子，所以他还想将她送到不为人知的远处，让她过新的生活。

他真的这样想过吗？

我怔然看着眼前的男子，脑海里却满是纷扰的疑问，自问却又自答，一边不肯原谅，一边又在为他开脱，因为他的理由也很充分。此时此刻，便如同有两个同样的我，在为同一个问题，展开着各自不同的观点和讨论，信与不信，似乎也是在这一念之间。

后来却在心中喟然一叹，"罢了，终是他救了我，如今他已经落迫如此，与我当日狼狈出凤翔城的惨况也不遑多论。而且他并不是安陵浩，他懂得生命的珍贵，而从宫中传闻看来，仿佛当日的屠凤翔城，他亦并没有参与。如此的话，我确是没有太多可以责怪他的地方，却不必再为了一丝莫名的恨意与执念，过多地难为于他。"

这样的想法在脑海里刚刚形成，便再也无法对他摆出冷脸来，很自然地轻笑道："如此看来，此事却并非你之错，只是那女孩命当如此罢了。"

"可是，如果不是我大意，她就不会落入他人之手，也就不会……"

我忽抬起两根手指，轻轻地压在他的唇上，"吁——不要再继续自责了，如果那个女孩子还活着，知道事情的原委，想必也会理解你的。追根究底，若不是有人偷了她去，她必不会受被父抛弃之锥心之痛。所有的事情，源起南越城门口的追杀和被弃而已，你即是真心的想救她，她心里想必对你只有感激。"

"是这样吗？"

"嗯，肯定是这样。"

我笃定地回答了他，也是在同时，两人的脸都蓦地红了，原来我的手指，还轻压在他的唇上，只是在他说话的时候才蓦然抽回。

避开对方的眼睛，我的心打鼓似地乱跳着，而他亦是目光慌乱，之后竟然一改往常平静之态，匆匆地道了声卫庄告退，便踩着凌乱的脚步匆匆地离花棚而去。

……

我默默地回到寝宫，脑海里却一直想着之前的往事。假如安陵辛恒救了我以后，我并没有被安陵浩偷走，用我的性命去威胁我的父亲陈工，那现在又会是个什么样的情形呢？或许我会在安陵辛恒的安排下，平静地生活在一个小村庄里，每日便在村庄尽头等待安陵辛恒的再次到来……

或许他会骑着马，意气风发地忽然出现在我的面前……

"娘娘。"

万叶的呼唤打断了我的思绪，我这才发觉自己的脸颊滚烫，马上羞赧不已。他已经有了爱他的女子，而我也已经是安陵浩的皇妃，即便我心里并不这样认为。可是，也不该如此的胡思乱想，实在有违妇德。

当下整肃了表情，"什么事？"

"娘娘，听说皇上竟然，竟然……"

我皱了皱眉头，"叶子，到底什么事，不要吞吞吐吐的。"

这时候凉云端了果盘走了进来，"娘娘，皇上前日里出宫去游玩，末了，竟然强行从民间抓了些年轻的女子进宫来，听说这两日便要进行选秀，举行封妃大典。"

"什，什么？！"我茫然地听完她的话，心底里却完全没有相信，"这怎么可能？他现在有那样多的事情需要做，怎么可能做这样荒唐的事情？"

不是说陈王与凌战已经带领着大军往歧国进发吗？

不是说多么多么地爱着姜瑜吗？

可是，这算什么？

我倍感错愕，同时也倍感疑惑，我想，我应该见见我的皇帝夫君了，我们又有多久没有见面了呢？至少，我想知道他到底在玩什么游戏。

确切地说，这是我第一次主动离开玉宸宫，去这偌大的皇宫内寻找我的名誉夫君。本来作为皇帝应该居住在正中的阳和宫，但不知道什么原因，他的起居却是在一个名为琉璃殿的偏殿。大臣们若要入宫请奏，

必须要经过正殿阳和宫，再走大约半个时辰，才能到达琉璃殿。据说为了此事，大臣们已经多次讨论，要求皇帝住回阳和正殿，因为安陵浩的固执，一直没有结果。

琉璃殿离玉宸宫也是非常远的，我坐于鸾轿中，感觉轿夫的脚步很是迅急，饶是如此，仍然走了大约半个时辰。

我想，我们大概是这个世界上，虽住于一个大园子里却相距最远的夫妻了。

直到琉璃殿外，我才真的震惊了，有些不相信自己的眼睛。此殿从外观上看去，也算是金壁辉煌，处处流光溢彩，不负琉璃殿之名。只是此处干净的令人诧异，放眼望去，甚至不见太监宫婢，而且院内平坦宽阔，中无亭台水榭，假山泉水，更无花草树木。再加上冬日里干净的阳光一照，四壁及屋顶栏杆处镶嵌的琉璃与地上的光滑水墨石相呼应，便使任何一个走到此殿来的人影都无所遁形。

顿时，我明白了他必须要住在琉璃殿的原因，心中对这个男子如此惜命的情形，感到几分同情与可笑。

我怎么能忘了，他曾经为了怕我在饭菜中下毒，而宁愿将自己饿得晕倒？一路之上，又是如何小心翼翼地护着自己的性命。记得我们的洞房花烛夜，他那得意的叫嚣。

"皇帝，就代表着天大地大，皇帝最大，从此以后，任何的阴谋诡计也不能伤害我们！……"

原来他的得意，他的叫嚣都只是表面的而已。即便他已经是皇帝，他仍然没有丝毫的安全感，他总是害怕有人来害他杀他，所以他住在这样一个四周无遮拦的宫殿。在任何人走近这座大殿的时候，他可以先看到来者，而来者却不知他在哪里。

因为从院中看去，大殿房间众多，而每个房间都静悄悄的没有声息，实在很难判断他在哪里，但是我已经感觉到，他看到了我，我能感觉到他那带着几分阴冷的漠然目光。

我不由地激灵灵地打了个寒颤。

我忽然发觉，纵然我们已经是名誉上的夫妻，但是我们仍然是陌生人。即使我自觉已经很了解他，但是在他的眼中，我仍然是个危险的卖酒女。

万叶仿佛有些害怕的，颤声道："娘娘，皇上，他真的在这里吗？"

凉云的目光中却有些许的热切，她甚至将脑袋高高地仰起，使自己可以尽量看得远，接过万叶的话道："皇上当然是在这里，也只有皇上才会选择住在这里，他与普通的人是不同的，你懂吗！"

万叶噢了声，却是似懂非懂。

我道："凉云，你似乎很崇拜皇上。"

凉云的目光迅速地低了下去，恭敬道："奴婢一时失仪，请娘娘责怪。"

"那倒也没什么。"

正说着，忽听见一阵银铃般的清脆笑声，我蓦地停住了脚步，这个笑声有几分熟悉，仿佛在哪里听过。而且琉璃宫内怎么会有宫婢敢如此放肆地笑？那么安陵浩从民间强行抢来民女以充裕后宫的任性行为，竟然是真的了？

我想了片刻，不由地唇角上弯，如真是这样，他倒让我失望的很。本以为他定会是个狠辣的皇帝，如今天下在握，必有一番作为，可以使歧国的铁骑踏平边境诸国，使歧之版图扩大。

至少，他原本在我的心中，该是个能够金戈铁马去征战的皇帝，虽然我内心深处，绝不希望他是个有所作为的人。

……

"是你？！"

那身影忽然停在我的面前，笑声也随之停止。两人目光相触，我也不由地大吃一惊，只见面前的女孩子眉间一点赤红朱砂，目如秋水盈月，身段瘦消却自有股花枝乱颤的风流体态。此时她更是衣冠不整，头发也

有些散乱，但她自己仿佛根本不觉得，只是上上下下地打量着我，最后却恍然大悟似地道："哦！你不是她，不过，我却见过你！真没有想到，你竟然也能够成为皇帝的妃子！"

我听不懂她在说什么，但我记得她。

她便是很久之前，在凤翔城外万人坑边遇见的那个女孩子——冰若。

自枫林中天下客栈一别，如今也有几个月了，她一点都没有变，脸上的笑和顽劣，时时迸发的高傲和调皮，让人立刻就断定她是个极可爱却极不好惹的女孩子。可是，即使她已经跟凌战断绝关系，但她应该依旧是南越人，却为何在歧宫中？

难道……

想到她与凌战之间尚有真情，而且现在凌战与陈王正带人要来攻打歧国，她竟是越南陵王的细作？

这时候，她却趴在我的耳边笑道："你不承认也没用！当时在雀镇，我看到你站出来替我战哥哥打抱不平，我非常感谢你，没想到今日却在这里见到你！我冰若恩怨分明，你我即同在此宫中，将来你若有什么事，大可来找我！"

"哦，原来如此，你既是陵王的人，却为何会在此处？"

她哈哈一笑，"你呀，不但长得跟她有几分相似，说话也是。不过你终究不是她，她可比你美多了，如是她来帮我的战哥哥，我是不会领情的哦！而且我还会恨她！"

她说到这里的时候，眼中果然就闪过几丝凌厉，我心中越发地疑惑不解。想当初，是她说的，既然已经将凌战推到我的身边，若我有本事使凌战爱上我，就算是我的本事。如今，那名叫陈鱼的女孩子，早已经身魂俱伤，隐没在黑暗之处，她却为何有几分恨她似的？

只是如今，我是以段皎身份进入歧宫，不能够揭破身份问她，这些疑惑也只能存于心中。

我淡然道："可惜，你虽认得本宫，本宫对你却毫无印象。"

她又是咯咯一笑，"当然，你帮着我战哥哥的时候，我是藏在暗处的吗！其实我一直跟着他，倘若你不去帮他，我也会去帮她的。"

"是吗！"

两人正说着，却见一个人影已经站在大殿廊檐下。身后的太监宫婢也都鱼贯而出，战战兢兢地整齐立于那人两旁。付公公也低眉垂目，小心地跟在这个人影的身后。一段日子未见，他似乎还是老样子，只是那眼神更加地阴沉冰凉，他看向我和冰若的时候，那淡然的毫无情感可言的冷漠双眸，使我不由自主地打了个寒颤。

但是冰若却若无所觉似的，嬉笑着走到他的面前，做了个极不标准却很撩人的万福，"皇上，您终于出来了！可知冰若等了很久，您的动作，可真是太慢了！"

安陵浩终是露出一丝微笑，道："冰若，你跟昔妃在聊什么，那样亲密。可是在朕的皇宫内遇到了故人？"

这时候我也已经到了他的面前，规规矩矩地请安见礼，见冰若的两个漆黑黑的眼珠骨碌碌乱转，知她是要将这个问题扔给我。我心里好笑，答道："皇上，臣妾却不知皇上原在此处金屋藏娇，可惜臣妾对皇上一心一意，玉宸宫内望穿秋水，当真凄惨得很。"

他冷冷一笑，并不说话。

在他的冷笑中，我心里压抑着的愤怒正在慢慢地炽热起来，像火似地烫着我的心神。

冰若却做恍然大悟状，"哦！原来这位就是昔妃娘娘吗？真是让人难以置信啊！本以为可以使皇上拒纳新妃的女子，定是蕙质兰心，有着倾城倾国之貌，却原来并非如此，当真让人失望得很。"

她很大胆地走到安陵浩的面前，双臂像蛇似地缠绕在他的脖子上，"皇上，现在冰若理解您从民间抢民女的苦衷了，皇上，您可真可怜……"

话音一落，她的身体便如离弦之箭似地飞出去二丈远，落在不远处

的平地上，随着她的痛呼声，一口鲜血喷了出来。

安陵浩恨恨道："将这个女子给朕拉出宫门，朕不要再见到她！"

虽然我对冰若可说没有任何好感，但见她落得如此下场，在刹那的得意之后便也有些难过。如此拖出宫去，虽然性命保住了，皮肉却要受些苦的。看在凌战的面子上，我倒不想她如此受罪，刚要替她说两句话，却见她已然爬了起来，竟然还在笑着，抹着唇边的血迹，向安陵浩道："皇上，您一定要记得我的名字哦！我叫冰若，您会想我的，呵呵……我们一定会再见面的。"

她口中还在流着鲜血，笑时可以看到牙齿也被染红，但她的笑那么纯，那么灿烂，好像她根本就不觉得痛。

我心里一寒，终是眼睁睁地看着她被拖走，而静默着没有出声。

而她则一直回头笑望着安陵浩。

安陵浩仿佛更加地愤怒，但终究也没有说出更狠的话。再狠，无非是把她打死在当场罢了。如真是如此，安陵浩便又多了一条滥杀无辜的孽债。

不过，比起凤翔城千千万万的民众，冰若这条命在他的心里实在也算不得什么吧？

那么他终是留给她一条活路，难道竟然真的如冰若所说，还是舍不得她？

呵，安陵浩，原来你还是个滥情之人，或许小上将军姜瑜最终也不选择当他的妃子，便也是这个原因吧。她一定比我更加了解这个已经当了皇帝的男子。

我忽然有点后悔在这个时间来到琉璃殿，当下便向他告辞，"请恕臣妾冒昧来此，既然皇上觉得臣妾虚情假意，臣妾便回玉宸宫好了。"

他却忽然笑道："既然来了，为什么又急着走？"

他向前倾了倾身子，似乎是想将我看得更清楚些，犹疑道："说起来，你真的是朕的恩人，或者说是贵人。如果不是你，现在被贬为庶人甚至有可能被杀死的人，很可能是朕。你是个很聪明的女子，既然我们曾经合作过，现在又是夫妻，不如你再帮朕一个忙好了。"

我面容清冷，似笑非笑，但是心里很是开心，仿佛在很久之前就已经在等着这句话。

深宫太寂寞了，而我或许本来就不是个该安分的人。

他好看的唇角也勾了起来，他能迅速地看懂人心。

刚才隐去的那些侍婢随着安陵浩的一声，"来人！"都从阴影里冒了出来，安陵浩便吩咐下去，让她们去准备最好的酒菜，并且不许任何人打扰我们。

我想，他要跟我说的定是非常重要的事情。或许会与歧越两国交战的事情有关。毕竟这已经是迫在眉睫，影响两国命运的大事。

虽是白日，但因屋内光线有些昏暗，所以在周围点起了蜡烛，等到酒菜上桌，房间里的气氛已经是非常合适谈话了。我们相互给对方倒了杯水酒，带着种阴谋家似的默契，将杯中酒饮尽。但是对于曾经发生在雀镇的一切及进入城内封妃之事却只字不提，我也很识趣地只当已经忘记那些事了。这样三杯酒下肚，他才道："可惜，你只是个贫贱的卖酒女，相貌又如此粗陋，否则的话，或许朕不会再朝思暮想她人。"

我不由地怔了下，忽然意识到，恐怕他要请我帮忙的事情，竟然是跟女人有关。

能让他如此郑重其事又朝思暮想的女人，当然是姜瑜。

想到这里，心里更觉得他这个皇帝当得很侥幸，他是靠了两个对他有恩的女人，才当上了皇帝。

我道："其实，即使我是个美女，又怎么能比得上你爱着的姜瑜？这件事上，我始终不敢存有奢望的。"

被我一语道中心事，他再次笑了起来，"聪明！被你猜对了！朕正

是要你帮朕把姜瑜的心给夺过来，或许也只有你才能办到这件事。"

我也笑了起来，可是我的心竟然有丝刺痛，这真是奇怪啊，我很清楚我根本就不爱他，与他也没有任何的感情，我们甚至没有夫妻之实，可是为什么在他当着我的面说要夺取别的女人的芳心的时候，我竟然如此的不舒服呢？

而且有些话也实在是忍不住了，既然演不了这场戏，便也没有必要演了，无声地收了笑容，默默地抬起头来，目光便静静地停在他的脸上，"你说过，你会很爱你的女人，让她感到幸福……"

他怔了下，歪着脑袋望着我，像是在研究一个怪物，"作为一国之君，朕说的话便是金口玉言，朕从来都不欺骗任何人。只是，你不会以为你是朕的女人吧？"

还没有等我回答，他又哈哈地大笑了起来，"如果你真的这样认为，朕会觉得很有趣而且会重新判断你的智慧，或许你没有朕想象的那样聪明。"

见他笑得这样得意，我固然恨得牙痒痒，却也不能就此发作出来，好不容易将心头那股恶气压下去，便也跟着他笑了起来，"当然当然！我有自知之明，不会那么傻，以为嫁给了你，便是你的女人。你这个人，又坏又阴狠，谁喜欢你就是把自己送入一场灾难，我想这个世界上到现在都没有这样傻的女人，所以你凭什么要求姜瑜做那样的傻女人呢？"

"你——好！算你狠！说吧，到底帮不帮忙？"他又开始咬牙切齿。

他可能是世界上，求人办事却仍然这么要狠的第一人。

但我不打算跟他计较，自嘲地笑着，"好。我帮你。但是有几件事，使我心中很疑惑，我希望能够在你这里得到答案。"

"好！一言为定！"

我首先问的当然是宫中有关"段"姓禁忌的事情。

"我也姓段，可是为什么我能够成为昔妃？还有，宫中仿佛没有人知道我的名字是段皎吧？是否皇上刻意地隐瞒下来？"

"哈哈……"

他听了，又喝干了一杯酒，这才道："朕是皇帝，朕不用对别人去隐瞒朕的女人到底姓什么。而且那个忌禁，原来就是因为女人间的嫉妒而形成的，只限于后宫而已。如今，随着我父王的离去，原本的后宫已经不复存在，我母敏皇后早已经离世，只剩余一个曾经的西宫太子的娘亲贵太妃，她又能做些什么呢？朕早在封你为妃的当日，便已经告诉她，朕的新妃姓段！她能怎么样呢？哈哈……"

可以看出，安陵浩的心中实在充满了莫名的愤怒。即便是普通的谈话，他的语气里也充满着对他人和对自己的嘲讽，他内心压抑着什么，使他几乎要崩溃。

我继续道："那么，这个禁忌的起源，竟是因为一个女子吗？想来此女定是倾国倾城，否则怎么会引得当时的皇宫内皇后和贵妃同时忌恨。"

"你错了！"

他原本凌厉的目光中，忽然现出一丝泪光，"朕的母后敏皇后，她是个慈爱仁和的女人，她对我的父王忠心耿耿，情之深深天地可鉴。她这一生，都没有将这个姓段的女子放心上，她离去的时候，朕的父王也一直守在她的身边。所以，段之禁忌，只是贵太妃的禁忌，她一生都在跟那个她可能从来也没有见过的女人争斗，只可惜，最后还是输了。"

"此话怎讲？"

"你真的想知道吗？你可明白，现在朕告诉你的，都是皇家秘闻，将来可能为你带来杀身之祸也说不定啊！"

"皇上，你知道臣妾好奇心重，如果你不告诉我全部的真相，我很可能精神恍惚，没有心思想那个什么姜瑜的事情哦！"

"呵呵，好，你既然想知道，朕又有什么说不得的。"

但他接下来的话，却让我极为震惊，"其实朕的父王驾崩的时候，朕并不在他的身边。只是，后来朕得知他的死，竟跟贵太妃有着千丝万缕的关系，但贵太妃又将这罪责推到了一个段姓女子的身上。只是，这都是她一面之词，从始至终，都没有见过那名段姓女子。最让朕难以接受的是，父王明明就是中毒身亡！多年来，都说父王深爱着一名段姓女子，或许曾经确有过这样的一个女子，但如今，她早已经成为传说，不可能忽然出现在这里，所以，凶手定是贵太妃母子无疑。虽然没有直接的证据，朕却不能够轻易地放过他们母子二人！"

我忽然明白，他为什么要给贵太妃晋位，硬要将她留在宫内，其实他也想找到一个真相。

只是有一点他却说错了。

恐怕那段姓女子根本就不是传说。反而老皇帝在段姑姑寻来歧国之际，中毒身亡，这实在也太巧合了吧？难道，老皇帝的死真的跟段姑姑有关？

听到安陵浩继续说："贵太妃母子既然要将这谋杀之罪推到段姓女子的身上，那么朕便偏要纳一段姓女子为妃，让他们时时不得安心。"

唉……

我叹了口气，"原本以为你纳我为妃，只是因为姜瑜，没想到你竟还有别的打算。我现在真的很怀疑，你对姜瑜的爱到底是不是真的？抑或只是想得到她，等她成了你的妃子后，便终日地扔她在冷宫里，报复如今她对你的冷淡。"

他微感错愕，"原来，在你的眼里，朕竟是这样的人？"

我耸耸肩，却没有再说什么。

后来我们似乎又谈了很多，但又像什么都没有谈，我心里只是在反复地想着段姑姑到底跟老皇帝的死是否有关，她现在又在哪里？而安陵浩似乎也是心不在焉的，我只好识趣告辞，但还是问了句，"我如此帮你，会有什么样的好处？"

他戏谑地看着我，"你想要什么好处？"

我想了想，终是道："只需皇上记得欠我一个好处，将来我想到时，要皇上还给我，皇上可不许赖账。"

……

终是没有谈到有关歧越两国之间的大战之事，他仍然沉浸在儿女私情中，或许两国之战不过是空穴来风而已。关于答应他的那件事，自己想想觉得很荒唐。我是他的皇妃，既是他的娘子，可是我竟然要帮着他去夺得另外一个女人的芳心。

安陵浩果然是丝毫没有将我放在心中的，不考虑我的感受，或许他也和我一样，觉得这件事对我其实没有一点伤害，然而，他和我错了，我不但受了伤害，而且还被伤得很深。

我想我可能太入戏了，这让我感到惶恐。

那夜，我便翻来覆去的怎么都睡不着。万叶干脆让太监搬来两只暖炉，将它们燃得很旺，又煮了些南瓜籽，主仆二人便围炉慢慢地吃着。凉云向来是很清高的，我虽是她的主子，但没有她漂亮，脾气也没有她大，所以在我和万叶的小圈子里，并没有凉云，而她当然也不屑于此。

也就是这日，万叶才无意间说出，凉云的身世虽可怜，进入宫中后却有些幸运的，由粗使奴婢转为内宫侍婢，实在是借了贵太妃的恩典。她虽没有亲自服侍过贵太妃，但是她对贵太妃的尊敬和爱，便如女儿对待娘亲般的深厚。

万叶的话让我恍然大悟，原来凉云是贵太妃的人，怪不得她总是心情不好的样子，想必贵太妃的落没也是她极不愿意见到的，内心里自然希望贵太妃能够过得好。可是偏偏西宫太子夺嫡失败，连累自己的母亲受到如今这样的待遇，说是晋位，又专修佛堂使她研修佛法，使她被孤立。

又想到凉云必也是知道段姓禁忌的事，只是当时凉云提起段姓时，那么若无其事，恐怕也只是装出来的而已。

一时间，脑中乱纷纷的，蓦然想到，贵太妃知晓我姓段，不知是否已经让人暗中对付我？或者凉云就是她安插在我的身边伺机行动的人？

这下再看凉云，越发地觉得不舒服了。

但盯了她两天，也没有任何异动或者不正常的地方，只好将此事暂时搁下。

这日，我早早地叫人去唤姜瑜，然后自去了厨房，打算亲自弄些酒酿团子以招待姜瑜。万叶很不理解，觉得有宫中大厨来做，岂不更好？况且虽姜瑜从前是小上将军，但现在也只是一介平民百姓，实担不起娘娘的尊驾。

我笑她傻，那小上将军姜瑜，连皇上都不放在眼里，又岂会担不起我陈鱼的尊驾？

我亲自弄酒酿团子给她，完全是为了表示我对她友好的诚意。

记得我娘也很喜欢吃酒酿团子，大概也是这个原因，所以我做的酒酿团子向来不错。

不过也许很久没有做了，竟然被那些糯米粉给难住，和了三次都不是太干，就是太稀，心火大旺，将面前的米粉抓起来又摔下去，一阵疯打。万叶吓得目瞪口呆，"娘娘，如果实在不行，就请大厨来做好了，到时候只消告诉那姜姑娘，是娘娘亲自做的就好。"

我被气得糊涂了，觉得万叶这个主意很好，于是一刻也不想停留地向厨房外而跳去，冷不防地却撞入一个怀抱里，那清冷的味道使我马上判断出眼前的人是谁。抬眸看去，果然是安陵浩站在门口，正皱眉抚着胸口，看起来被我撞得很痛。

在我的印象里，自我们成亲那夜之后，他还是第一次来到玉宸宫，不由顿感错愕，"皇上？你，你怎么会在这里？"

我看到他在看清我的面容后，眸子微微撑大，"你，你怎么，弄成这样，哈哈哈……"

"呃，我……"

我慌忙地低头打量了下自己，似乎衣裳是沾上了些米粉，但也也不至于让他笑成这样吧？

旁边早已经请安下去的万叶见状，悄悄地抬起头，"娘娘，这里，这里……"

她指着自己的鼻头，却见安陵浩有意无意地向她递眼神，她慌张地低下头去，再不敢说什么了。我抬手抚上自己的鼻头，果然就抚下些白色的糯米粉来，当下便觉脸上火辣辣的，羞赫不已。

有点生气似的猛地推开安陵浩，便往自己的房间快步行去。

安陵浩紧随其后，即使我迅速进入房间想要把门关闭的时候，他及时地向门里伸出只手。无奈之下，我只好将门重新打开，冷冷地道："你难道想让我把你的手夹断吗？如果是这样的话，不如你自己拿刀砍去一只臂膀更好些，免得累我入罪。"

他呵呵地笑道："你也知道伤了皇帝是要入罪的吗？如此甚好，你还有些自知之明。"

说着他便晃晃荡荡地走了进来，"原来你的心眼就像针尖一样小，朕只是笑一笑，你就跟朕发脾气。如果是别人，朕非得打个三十杖。不过吗……"

他说到这里忽然走到我的面前，居高临下地看着我，"你那模样实在是很好笑，引得朕开怀大笑，也算有功，将功抵过，这次就不追究了，不过下次可不许这样！"

"你——"

"好啦，不要再无理取闹了！朕不笑你便是！"

他认真起来，俊眉微蹙，坐于桌前，拿起桌上的杯子倒了杯茶水，却又不喝，轻轻地放于桌上，"还记得两天前你答应过朕什么？为什么两天了都没有动静？却还有时间跑到厨房去胡闹。你是根本就不将朕的事情放在心上！"

原来又是为了姜瑜而来的。

我深吸口气，不由自主地往屋顶看了眼，以压抑心中狂涌而出的莫名不甘，然后笑着对他说："你是皇上，皇上的事臣妾怎么敢不放在心上，这不，臣妾正在亲自做酒酿团子，打算以此招待她。今日臣妾可是约她来这里见面的，没想到皇上也来了，说不定等会你们能在玉宸宫内见面。"

他听了，整个身子蓦地弹了起来，"她会来？！"

我点点头，"嗯。"

他急得眼都红了，"你怎么不早点说！不行，朕得走了……"

他拉开门就要出去，我又道："皇上，您费尽心机不就是想见她一面吗？作为皇上你确实不宜过多地传她进宫，可如今她与臣妾就要成为朋友了，你与臣妾的朋友在这里偶遇是很正常的事情，你怕什么？"

"你不懂，她会误会的。"

"误会什么？……呃，臣妾明白了……"

他是害怕姜瑜误会他在玉宸宫，只是因为他滥情爱上了他的昔妃。果然，他接着说："朕知道你会明白，朕想给她，完整的纯粹的爱，虽然她不信，但朕一定会做到的。"

正在这时，却见凉云匆匆地跑了过来，"娘娘，姜姑娘到了！"

这时他再出去，肯定要与姜瑜碰面，他果断地回到屋中，目光在屋里四处扫了眼，便跳上床，藏在雕花木床的闱帐后面，"千万不要让她知道朕在这里，你明白了吗？"

我冷哼了声，并不答复，只向凉云道："快将姜姑娘迎到屋中来。"

一段日子没见，姜瑜像是更加清冷了。

她身着淡青色印花雉纹裙，纤腰盈盈，在深红色的斗篷里若隐若现。面色如屋外的雪，莹白如玉，更显得眉目如画，也更掩不住眸中的落漠。进屋后，淡淡地与我的目光一触，便伏下身去，"姜瑜见过昔妃娘娘。"

我连忙将她扶了起来，"快起来。"

让万叶上了热茶和糕点后，便将她们都打发了出去，如今屋里就只有我和她，及藏在闹帐之后的安陵浩。姜瑜的目光似乎是有意无意地向闹帐后看了眼，我心里咚地跳了下，据说有些练武的人感觉很是灵敏，可以从很微弱的呼吸声判断出那里是不是有外人存在，难道她已经知道安陵浩在房间里了？

姜瑜道："却不知娘娘唤姜瑜所为何事？"

我笑笑道："本来是想请姜姑娘品尝本宫亲自做的酒酿团子，可惜最后没有做成功，真是汗颜。不过本宫的心意想必姜姑娘也能明白，本宫很想和姜姑娘做好朋友，就像是姐妹似的那种好朋友，不知姜姑娘意下如何？"

"姜瑜一介布衣，习惯市井生活，实在不宜在宫中常来常往，况且姜瑜不敢高攀，还请娘娘谅解。"

"噢……"

这个答案其实是在预料之中，我早已经明白姜瑜不会买我的账。

我顿了顿，又道："其实姜姑娘一定明白，本宫叫你来，是为了一个人，一件事。因为这个人，这个事，本宫绝不可能与姜姑娘成为朋友甚至是姐妹，但是本宫的命曾是你救的，在最危险的时候，得到曾经的小上将军的庇护，住在很安全的地方，所以本宫愿意给你我一个机会，将这件事心平气和地解决。"

姜瑜的注意力终于被我吸引住，"却不知娘娘所说的一个人和一件事是什么？"

我的目光不由自主地向闹帐后扫了眼，不知他是否透过闹帐痴看着姜瑜？

"姜姑娘，本宫所说的一个人，想必你已经知道那个人是谁了？那便是——当今圣上。他对你的心意，你应该是清楚得很。你可知，自我被封妃，入住这玉宸宫后，便终日与寂寞相伴。他甚至自新婚之夜后，便不再来玉宸宫，我们并无夫妻之实，只因他说，要把最完整最纯粹的爱留给你……"

"不要再说了，你想怎么样？"

她打断了我的话，目光里第一次流露出惊惶害怕的神色。我疑惑地怔了下，诧异道："被当今圣上所爱，该是最荣宠的事情，姜姑娘却为何像见了鬼似的害怕？"

"我不会入宫做帝妃的，请你，死了这条心吧！"

她蓦地站了起来，"如果没有其他的事，姜瑜先告辞了！"

"姜姑娘，你——"

她却又顿住了脚步，"你若真想帮姜瑜，可否替姜瑜转告给皇上一句话？"

"你说。"

"曾经沧海难为水，除却巫山不是云。"

因她走的决绝，我没法再强留她，只能看着她的背影在冬日的阳光中远去。待我回过神的时候，安陵浩已经走了出来，也是痴痴地望着姜瑜离去的方向发呆。我冷眼旁观，总觉得他不该是如此多情的人，他曾经做了那样血腥的事，他的血定是冰凉的。

他如此追逐姜瑜，只因为姜瑜是他得不到的人。

再隔了半晌，他忽然回头对我怒目相向，"你就是这样帮朕的吗？什么一个人，一件事，她马上就猜出来是什么人什么事啦！你这样会吓坏她的！"

房门没有关，冷冷的空气涌进来，我不由打了个寒噤，"她要我带给你的话你听到了吧，曾经沧海难为水，她心里已经有了别人，装不下你了。皇上，我看你还是死心吧，你得不到她的。"

"你胡说！她心里爱的那个人是朕！不是他！"

"他？他是谁？"

"当然是——"

他说到这里如梦初醒似地道："告诉你有用吗？"

"你说的是否是卫庄？"

他蓦地沉默了，但我注意到，他的双拳却在这沉默中渐渐地握紧。这已经是答案。

吸了口气，我道："我有办法，让她对那个男子死心，但是你要答应我一个条件。"

"什么条件？"

"将那位叫做冰若的姑娘重新接进宫里来。"

"冰若？"

他似乎猛然间想不起来这个人是谁了。

我道："那日在琉璃殿内，被侍卫们拖出宫去的那个女孩，我虽与她不相识，但是非常欣赏她的个性，而且皇上其实也挺喜欢她是吗？只不过初入皇宫不识礼仪罢了，何必就要弄个永不相见。我知道，皇上近期要充裕后宫，我也知道皇上为什么这样做，无非还是为了姜瑜，只要姜瑜答应了做帝妃，便会随着这批宫外抢来的民女一起晋封。反正会有一批女孩做这次事情的牺牲品，又何必计较那个人会是谁？"

他似乎也想起了冰若是谁，犹疑半晌才道："那个女孩子，虽然有可爱之处，但却很是刁蛮，入宫后怕要惹出些是非。"

"难道你堂堂天子，竟然会怕一个小小女子不成？"

"你——"

他被我激的眸子蓦地撑大，"既是如此，又有何不可！但你又有什么办法让瑜回到朕的身边呢？"

听到这样说，我再次确定，其实姜瑜曾经喜欢过安陵浩，只不过后来什么原因使她决心离开他。而当时在城门口，安陵浩吹响玉笛，寻求姜瑜的最后一次帮助，其实是了结了两人的情感和缘分。

那么，姜瑜是后来爱上了安陵辛恒吗？

我笑道："只要她爱着的男子让她绝望，那么很自然地，她会考虑到对她真心诚意的皇上，会回到你的身边。"

他听得怔了下，接着却苦笑道："不可能的，那个人怎么会让她绝

望？一直以来，总是使人绝望的那个人是我，是我安陵浩。”

“你说的那个人，是不是卫庄？曾经的西宫太子安陵辛恒？”

“你……原来你什么都知道，既是如此，也没有什么好隐瞒的。你不了解他是个怎样的人，所以你不知道他多可怕，又多可恨。他不会放过瑜的，这个办法行不通……”

他越说越是沮丧，到后来，连声息都减弱了许多，心情非常沉重。

他说这话的时候，竟然透露出对安陵辛恒的恐惧，这让我感到很好奇，而且忽然很想多了解安陵辛恒一些。

而安陵浩此时像无助的孩子，竟然扭过脸，不敢面对我的眼睛。我猜，如果不是他觉得我有可能帮到他的话，他早已经冲出门去，躲到一个谁也找不到的地方，默默地发泄一番，或者会哭泣，咒骂。

我叹了口气，“你既如此怕他，为何又要强留他在宫中？”

他晶亮的目光蓦地锐利，“谁说朕怕他！要知道，这次朕赢了他，成为了皇帝，以后朕也会赢了他。他既已输与了朕，朕凭什么要怕他？！只是……”

说到这里他的语气忽然低沉下去，“……瑜……她……朕怎么能放她走……不放心……这个世界上，能够给她幸福的男子，只有朕……”

此时此刻，我再次开始羡慕姜瑜。

我看得出，安陵浩是真的爱着她，心里有些酸酸的东西，悄无声息地涌上来。

“你不要难过了，我说有办法，就是有办法，你一定会得到姜瑜的。”

他错愕转目，眸中满是疑惑。

我也忽然发觉自己的语气实在是很怪异，竟然有几分温柔的，我们两个人之间的对话，好像从来都是冷冰冰，不含丝毫感情的，但是，我现在竟然像安慰朋友或者亲人般地安慰着他？！

我蓦地转过身，背对着他，冷硬着语气道：“心急吃不了热豆腐，等我消息吧！”

"段皎！"

我依旧冷硬地说："不要这样叫我！你应该明白，我与你之间，原该保持距离的。"

他咻地笑了起来，双手竟然探到我的肩上来，"你现在已经是朕的女人，为何还要保持距离？"

我觉得再次被污辱了。

他一边让我替他搞定别的女人，一边却要和我亲近？盯着他的眼睛，我道："我是认真的，请你自重。"

他怔了下，终是尴尬地笑笑，"对不起，只是刚才看到你脸红，觉得你很可爱，情不自禁就……就想跟你开个玩笑，对，是开玩笑了。嗯，聊了这么久，你一定很累了，你休息吧，朕先走了，改日再来，再来……"

他说着便悠荡悠荡地晃出门去，而他的语音也越来越低，以至于他最后说的再来说什么，我完全没有听到。我有点不敢相信自己的眼睛，这个男子，他是安陵浩吗？他刚才的表现真的很像个孩子，一个做错了事懂得害羞的孩子。

嗯，他这个模样，其实也挺可爱的。

这个声音刚刚从心里冒出来，就立刻被雷击了似地打了个寒颤，天呐，我可不能这样想，这个冷血的男子哪有一点可爱之处呢。我始终要记得，他是我的仇人，是我的大仇人！嗯，就这样，狠狠地记住这一点。

第二日清晨。

便听说了歧越交战的事情。据说南越出动了十八万大军，直向上京而来。最终安陵浩派出了老将姜海率领三十万将军去前线抵御。我的心完全被这场战事牵动，可惜安陵浩既知道我是南越的女子，当然不会对我多说什么，因此我再得不到更多的消息。好在安陵浩答应要将冰若找回来，如果能够快点见到冰若，或许得到的消息会多些。

这日，我在郁闷之下，便又到了花棚。没有想到，竟然又见到安陵辛恒。他还是如前两日那般，一身素衣纤尘不染，而蛇麻花草在他的照料下，也长得极好。

两人经过上次的相谈，倒也不再尴尬。

在我们相视而笑的刹那，我的心情就如终于从阴云中走了出来般的明媚。我得承认，来到花棚中，特别是在花棚中见到他，我觉得很舒服，很踏实。

这次，我发现蛇麻花草中，没有一株杂草。

他果然将那些狗尾巴草都清理掉了，心中说不出是喜是悲，只觉得清除掉似乎也是正确的。同是落魄之人，很明了对方的心境，因此也不多说，见他在那里掐着花枝，我便也学着他的样子去掐了两个，终还是忍不住道："为什么要将它们掐了？难道也是为了使它们生长得更好吗？"

"原来娘娘虽会酿蛇麻花酒，但是对这蛇麻花草的培植却还不是很明了。不过娘娘猜对了，将多余的花枝掐掉，可以使它生长得更加好。"

"呵呵，其实以前酿蛇麻花酒的时候，都是从山上摘取野生的蛇麻花草，只知道哪里可以找到它们，倒真的不了解它们的生长过程。所以，今日也算长了点见识。"

他只微微一笑，并不接着说下去。

我没话找话地说："那晚，听到你的箫声，似乎你很悲伤……"

他正在整理着花草的手微微一顿，却又是唇角微微地向上一挑，如常地拿了小铲子给脚边的蛇麻花草松土。

"是因为夺嫡失败吗？还是因为现在的境遇？"

他终于抬头看了我一眼，面上却是很茫然的神情。我终是不忍心再逼他，咬咬唇，直接问出了至关重要的一句话，"你想当皇帝吗？"

他手中的小铲子就这样，落在了草丛中。

我的心却有些微微的痛，或许，他已经准备好要过平静的生活，如今，我却想要将他拉入到一个深不见底的深渊。我的内心在这刹那间，蒙生了一个浓浓的期待，如果他的回答是否定的那该有多好。如果他否定了，那么我愿意原谅他从前所有的事情，而且还会想办法成全他和姜瑜，使他远离这个是非圈。

我甚至因为这个即将要得到的答案，而紧张得发抖。

眼里是他茫然无措的脸，脑海里却是那些早已经逝去的片段。当他从护城河内救了我，我张开眼睛看到的那张俊逸的脸；他离开时，放在桌上的十两银子；再次相见，他即是我的救星，又是将我推入绝望的那个人；在雀镇，我帮助凌战，激起民愤，使他在群情激愤中受到雪团攻击的情景……

往事历历在目，这时才发现，原来与他每次见面的每个细节，我都记得很清楚。这个男子，到底是什么时候，悄悄地走入我的心扉？甚至连我恨他的原因，也只是因为他原本在我的心目中过于完美，我无法承受他带给我的绝望和失望而造成的。

看到他如蝴蝶般的唇微启，似要说什么。

我猛地抬手，示意他不要说下去。

而他似乎也觉得没有必要再回答，刚才充满茫然的眸子已经清明。我知道，虽然他没有说出来，但他心中已经有了答案，并且他已经坦然地接受了自己的答案，无法接受那个答案的反而是我。

深吸了口气，冲着她嫣然一笑。

"在玉宸宫东阁的榕树下，有个传说，不知你有没有听说过？"

他摇摇头，"不曾听说过，愿闻其详。"

"我也是进入宫中后才听说的，不过是后宫中无聊的传说而已，不过有时候真的能使人生出希望。据说那棵古老的榕树里，藏着个树仙，如果是在月圆之夜的三更，去那棵榕树下许下自己的愿望，说出自己的决定，那个树仙就有可能帮助他实现愿望。"

他哧地笑了起来，"你信这个？"

我很认真地点点头，"信啊。"

他好笑地道："你信，那我也信。"

"那，明晚就是月圆之夜，你会去那里吗？"

"或许。"

"哈哈……我猜，你在骗我……"

"我从来都不骗人。"

……

走出花棚的时候，我顺手采摘了些酒花，打算在今夜，酿制一些蛇麻花酒。其实我只是想多给他一些时间，让他给出答案。不知道明晚三更，他将会给出一个什么样的答案？不过无论如何，多了一天一夜的考虑，他给出的答案，应该是心底最真实的答案。

那夜，我便去了酒屋，叮嘱万叶和凉云不许外人靠近，也不许因为任何事情而打扰我在酒屋的事情。两人应了，却不敢离开酒屋太远，最后没有办法，我只得请执事太监硬把她们赶回去。或许是受了段姑姑的影响，总觉得酿酒时，便要一心一意地独自完成这件事，当做是件很神圣不可亵渎的事情来做。

因酒花有限，所以酿制得特别小心翼翼，害怕万一浪费了，再摘取不易。

至黎明时分，终于看到蒸桶的竹管里，滴出一滴一滴晶亮的液体，一种很充实的成就感缓缓地包围了我。此时此刻，便想有个人，能够与我一起品尝这些蛇麻花酒，这些我用心酿就的酒。

可惜，似乎太少了。

至天光大亮时，我便将这难得的两盅酒倒入一个可密封的小瓷瓶中，又将盅里剩余的酒涂抹在脸上，过了片刻，拿出帕子将它们拭去。心跳加速，我仿佛将要看到的不是我自己的脸，而是一个已经隐藏了很久很久的——陌生人的脸。

她一直在我的体内，与我合二为一，但我却几乎要忘了她的样子。

将小小铜镜从怀里拿出来，递到眼前，才慢慢地睁开眼睛。然后，看到了一张，既熟悉又陌生的脸。眉若远山，目如秋水，一张娇俏的脸上，粉唇微启，白皙的皮肤，更显得目光如漆，透着连我自己都惊异的灵动与冰冷。

这是我吗？我真的，是我吗？

只是几个月没见而已，目光竟然如此的冷意森森了吗？

铜镜从手中跌落，我觉得自己的力气渐渐地流失，有种莫名的恐惧在身体里蔓延。觉得自己正在落入一个无尽的黑色深渊，可惜的是，没有人救我，而我亦没有自救的能力，只能任其继续滑落下去。

……

又在酒屋逗留了片刻，终是拿了面纱缚在自己的脸上，然后回到了玉宸宫。凉云和万叶见了我，都颇感诧异，万叶道："娘娘，您这是……"

"昨夜酿酒失败，打翻了酒液灼伤了脸，这段日子都必须缚着面纱了。"

万叶大吃一惊，"娘娘，奴婢这就去请太医！"

"不必！本宫从前也被酒液灼伤过，自带有疗伤圣药，所以，不必麻烦太医了。你们也不用担心本宫，本宫累了，想休息，你们出去吧。"

她们互视了眼，终是无可奈何地退了出去。

这日便一直在房间里待着，直到夜幕降临，便让万叶吩咐下去，让所有的奴才们早点休息，同时也让凉云和万叶也回房间去，不唤的时候不许出来。

不一会儿，玉宸宫内便鸦雀无声。

我独坐于镜前，将面纱揭开，现出最原本精致的面孔。将头发上的钗饰一件件地取下来，放在妆台前，将身上的华衣宫服脱下，换上一袭水袖白色素衣，头发也用白色的发带轻轻地束起，在镜前转了几圈，只觉袍带无风自动，发丝飞舞，镜中的人便真如仙子般，美丽的使我自己

都不认识。

然后，我在这深夜里，悄悄地来到了东阁的榕树下。

我是提早来了，心中忐忑不已。再等片刻就是三更，安陵辛恒到底会不会来呢？

内心里隐隐地竟盼望着他来，因为很想见他。但理智又告诉我，他最好不要来，他如果来的话，必然是闯入了一个难以自拔的深渊。

直到三更的梆子敲响，仍然没有见到他。

暗暗地叹了口气，脚步缓缓地移动，或许他根本就没有听出我语气里的暗示，也可能根本就不相信，以为这只是孩子的游戏；当然，也许是他真的已经看淡云起云落，安于现状了。

正这样想着的时候，却见到黑暗中，一个身影正往榕树下而来。

我吓了一跳，连忙躲入到榕树之后。

从榕树间的缝隙向外偷偷地看着，只见那人清俊如玉，在如水的月光下缓缓而来，神情间有着淡淡的幽远，仿若他从来就是不食人间烟火的天上来客。我的心咚咚地猛跳起来，他来了！他终于还是来了！

他来到榕树下，站了片刻，却只是打量着这棵榕树，直到一只寒鸦忽然从树丛间飞起，我被惊了这一下，忍不住啊地轻叫了声。连忙捂住自己的嘴巴，惊疑不定地想，不知安陵辛恒是否已经听到我的惊叫声？目光紧紧地盯在他的俊面上，却见他似乎也被寒鸦惊醒，水眸中竟微微地泛起一丝难以觉察的微笑。

"在下卫庄，特意来拜见榕娘娘。"

"什么？榕娘娘？"记得告诉他的时候，只说这榕树下有可以帮助人达成愿意的仙女，却没有说什么榕娘娘。

却听他又继续道："你是这棵老榕树的精魂，所以在下称你为榕娘娘，应该很合适吧？据说，你可以帮助任何人达成他们的愿望，不知是真是假，但是卫庄很想来试一试。希望榕娘娘能够成全。"

说完后，他却静静地望着这棵榕树，再不说话了，仿佛是在等待所谓榕娘娘的回答。

我当然不敢出声，于是两人便一个在树前，一个在树后，终将本来就静谧的空气搞得更加寂静。我屏气静声，甚至听不到自己的呼吸。这样又过了很久，安陵辛恒却是哧地一笑，摇摇头道："既是如此，却是卫庄冒昧打扰了榕娘娘，卫庄以后不会再来了！"

他说着，转身就走。

我心里一急，脱口而出，"又没有说什么，为什么要走？"

他仿佛被吓了一跳，诧异地回过头，轻喝道："谁？"

反正已经掩盖不了我藏在这里的事实，心中反而平静了些，"你来找谁，我就是谁。"

"榕娘娘？！"

"嗯。"

"呃，在下卫庄，不知这世上果然有榕娘娘，打扰之处，还请榕娘娘原谅。"

"你不必如此客气。我在这里，便也是等你来的。安陵公子本是人中之龙，该掌管这天下大业。只是棋差一着，至满盘皆输，如今虎落平阳，便连自己的名字都没有权拥有，真是可悲可叹。"

"得之我幸，失之我命。当今天子雄才伟略，卫庄输的心服口服。"

"所以呢？"

"所以，卫庄再无争霸天下之心，只想侍弄一方花草，平静度日。"

"安陵辛恒！你撒谎！若你说的是真心话，今夜却为何来到此处？真人面前不说假话，或许我们应该坦白些呢？如果你说出心里的愿意，或许我可以帮到你。"

安陵辛恒道："在下今夜来此，只是有个很可爱的女子告诉我，说这榕树里藏着可以满足人愿望的仙女。在下不信她的话，因为在下从来都不认为这个世界上竟然有神仙鬼魅存在，但又觉得她不像在撒谎，所以才来此验证一下。如今看来，她说的都是真的，她没有骗我，只

是我自己孤陋寡闻，见识不广而已。"

"哦。那你打算如何做？"

"只信了便可以，还要如何做？"

"你真的信了？"

"是的。"

我哧地笑了起来，却就在这时，听到树后有脚步声，知道他已经到了近前，想躲避时已然来不及，他已经站在了我的面前，并且很利落地揭开了我的面纱，"倒要看看你是谁！"

当他看到我的面容的时候，不由地愣住了。

反正也已经被窥到了真容，其实也做好了有可能被他看到的打算，所以反而大胆地与他对视，且看他对这个曾经被他逼的自杀的女孩做何反应。

然而，我看到的却是他满面的诧异和震惊，渐渐地幻化成了我看不懂的愧疚和狂喜，仍然拿着面纱的手，在微微地抖动着，那颤动的面纱仿佛是彼此狂跳的心脏。

此时月色明亮，空气清冷，仿佛是在梦中，又几只寒鸦飞起，榕树枝颤动起来，轻柔的雪花便缓缓地飘落下来，仿佛挡住了两人的视线，但是没有，我们都将彼此看得那样清楚。

直到雪花落尽，天间万物仿佛静止似的，没有任何声息，他才艰涩地说了句话："是你！？你是，陈鱼？！"

我的心底涌起万般的苦涩，已经有多久，没有人唤我的这个名字。

我的泪，就这样缓缓地滑落。

安陵辛恒的脸上闪过一丝痛色，连忙抬手拭去了我脸上的泪，然后蓦地将我狠狠地拥在怀里，"你，你没死？你没死，太好了。我以为，这是我这一生最大的罪恶，我这辈子也休想卸掉这良心的枷锁！但是，但是你没死，这太好了……这样，真是太好了……"

他的身体果然在发抖，我能够听得出他语气里的真挚。

我缓缓推开他的拥抱，望着他的眼睛，"你不会想要杀我吗？"

"不会！当然不会！我已经错了一次，不会再让自己错第二次！而且，你也已经知道我不会杀你，你才敢现身在我的面前，不是吗？"

"是的，是的……"

不知道为什么，之前的所有误会及痛恨，竟在他这种无法抑制的狂喜和拥抱中，突然间就烟消云散。

我想我可能需要被某个人需要，至少这个世间，有个人他这样的希望我活着，希望能够再次见到我，因为我的出现而喜极而泣。是的，他流泪了，不过他不愿让我看到他的泪，所以紧紧地抱着我，但我仍然感觉到颈边的湿凉……

我也慢慢地抬起双臂拥起他。

就这样，彼此相拥，就仿佛已经相爱了很久很久的恋人。

……

东阁本是夏天里听风观雨的地方，但到了冬日，基本就会空置。我与他相拥进入了东阁之内，有点冷，他便脱下锦袄，披在我的身上。两人如此偎在一起，仿佛这世界就只剩下我们两个人。

"你是什么时候原谅我的？"他终于问出了第一句话。

我歪着脑袋想了想，"大概是从我第一次见到雀镇的墙壁之上，贴着的那幅寻人启示开始的。上面的那幅画像，嗯，那些画像仿佛是倾注了感情，我的直觉告诉我，画那些画像的人，并不想让我死，对吗？后来，我知道等在雀镇，让人找我的人也是你，很明显，那些画像是你画的，对吗？"

"呵呵，原来如此，你的心思真是细腻。"

"再加上，我后来进入了宫中，听说了有关你的诸多事情，对于当日我被安陵浩所掳的事情前后因，也都已经搞清楚。原来并不是你的错，你本来是想救我的，况且你原本就救过我一次，只是因为安陵浩偷走了昏迷的我，才导致了后面一系列令人伤心难过的事情，所以，我知道我

不该恨你，甚至应该感谢你。"

"那你今日来此，是想感谢我吗？"

"不，我只是……只是想找一个，与我同病相怜，能够站在我这一边的人。"

这话说出来，便觉得脸火辣辣的痛，低下眸子再也不敢与他对视。却觉他用手捧起我的脸，双眸凝视着我的眸子，"小鱼，你这个丫头，现在我终于明白，为什么只是短短的时间，我便觉得自己已经为了你而沉沦下去。我想，将你从护城河里救起的那一刻，我已经深深地爱上了你，因为我从来没有见过那么有勇气的女孩子，我根本无法想象一个原本柔弱的女孩子竟然能够以那样的方法逃出凤翔城，所以，我当时就已经为你而着迷了……"

他称为我丫头！他竟然叫我丫头！为什么，我的心会如此甜蜜呢？我努力地摇摇头，使自己的头脑可以清醒些。

"但是，你爱着的人，不应该是姜瑜吗？"

"怎么会忽然提起她？"

"你恨安陵浩吗？"

"我——"

"不，我不需要你再说出违背自己真实心意的答案。"

"是的，我恨他。"

"我也恨他。"

"小鱼，你到底在想什么？"

"我在想，如果你是真的爱我，我会感到很幸福。你能为了我重新振作起来吗？能舍掉对姜瑜的感情吗？"

"她本来又不是我什么人，不存在舍不舍掉的事。"

"如此更好……"

……

从前，我听我娘讲过，有些夫妻就像朋友，有的像伙伴，有的像亲人，而更多的则像是同谋。虽然这其中各有各的乐趣所在，但只有全部综合起来，才会像是真正的夫妻。如果只占有了其中一项，便只能是朋友，只能是伙伴，只能是亲人，只能是同谋。

而我与安陵辛恒之间呢？我们之间到底占了几项？

我想，应该像是久违的朋友，但更像同谋。

想到这里，我不由自主地嘲笑起安陵浩来。

就在这冷冷的东阁中，本来有些冰凉的躯体在安陵辛恒的亲吻和抚摸中，化为春水般的温暖柔软。颤抖的唇，粗重的喘息，勾勒出一室旖旎迷离的景色，沉醉了我，我轻轻地抚着他的脸颊，"辛恒，这辈子，你都要好好地爱我知道吗？将来的路上，我不能没有你，你也不能没有我……"

他用吻代替了回答。

他再要深吻下去，我连忙阻止了他，"对不起，我不能……"我慌乱地推开他。

"应该是我说对不起，我太唐突了，希望你能原谅我。"

我们找了个比较舒服的姿势靠在墙壁之上，他害怕我凉着，将自己的膀臂伸在我的颈后，使我与墙壁保持着一定的距离。心里泛起一阵阵的温暖，我给他一个甜甜的笑容。

"以后，你叫我丫头，我叫你辛恒好不好？"

"好。"

"你知道吗，我很快乐。"

虽然安陵浩不爱我，甚至他的眼中根本就没有我，但我此时此刻，却被一个可能比他更优秀的男子爱着，难道我不该感到快乐吗？

安陵辛恒柔声道："傻丫头，我也很快乐。"

当我们静静地依偎着的时候，他问我，"难道这是上天的安排？要我们彼此相爱。"

"或许，是因为你帮我保存了那片绿色吧。也或许，是因为我需要一个爱我的男人。"我暗暗地想着。

他珍惜那片存活的蛇麻花草，连除去一棵杂草也需要犹豫好半晌，他不是个漠视生命的人，他给了我无限的希望。

这时候，时间不再是慢腾腾的，而是如白驹过隙。我恋恋不舍地从他的怀里挣出来，"我要走了。"

"我们什么时候还能再见面？"

我的心欢愉地跳跃着，"什么时候都可以，只要你愿意。但是，你要帮我一个忙……"

接着，便在他的耳边悄悄地说了些话。

他的神情渐渐地肃穆，"其实，都是误会，我根本没有爱过她，甚至连朋友也不是。因为我早就知道，她是安陵浩的女人。安陵浩一直都在为能够娶到她而努力，当时，也是在她的帮助下，他才当上了皇帝，难道原来她……"他满脸的疑惑和不解。

"所以我说，女人的心思，男人又怎么能够猜得到呢？"

"是的。"

"那行不行呢？"

"当然。或许，她能够进宫，做被他宠爱着的女人，才是最正确的选择。"

……

清晨里的风吹得格外的冷，我几乎没有办法抵御这寒冷，脚步凌乱地往寝宫而去，一些道德思想的束缚，正在折磨着我的心灵。但我并不觉得痛，只是在淡淡地想着，是这场荒唐的战争，使我走入了这样的一条畸路。

找到了理由，我心里压抑不住的幸福和开心要将我淹没了，进入寝宫扑到自己的床上，无声地笑了起来。

从那日起，我的脑海里每时每刻，似乎都充斥着安陵辛恒的影子。

我从未想到，我会在嫁为人妇后，才会春心萌动，爱上并不是我的夫君的男子。我的理智告诉我，我应该停止这种荒唐的行为，然而我的心却告诉我，我渴望将这一切继续下去。是的，我渴望进行下去，我以为等待我的一定是幸福。却从来没有想过，幸福与痛苦，只是一线之隔，就如诺言与谎言。

重新在脸上涂抹了芳樟醇脂，三四天后，一张原本生动漂亮的脸，又变的木然木讷。我的心却没有随之木然下去，反而在担忧下次再与安陵辛恒见面的时候，又会是什么样的情况？如果让他知道我是安陵浩的昔妃，他会怎么样？不，不能让他知道，否则的话，他肯定不会再与我见面了。

也就在这一天，忽然传出消息，说皇上册封新妃的事情，马上便要举行。

奇怪的却是，之前从民间抢来的那些女孩子，皆正式通报各自的亲人，以文书的形式入宫为婢。如果其家人不同意的话，便将女孩子重新归还其家人，还会赏银一百两。只是，却没有人愿意将女儿带回，所以先前抢来的民女，皆为婢发往各宫。

而冰若，就是以这样的形式，发来玉宸宫的。

付公公亲自将她带来，"昔妃娘娘，这位姑娘以后便在玉宸宫为奴婢，娘娘看还满意吗？"

冰若于是微笑着抬起头。

我不知道她是怎么被找回来的，但她仿若并没有受苦，脸色红润明艳，竟然比之前我见到她的时候，更加的漂亮了。

这时倒中规中矩地俯身请安，"奴婢冰若，见过昔妃娘娘。"

虽然她礼数周到，但想到之前数次见面，她那种嚣张的态度，早已经使我非常的不开心。当下并不叫起，只让万叶拿了些银子赏付公公，并请他到旁边悄声道："付公公，可知皇上为何忽然有此决定？这些女

孩子不是要封妃的吗？怎会都成了奴婢？"

付公公道："哎呀娘娘，您还没听说啊！皇上看中了小上将军姜瑜，要封姜瑜为夫人。皇上曾说，此生能娶到姜瑜便足矣。这些女孩子虽然也不错，但比起姜姑娘只是庸脂俗粉，被贬为婢也在情理之中。"

说完后他像是忽然发觉我才是他所说的庸脂俗粉中的代表人物，他小心翼翼地看我一眼，尴尬地笑了起来。

我也不介意，只淡然道："代本宫向皇上道贺，就说本宫祝他和姜夫人，恩恩爱爱，白头到老。"

付公公忙应了声，"好！奴才一定把话带到。"

但那晚，并没有等到安陵浩。

想来他已经达到目的，便早已经将我抛之脑后。

第二日清晨，安陵浩却派付公公送来了两套金饰，这大概就是他对我的感谢吧。修长的手指轻轻地拨弄着这两套美丽的金饰，心中却对此甚为不屑。大概在死亡边缘挣扎过的人，都会本能地看淡世间名利，而将目标转移到比从前更远大的理想，更深的仇恨或者是更卑微的索求之中，而我可能是选择了第二种，我陷入到更深的仇恨中，除了想要惩罚我想惩罚的人，似乎再没有什么别的乐趣。

不，或许有。

只是，那如云烟般的情愫是否能够长久？当安陵辛恒知道真相的时候，是会杀我？还是索取那张朱邪宝图呢？

二月初九。

已经有了春天的味道。冰雪在阳光下开始消融，而这高墙红瓦的皇宫内，湿气却似乎一日重于一日。自东阁榕树下与安陵辛恒见面后，我便一直在玉宸宫内，再没有去过东阁，当然也没有机会与他见面。

不是不想见，而是不敢见。

只怕，与他见面多了，就会揭开一些两人都无法接受的事实，最终便连美好的幻想也不存在。只是不知道他有没有再到东阁去过？或者，他也与我一样，再也不敢接近那里。

这日，却是安陵浩正式册封夫人的日子。

举国庆贺。

夜晚的烟花，像梦似的美丽。我独自倚于栏杆之处，仰望着天上的绚烂。万叶拿出袄子披在我的身上，"娘娘，夜风很凉，还是回屋里休息吧。"

她肯定以为我的心里很不舒服。"夫人"是仅次于皇后的地位，甚至连贵妃也要在夫人面前行妾礼。从此后，这后宫便有这样一位夫人，地位比我高，更获得安陵浩的无限宠爱，而我将会更加的孤独寂寞。

其实，就算没有这位夫人，我又何尝不寂寞？

如果没有东阁榕树下，那夜的旖旎，我又能忍受到此时此刻吗？

"冰若呢？"

"她可会享受了，又去泡香花浴。可知那些香花都是娘娘的，每月分量有限，她却总是霸占娘娘的东西。娘娘，你也不管管她！"

她的语气里带着强烈的不甘和愤怒。

我呵呵地笑了起来，"叶子，何必与她生气？冰若美丽明艳，必不是池中之物，她不是谁能够束缚的人，自让她闹去，不必管她。"

"娘娘，您真大度。奴婢现在真不懂，这玉宸宫内，到底您是娘娘，还是她是娘娘……"万叶犹自咽不下心头的气恼，数落着冰若。

这是属于安陵浩与姜瑜的洞房花烛夜。他终于得到她了。

今夜，他不会再从洞房中匆匆离开，他定会好好地爱惜那个女子。我心中弥漫着淡淡的艳羡，无论安陵浩到底是个什么样的人，一个女人能被一个男人如此珍爱，颇费心机地得到她，她应该也是个幸运的女人吧？

避开奴婢们，我终于再次不能抑制地往东阁而去。

或许是因为今夜的烟花特别明亮，远远地，我就看到东阁榕树下站

着个孤独的身影，他也仰头看着天空中时时爆开的烟花，一身素衣更显得繁华之处的萧瑟，我能够感觉到他内心里的苍凉。

我缓缓地走到他的身后，从后面抱住他的身体。他没有挣扎，"小鱼，你终于来了。"

"你一直在等我吗？"

"你说呢？"

"呵……"

他转过身来，将我轻轻地拥入怀内，"以后不许这么久不来，否则的话，我该怎么办呢？"

说着，便要揭开我的面纱。

我吓了一跳，紧紧地握住他的手腕，"别！"

"为什么？"

"不要问好吗？以后都不要问，也不要强迫我揭开面纱。"

他凝视了我好半晌，终于点点头，"好吧。不过，你要常常来见我。"

他露出些许的孩子气，如同受了委屈似的。我的心头终是怜惜他的，于是连忙转移话题，"你是怎样让姜瑜答应嫁给安陵浩的？她的性格似乎是很坚强的，应该很少有人能够影响到她的决定。"

"他是皇帝，他想得到的女子又怎么能得不到呢？而我，只是告诉姜姑娘，我的真实心意而已，我并不爱她，因我的心中已经被另外一个女子占满。"

心中一阵甜密，"这是真的吗？"

"嗯。"

他说的如此诚恳，我心中的疑虑一扫而空。我本来以为，事情不会这样的简单，却原来，比我想象中的容易多了。又想，如果我是姜瑜，知道那个我爱着的男子不爱我，我可能也会选择爱着我的男子吧？这或许，本来就是一种天经地义的本能选择。

安陵辛恒道："小鱼，告诉我，你是如何生活在这皇宫里的？你说你恨皇上，我能够理解你想报仇的心情，但这很危险。如果可能的话，我想带着你跟我的母后，我们一起离开这里。"

"你，肯带着我，离开……"

"嗯。"

"可是当日，姜瑜也是要和你一起离开的，你为什么却……"

"当时确实是无法离开，即使当时能够离开，我也只会带着我的母后。我不想耽误一个好女子的一生，因我并不爱她。但是现在，我随时都可以离开，我虽已经成为庶人，但毕竟在宫中生活了这么久，还有些门路。我若想走，安陵浩也拦不住。"

"离开……让我想想……"

"小鱼，我是真心的。"

"不，让我再想想，再想想……"

隐隐地能够听到琉璃殿内传出的丝竹声和贵太妃所居的清澜宫内的唱戏声，作为名誉上的母后，她当然也有义务在这样的日子里，制造些喜庆的气氛。第一次，我想去看看贵太妃，便道："辛恒，贵太妃独在居在清澜宫中，这台大戏却是邀请了谁来观看？不如你去陪陪你的母后吧。"

"小鱼，你真心善解人意。可是，我不想去，我不想看到那凄惨的样子……"

"凄惨？怎么会呢？"

他没有再多说什么，只道："她虽地位崇高，可惜再没有任何欢乐。"

"噢。"

两人便相依在榕树下，静静地立了片刻，我忽问道："这个世上，真的有朱邪藏宝吗？"

感觉到他的身躯微微一震，"连你都这样问，那我真的不能肯定，这世上是否有这样的一处藏宝。"

"为什么？"

"传说中，确实是有这样的一张宝图，里面不但有一批价值连城的宝藏，更有朱邪帝当年的军师无垢山人留下的丹书铁卷，分别是《无垢山人之奇门遁甲》和《无垢山人百计退敌手书卷》，据说这两本书卷中所记载内容，但凡能够窥得十之一二，便能够在金戈铁马的疆场上大展身手。这是世间男儿，梦寐以求的奇书。这几年，终于有人打听出，原来这本书落到了陈王府——陈孝言的手中，因此才有了后面那一连串的事情……"

他所讲述的，与当初安陵浩所讲的内容差不多，只是，为什么身为陈王府的人——我却从来都没有听说过这件事呢？

果然他又道："小鱼，为了朱邪宝图，歧越甚至开战至今，边境百姓民不聊生，可惜我不知那宝图是在哪里，否则的话一定会找到它，并毁了它！如此一来，就不会再因为它而掀起无数的腥风血雨。"

见他眸中充满痛苦和无奈，我的心抽了抽，"辛恒，歧越开战，竟真的只是因为朱邪藏宝吗？"

他郑重地点点头，"不错。现在在外面，连普通百姓都已经知道，宝图是在一个叫做陈鱼的女子手中。只要找到这个女子，便能够找到朱邪宝图。怀璧其罪，小鱼，看来你的身份还要隐瞒很久。"

我心中对朱邪宝图也起了好奇，若说没有在陈王府，为何使安陵浩大动干戈屠了凤翔？还有陈孝言后来的表现，都证明宝图确在陈王府，甚至有可能在我的身上，这到底是怎么回事呢？

"如果有机会再回陈王府，或许能够找到宝图。"

安陵辛恒的眼中蓦地燃起希望，"是吗？你对朱邪宝图有印象？"

我摇摇头，"我从未见过它，不知道它到底是什么东西，但是或许，它有可能还在陈王府。"

安陵辛恒却摇摇头，"必定已经不在陈王府，否则歧越又何必交战？陈王此次率兵攻打歧国，完全只是为了朱邪宝图，甚至在两军对垒的时候还说，只要歧国肯交还朱邪宝图，便退兵，从此两国交好，否则一定要打到歧国交出朱邪宝图。"

我倒没有想到，南越竟有这样的勇气和决心。

"可是，南越的兵力应该不如歧国的，这次怎会打了这么久？"

"先皇已逝，军中将上不过是借先皇余威对敌而已。再加上南越自知并不是歧国的对手，便广布谣言，说朱邪宝图已经到了歧国，结果使边境几个小国与南越联合，一起攻打歧国。如今，歧国势单力孤，能够坚持到春季，已经是很不容易。"

他握紧了拳头，显然对歧国的现状很是担忧，"烟笼寒水月笼沙，夜泊秦淮近酒家。商女不知亡国恨，隔江犹唱后庭花。事到如今，皇上不将心思放在战事之上，而一心只想着纳新妃的事。姜瑜是个好女子，如果她肯进宫为妃，是因为我的拒绝，那么我真心的希望她能够幸福，但也希望，皇上胡闹到此也就罢了，不要再继续沉沦下去。"

"对不起……"我忽然满心愧疚。

他诧异地将目光转到我的脸上，"好好的，说什么对不起？夜色早已经深沉，我却在这里喋喋不休地说着些军国大事，使你不能够回寝宫休息……"

我抬手轻轻地压住了他的唇，示意他不要再说下去，但是犹豫再三，还是没有将我来到玉宸宫的始末告诉他。一则怕他无法原谅我，我们刚刚弥合的爱情会再次崩裂。二则如今说出来也是于事无补，时光不能够倒流，无法使我重新做出选择。如果当时我与安陵辛恒之间的误会早点解除，我是不会护送安陵浩回到上京，抢回皇位的。

但世间没有如果，发生过的事已经无法再改变了。

我不舍地告别道："辛恒，救救我，只有你做了这天下第一人，我才能够名正言顺地做你的女人，我需要一个强大的男人保护我。"

他似乎明白了我的意思，却道："明晚，这个时候，还会来吗？"

我摇摇头，"我真的，不知道。"

不敢再做停留，向东阁外而去，他忍不住紧跟了两步，"小鱼……"

……

回到寝宫内，却见门口站着冰若。她似笑非笑地望着我，这诡异的神情使我心内忐忑不安，只冷冷地道："这么晚了，你在这里做什么？"

冰若道："我若不在这里，怎知道原来你是这样一个风流的女子呢？从前就不该小看你的。"

"你都看见了？"

"是，该看的，不该看的，我都看到了，原来你和他——"她将两根食指并在一起，做了个极可爱却有点猥琐的动作。

推开门，我自走入房间里，回头见她还站在门外，便道："进来吧。"

冰若这才哧地一笑，走了进来。

其实自她来到玉宸宫，我们还没有好好的聊过。她的眼睛全部都是桀骜不羁，如她不肯和我聊，便是什么也聊不到的。但是我知道，今晚，她想和我聊聊。果然，她进入到房间里后，很直接地道："你知道吗？我这辈子最大的心愿，就是嫁个足够强大的男人，只有这样的男人，才能俘虏我的心。就如，我从前跟凌战在一起，只因为我以为他会成为皇帝，但是结果却使我很失望，他现在竟然只是个小小的陵王，所以我离开了他。"

"噢。"

"后来，我见到了安陵辛恒，我觉得他是个野心家，他能够实现我的愿望……"

我的心微微地惊了下，她能够进入皇宫，竟然是因为安陵辛恒吗？那么她与安陵辛恒也是认识的了？

她又道："可惜，他虽是野心家，却是无情得很。"

"噢……"

我听了，心里窃喜得很，这个世间，毕竟还有男子不买这个漂亮狡黠的女子的账。

冰若歪着脑袋看我的脸，似乎已经知道我在想什么，她的唇角微微上弯，丝毫不介意我的得意。

好半晌，她才又道："他确是个世间奇男子，可能需要一个奇女子才能够俘虏他，你自问，你是吗？"

她不等我回答，又道："其实这并不重要，我们进宫，重点都不在他那里不是吗？"

"呵呵，你了解的真多。"

"至少我了解你，我知道你只是个胆子大一点的卖酒女而已。"

"说吧，到底想怎么样？"

"玉宸宫并不是一无是处。虽然有个貌若无盐的昔妃，但也有个漂亮如仙的女子冰若，你若想从姜瑜的手中抢过皇上的宠爱，必须要借助于我。我可以保证，等到皇上垂青于我的时候，我必替你报今晚之仇，把姜瑜置于死地。"

"早知道，你才是真正的野心家了！呵呵，你若真的能得到圣宠，确也是我的福气。"

"如此，你是同意了？"

"是，我是同意了，不过你真的确定安陵浩就是那个最强大的男子吗？"

"当然，我冰若是不会看走眼的！"

她笑得花枝乱颤，我却想起在天下客栈的一幕幕。她并不知道我就是曾与她同行，并在天下客栈被她捉弄的那个叫小鱼的女孩子。其实我心中既然已经有了安陵辛恒，又怎么会将安陵浩是不是宠爱我放在心上？只是，我既是他的妃子，便要做出样子，只消叫他后院起火，无暇应付战事最好，到时候……

我心里有个想法正在慢慢地形成，而这个想法，很有可能使他从天坠落到地，从最高位置的掌权人，变为一无所有的普通人。

心里的恶魔，冷冷地微笑。

看天色似要亮了，烟花声也渐寥落，侧耳细听时，清澜宫方向依旧

第二卷：有妃皎洁

传来唱戏声。对冰若笑道："既然你睡不着，不如跟着我去看玉宸宫外转转。"

她道："好。"

因不识得路，终还是将凉云叫了起来，由她在前带路。清澜宫外有太监守着，知是昔妃来到，刚要进入去通报，我只让他静立旁边就好。反正是有名无实的贵太妃，那太监也并不勉强，由得我带着凉云和冰若进入到清澜宫内。

果然，唱戏声越来越大，看起来这贵太妃真是做足了戏，虽是别人的儿子大喜日子，她也要庆贺整晚。

清澜宫的确不愧是从前敏皇后的寝宫，内里的布置颇花心思，触目间假山奇石，各有妙趣，雕龙画凤的廊柱及白玉栏杆，还有青石墙壁上的浮雕，无不昭示着园内主人的尊贵。那戏似乎也演到了精彩处，唱念打做打声此起彼伏，异常热闹。

寻声而去，终于看到了一个精致的大戏台子，戏台布置得非常华丽，台上两个武生正在那里翻滚打斗，脸部画得很是俊俏威武。

只是，台下却没有喝彩声。

因为台下，其实只有一个观众。

一个暖炉被放置在她的身边，炉上烹着茶，烤着橘皮，虽然我们并没有走到近前，也已经能够闻到橘皮被烤热的特殊的清香味道。而在另一旁，则置了张桌子，桌上摆着些糕点水果之类，最醒目的却是一杯猩红的如同凝固的血液的液体，在宫灯下微微透明，诡异地耀着人的眼睛。

戏台下的嘈杂与戏台下的极度安静，形成了强烈的对比。她纹丝不动的身体，透出如积沉了万年的寂寞与孤独。

她定是个很坚强的女子，因为即使是如此，也仍能感觉到她的强势。

即使只一人观戏，似乎也观的津津有味，入神成痴。

这情景其实是有些诡异的，她的背影不但强势孤寂，还有那怎么也掩盖不了的了无生气。

这是我第一次见到贵太妃。

这个甚至没有叫宫婢陪在身边，独自看精彩大戏的女子，就是安陵辛恒的娘亲。或许正是因为安陵辛恒的原因，本来可以悄悄退出园了的我，竟然不由自主地走到了她的面前，宫灯映照下，她脸上的妆容泛着奇怪的油光，但仍看得出她凤目狭长，眼角微微上翘，薄唇紧抿，神情木然。

还有那滴泪，似乎也凝固在目中，便一直含在那里，并不落下来。

我的心蓦地酸了酸，要有多少的伤心，才能凝聚成这样的泪呢？记得在陈王府的时候，我娘也常常对镜落泪，那默默的一滴泪，曾经怎样地灼痛了我的心。

我轻轻地跪下去，"孩儿参见母后。"

她那早已经穿越戏台，不知道看到了哪里的目光，终是微微地转动，僵硬地落在了我的身上，好半晌才轻若蚊蝇地唤了声，"你是，昔妃……"

"是，孩儿来晚了，孩儿应该早点来……"

话刚说到这里，却见她的神情忽然变得痛苦不已，身子往前倾，"噗——"

一股温热正好喷在我的脸上，闻到浓浓的腥味，我啊地惊叫了声，不知道发生了什么事。

就见贵太妃的身体已经从椅子上歪了下来，好在凉云和冰若都在，她们扶住了她，才使她没有跌到暖炉上烧伤。但她的唇角却不断地涌出血来，颤抖的手抓紧了我的手，双眼深深地看着我，似乎是有话要说，喉咙里咯咯地响着，却是什么都说不出来……

我只觉得脑海里阵阵空白，努力地让自己镇定，忙俯耳在她的唇边，"母后，您要说什么！孩儿听着呢！"

她的嘴唇动着，但我只听到她喉咙里发出的机械的咯咯声，只觉她

松开了我的手，用颤抖的手指在我的手心里划着什么。

我知道她已经不行了，因为她的目光在渐渐地黯淡下去。

她的手也终于停止了在我手心里的比划，只是眼眸还在努力地张开着，寻问着。

我忍着惊惶和悲恸，向她点头，"明白了，我明白了，您放心地走吧……"

……

夜风很冷。

而这一幕，在戏台上演戏的众人仿佛根本就没有看到，戏还在继续着，我知道这群人都是极明白的人。他们知道事情的全部经过，只是他们装作不知道，但他们肯定逃不过这一劫去，我太明白一场阴谋与战争需要付出什么样的代价。

果然，冰若低低地惊呼了声，首先抽身而去，"我们快走！否则要说不清了！"

凉云听闻，也吓得一跳，颤颤巍巍地将贵太妃的尸体置于地上，便也走到冰若的身边，"娘娘，冰若说得对，我们敢快离开吧。"

我漠然地道："你们以为，今晚还会有人来这里吗？"

她们面面相觑，都不说话了。

就在这时，戏台上的戏子们，都捂着喉咙相继倒下，痛苦地抽搐，情况与贵太妃刚才死时的情景差不多，很快便停止了呼吸，什么都来不及留下……

这场大戏终于就此结束。

……

玉宸宫。

我用右手手指在左手手心里比划着，努力想还原贵太妃最后留给我的遗言。但是到最后，始终也猜不出她到底比划了些什么字，只隐隐地觉出，似乎是有个"皇"字。

如今，在称谓里带"皇"字的，便只有当今皇上安陵浩。

蓦地停住脚步，我的手掌狠狠地拍在身旁的桌子上，吓得万叶连忙跪了下去，"娘娘，奴婢做错什么事了吗？"

"不，并不是。你起来。"

万叶起身，我问道："今日有没有听到什么消息？"

万叶以手指点着下巴，似乎是在努力地想，好半晌才道："没有什么特殊的消息啊。"

安陵浩连伪装都撕下，他表面将贵太妃安置在清澜宫，天下人都以为他极尊重她，其实他早已经容不下她，现在再也忍耐不下去了吧？竟然将贵太妃给害死了。又想到昨夜其实是他与姜瑜的新婚之夜，这样的日子，本不该动杀戮的，但他竟然……

想到贵太妃及那些戏子们倒下去时的惨状，只觉得心里阵阵发寒。

只盼望着他能够良善些，将贵太妃好好安葬。

但之后的三天，都没有传出贵太妃已经死亡的事情。这日，凉云终于耐不住性子，红着眼睛找到了我，"贵太妃既然已经身故，为何却是秘不发丧？皇上难道真的要将贵太妃悄无声息地安葬吗？"

我知道她是感念贵太妃曾经对她的恩德，只是斯人已去，如今却是无法报答了。

我摇摇头，"既然皇上决定隐瞒这件事，那么无论谁揭发这件事，肯定都是死路一条。"

凉云被吓着了似的，美眸微微地撑开，惶恐不安地望着我，"那怎么办？难道就让贵太妃这样离去吗？"

向来她性子刚烈，如今贵太妃死去，恐怕她必不会就此罢休，只怕到时候要将当时的情况说出来。如果真的是安陵浩将贵太妃杀死，那么我与她，甚至还有冰若都无法再活命，当下安抚道："你先不要着急，贵太妃在宫中地位崇高，她的后事必然无法隐瞒，待本宫搞清楚事情的真相再说。"

凉云感激跪倒，"谢谢娘娘！"

直接去问安陵浩当然是不行的。其实自入宫以来，虽有偌大的玉宸宫居住，每日里也是锦衣玉食，但我在皇宫内并不是很自由，我能够感觉到，有些目光在背后盯着我。那必是安陵浩派来的人，他从来就知道我是个什么样的人，他心里明白我不是歧国人，即使是他已经践诺，将我封妃，但所谓害人之心不可有，防人之心不可无，他对我的防备，我可以清楚地感觉到。

只有夜深人静，万物俱寂的时候，才是我最自由的时候。

那夜，我悄然从寝宫中走出来，一如既往地来到东阁榕树下。本来以为就算全世界的人都不知道贵太妃已经身故，安陵辛恒也一定知道。

按照日子算，他该在灵堂守灵才对，奇怪的却是，他仍然等在榕树下，心里的疑惑都被强烈的惊喜替代，扑入他的怀里，我激动的几乎说不出话来，"没有想到，你真的在。"

安陵辛恒的身上有种特殊的花香味，淡淡的，只有扑入到他怀中，脸颊贴近他肌肤的时候才可以闻到。

他的心跳声使我感到心安。

他的语气却也是难以自控的激动，"丫头，只要你想看到我，我一定会在这里。"

两人仿佛做梦似的，甜蜜拥了片刻，我才依依不舍地从他的怀里挣了出来，"辛恒，你这几日夜里，都在这里吗？"

他微笑着点点头，"想到你有可能在夜里出现，我就睡不着，生怕你来了见不到我而感到失望，所以我每夜都来。"

从他的脸上看不出一丝的难过。

内心里更加的疑惑，这到底是怎么回事？按照规矩，他既是贵太妃的儿子，无论贵太妃如今沦为怎样的境地，他都应该每天清晨去贵太妃处请安，所以他不可能不知道贵太妃已经身故的事情，但是，为什么他一点都不悲伤呢？

他忽然握住了我的手，放在他的胸口，"丫头，我已经没有办法控制我的感情，这里总是为你而牵动着。每天都在想，我的丫头她正在做什么？她是不是也同样的在想我……"

他的眸子像天上最美的启明星。

闪烁让我着迷的光芒，在他的情话中，我也在瞬间沉沦，再次扑入到他的怀里，真想这夜永远不要天亮，就这样，直到永远。

世事难料。

我本以为恨他入骨，却没有想到，原来我已经在不经意间，早已爱上了他。更没有想到，他的命运会因我而如此的逆转。对从前的种种，我充满了愧疚之情，更没想到，如今连告之他的母后已经身故的勇气也没有。

在这寂静的夜里，只有他清冽的声音，在耳边诉说着一些，我从来没有听过的故事及叹息。

原来他虽为皇子，对荣华富贵却看得极淡。有种"只恨生在帝王家"的愤懑。但久而久之，却在不知不觉中适应了这内里的争斗，只是娘亲既不是皇后，他又不是长子，西宫太子的头衔令他不堪重负，受尽耻笑。

在夺嫡失败后，最大的愿望竟然是能够安安静静地吃一份五色宝汤圆。

只可惜，直到现在也没有吃到。

他还笑着说，其实在很小的时候，他与安陵浩兄弟两人的感情非常好，好的就像是一个人。

他这样形容着他们曾经的关系时，眼里便有些不易觉察的晶亮。

我的心情随着他的讲述，忽而悲伤，忽而喜悦，但是却始终掩盖不掉忐忑不安，一直在犹豫着，该不该将贵太妃已经身故的事情告诉他。或者，他已经知道了，只是刻意不提，将所有的痛苦都自己咽下去？

直过去了两个时辰，我终是打断了他，"辛恒，不要再说这些了，

我知道，你心里肯定是很难过的，你不需要在我的面前戴上面具，我想了解你心里的真实想法。"

他怔了怔，轻笑道："丫头，怎么了？你不喜欢听这些陈年往事吗？也罢，那我就不说了……"

我加重了语气，"辛恒，我知道，贵太妃她……"

说到这里却终是无法将残酷的真相说出来，顿了下道："总之，我什么都知道。"

他狐疑地道："什么都知道？"

我点点头，"我知道，你很难过，但是人死不能复生，你还是要节哀顺变。"

他顿时愕然，好半晌，才笑道："人死不能复生？节哀顺变？丫头，你到底在说什么？谁死了？这几日是皇上新婚大喜的日子，怎么会有人死了呢？"

见他真的一脸茫然不知的神情，只好道："这几日，你没有去看望贵太妃吗？"

"当然有去。如今，除了你，她便是我在这个世界上唯一的亲人，我怎么可能不去向她请安呢？今日清晨，她还告诉我，冬尽春来，到了三月，便有那桃花开，可以做桃花糕子吃。她是最喜欢吃桃花糕子的了。"

"呃，今日清晨，你……"

我忽然觉得，不知道再说什么好，贵太妃竟然还活着吗？但是那晚……

见我愣怔着不说话，他狐疑问道："丫头，你怎么了？"

"呃，我，没什么……辛恒，那个……"

"你是不是看到什么奇怪的事情了？"他忽然这样问道。

"呃，我……没有啦！只是因为……自进入皇宫就没有见过贵太妃，她是你的娘亲吗？如果将来有机会见面的话，真的好想能够与她成为朋友。"

他的目光这才缓和下来，"原来如此，呵呵，傻丫头……"

……

我想我已经坠入了爱河。

我甚至可能已经忘记了我之前给自己赋予的使命。我的脑海里每时每刻都是安陵辛恒的笑容和身影，还有他的娘亲。没错，正因为贵太妃是他的娘亲，所以有些事我必须得搞清楚。可惜，冥思苦想间也得不到答案，便连安陵浩跟我讲话，也没有听在耳内。

直到万叶轻轻地触了触我的手臂，"娘娘，娘娘，皇上跟您说话呢！"

我才蓦地从自己的思绪中清醒过来，"呃，皇上……"

安陵浩看起来心情极好，本来他的身上就有一种难以言说的书卷气，即便是绝情阴狠的时候也无法掩盖这种气息。这时候更只穿了一袭淡蓝色纹龙锦衣，袖口有暗色压花，显得稳重尊贵又不过分华丽，更觉得此人便是个学富五车的才子，立在廊下，玉树临风，如玉般光华流转。

只可惜，徒有其貌，内里残忍听令人心惊胆颤。

"昔妃，你在想什么？"

我微微一笑，"我在想什么又有什么重要的，反正知道姜夫人在想什么就行喽。"边说着边嘻嘻地笑了起来，"皇上能够得到姜夫人如此佳人，也有臣妾的功劳，却不知皇上要如何的感谢臣妾呢？"

安陵浩目光一滞："看来，朕送给昔妃的两套金饰，竟然是入不了昔妃的法眼？"

果然，他真的只是想用两套金饰来打发我。并且他接着说："要知道这两套金饰制作精美，若在民间，即使是大富贵的人家，得到这两套金饰也是很不容易的。况且昔妃原本只是个卖酒的女子，若不是如今的身份，便是倾其一生，也无法得到这样精美的饰物呢！"

他是真的看不起我！

咬了咬牙，将这股恶气压下心头，"皇上，听说这几日你与姜夫人恩爱缠绵得很，都好几天不上朝了，今日却怎么有时间来玉宸宫？"

"呵呵，昔妃，其实有件事朕要跟你商量。"

"什么事？"

"夫人虽然比你入宫晚，但地位却比你要高些，而玉宸宫内环境优美，又有大片的迎春花可观赏，现在即将冬尽春来，朕想让夫人入主玉宸宫。以后你们两位要和睦相处才是，你别看夫人曾经是小上将军，一身武艺，但她其实是个极其多愁善感的女子，以后还要请你多多相让于她。"

我立刻想到了安陵辛恒。

如果姜瑜入主玉宸宫，地位什么的我自不太计较，只是从此以后，与安陵辛恒在东阁相会就更难了，万一走漏风声，会将我与安陵辛恒都带入万劫不复的境地。想到这里，马上便拒绝，"当然不行！皇上，当初你我新婚，你当夜便离开玉宸宫，回到了自己的宫殿里居住，这已经很过分。你与姜夫人怎样恩爱也好，只要不在我的面前出现，那么我自不会多么心痛，但如果她入主玉宸宫，那么我便天天要看你们恩恩爱爱，我却形单影只，这让我情何以堪？"

安陵浩脸上的笑容渐渐收敛，"昔妃——"

我继续道："还有，后宫庭院众多，为何却偏偏要来玉宸宫？"

万叶已经急得脸上的汗水都流了出来，慌张地俯在我的耳边道："娘娘息怒，不能跟皇上这样说话啊！"

我瞪了她一眼，还要说什么，便见安陵浩已经狠狠一掌拍在桌子上，"哼，朕就不该亲自来告知你，只需拟一道夫人入主玉宸宫的圣旨也就罢了！既然你说皇宫内庭院众多，不如你从玉宸宫里搬出去，住到长信宫里去吧！"

"什么？！"

此时此刻，我内心里的无名之火腾地冒出来，却已经不关乎安陵辛恒了。

虽然我与他之间并没有夫妻之亲，更没有爱情，但我依旧是他的妃子，他怎么可以如此的厚此薄彼，这样相待于我呢？心里的恨意增加，我竟然硬生生地将这口气忍了下来，默默地走到了他的面前，向他低头道："臣妾失言，向皇上道歉，对不起。臣妾一切听从皇上安排，但请皇上让臣妾依旧留在玉宸宫，臣妾已经在这里住得习惯了，搬去别处，很难适应。"

安陵浩见我道歉，神色稍稍缓和，却依旧不愉，冷冷地道："听着，你知道自己是什么身份，又是如何才能当得上朕的妃嫔你心里很清楚，人要有自知之明，万不可在这里动什么小脑筋欺负夫人，否则朕是不会放过你的！"

他说着，便气呼呼地甩了甩袖子离开了。

双手不知不觉地紧握成拳，直到指甲刺破了手心里的皮肤，才缓缓地松开。万叶见我的手心在流血，吓得惊叫了起来，马上找来药箱替我包扎，又说要去请太医。她总是一惊一乍的，但她也是我身边最终实可靠的人了，所以我只是微笑着摇头，"没事，一点小伤罢了。"

万叶难过地说："娘娘，皇上他，他太过分了！"她说着话，胸口强烈地起伏着，显然这已经是她敢说出口的最大逆不道的话了。

我依旧笑着摇摇头。

我是如何成为安陵浩的妃子，我心里最清楚明白。我知道我不能再奢求更多的东西，何况，我的情感根本早就已经背叛了这个自以为是的男人，就与他没有遵守当初封我为妃时所给过的承诺是一样的。

因为姜夫人明日便要入主玉宸宫，成为玉宸宫主位，所以过了片刻，就陆陆续续地有许多人进入我所居的花暖阁隔壁的碧落荷园，说是园，其实与花暖阁只隔一扇月形门而已。但是此园的正北，却另开着扇很大的石门，上雕着牧丹，内嵌玉石，看起来富贵不已。

这些太监和宫婢们，忙碌了整整一日，到了傍晚时才消停了下来。

我自缓步跨入那月洞门，里面的情形却让我顿感震撼。从来没有发现这个园子竟然如此漂亮。

想到我进入皇宫的时候，便已经是冬日，皑皑白雪掩盖了它本来的面目，萧瑟的心情也使我无心仔细观察这个园子，甚至都没有进入过几次。此时，扫清了积雪，将一些新鲜的耐寒花木搬入院中，处处纤尘不染，生机勃勃，有如小家碧玉般的明眸皓齿，又不失大家闺秀的标致端庄，当真是个让人心旷神怡的好园子，而我所居的花暖阁，就像是这个园子的随从。

原来安陵浩从一开始，便将最好的留给了别人，即便后宫内只我一人的时候，我也不能占据最好的地方。

我忽然觉得，某根神经被撩拨的生疼，自尊再次受到了严重的伤害。

好不容易等到夜深人静之时，我才不顾一切地奔到了东阁榕树下。果然安陵辛恒早已经等在那里，二话不说，便含着泪水扑入到他的怀中去。他显然被吓了一跳，柔声问道："丫头，怎么了？谁欺负你了？"

好一会儿，我才哽咽地道："在皇宫中，又有谁能欺负我？当然是……"

他被吓了一跳："皇上！？他把你怎么样了？！你快点告诉我啊！"

我看到他的脸色都因为紧张而苍白了几分，体会到他是真的关心我，紧张我，终是不忍再瞒着他。

"辛恒，有件事我要向你坦白，今夜不向你坦白，恐怕以后我们之间会误会重重。"

"什么事？"

我静静地看着他，直看到他的眼睛里，这叫我怎么启齿呢？难道我要告诉她，我其实是昔妃？我已经嫁给了当今的皇上？我与他在这里的相会，其实是令人最为不齿的偷情？

这叫我和他，情何以堪？

但是如果不告诉他，恐怕以后我们见面的机会都很少，随着姜瑜入主玉宸宫，肯定会带来更多的随从及侍卫她又是被安陵浩宠爱着的，只怕以后安陵浩也会常来玉宸宫，到时候耳目众多，我是不可能再来东阁与他相会了，甚至他也不可以再偷偷地来到东阁，以免惹祸上身……

种种的顾虑，使我欲言又止。

但渐渐地，他像是已经了然似的，将我轻轻地拥入怀里："你要向我坦白的事情，我已经知道了。听说今日玉宸宫内很忙碌了一阵子，明天姜夫人便会入主玉宸宫，那么我们以后见面的机会就会少了很多，丫头，没关系，这些我都明白的。"

他的声音里渐渐地充满了难以名状的苦涩："我明白的。"

我震惊地看着他："你，你什么时候知道的？"

他笑着抚了下我的头发，更将我拥入他的怀里："从你说你原谅我的那刻起，我便知道你就是如今的昔妃娘娘。皇宫虽大，藏一个人却很不容易，而我早已经派人将玉宸宫彻底的调查，最终使我得出结论，昔妃娘娘就是丫头，昔妃娘娘就是从前的陈鱼。你曾数次向我提起有关歧越大战的事情，更让我确定了这一点。"

"你——"

"但是这又能怎么样呢？就像我从一开始，就知道榕娘娘就是陈鱼是一样的，在我的眼里，你只是我爱着的陈鱼，是我爱着的丫头，不是别人。"

说着话，他轻轻地揭开了我的面纱。

不知道为什么，我只觉得自己的心像被谁狠狠地揪住，呼吸都困难了起来。面对着我这张平淡的脸，他还会爱我吗？他已经知道了我的秘密，他会杀了我吗？当他的手缓缓向我伸来，我甚至忍不住尖叫了一声，"你要杀我？！"

他愣了下，那只手却只是将我额头的前发拨到旁边，"丫头，在我的心里，无论你变成什么样子，你只是小鱼，是我所爱着的丫头。"

"是，是吗……"

紧绷的身体渐渐松弛，他忽然哧地一笑，点着我的鼻头道："你看你，吓得脸都白了，我本以为你如此胆大包天，连当今天子也敢戏弄，定是什么都不怕的，却原来只是外强中干，内里还是个胆小鬼。"

我的脸有点烧疼，"我……"

"我也没有想到，到了今日，你竟然还害怕我杀你。看来，我从前对你所做的错事，已经成了你心里的阴影，一辈子也抹不去了。"

他说这话的时候，神情黯然，眸中满是令人心痛的难过。

"不，我只是，只是……"

"吁——不用解释。我知道你曾经受过什么样的痛苦和惊吓，以后我会用自己的办法，使你不再受到这些事情的困挠。我会永远爱你。"

我相信自己的心，已经完全向安陵辛恒敞开。其实他什么都不必做，这几句话，已经完全打消了我的所有顾虑。其实我早就应该想到，他虽然被废为庶人，毕竟还是曾经的西宫太子，他从小又在宫中长大，这宫中到底发生了些什么事，只要他稍用点心，怎么会不知道呢？况且，初次在榕树下见面时，若不是打算让他清楚的知道我是谁，我又何必从树的后面走出来呢？

在这个冰冷的皇宫中，我需要一个能够明白我的人，一个稳稳的靠山。

他亦如此。

我们没有就我的身份问题再展开讨论，反而是我主动向他坦白，"我之所以费尽心思进入歧宫，就是为了报仇而来。你会帮我吗？"

他的眉头微蹙，"我知道。"

仅仅只有这三个字，好像已经回答了一切。我也知道，他内心肯定有着很大的挣扎，没有人能够容忍一个女子来破坏他的国家。但是，他已经不再是从前的西宫太子，他甚至连姓安陵的资格都没有，他的境遇其实跟我是一样的，这歧国已经没有什么值得他留念的，或许我们的目的也是殊途同归，而我们的目标都是安陵浩。

如此，甚好。

可是我心里一直有个问题，却不好意思问出来。直到我们要分开的时候，我还是难以启齿。此时月辉皎皎，天地间一片寂静清冷，仿若这世界上便只有他与我，再没有任何其他人。正是人间良辰美景，人月两圆之时，我却必须与他告别。我依依不舍往四周看去，这东阁及东阁的榕树，是我与他的定情之处，可是从明天开始，我们将无法再在这里会面。

他紧紧地握着我的手，我抽了两下，竟然没有抽出来。

眼睛蓦地酸涩，自我娘离去了后，这世间除了他，又有谁这样的舍不得我？

忽然记起陈孝言丢下我和我娘的时候，我娘曾那样悲泣着问陈孝言，"来日何处相见？来日何处相见？"

可惜陈孝言终是没有回答他，我娘对他的感情，深到他难以理解的地步。

我的泪水终于簌簌地落了下来，咬着牙，颤抖着重新扑回到他的怀里，"我娘，我娘死得好惨……我不能原谅陈孝言和安陵浩，我恨他们！我要他们死！我要他们死！"

他只是紧拥着我，好半晌，才道："每个人都该为自己所做的事情负责任，安陵浩冷血屠城，夺嫡废兄，他的皇位上沾满了太多人的血和泪，他不该在现在这个位置上。所以，丫头，你放心，我已经答应你了，我答应你，永远站在你的这一边。无论你做什么，我都会帮你，配合你，让你报毁家灭城之仇。"

"谢谢……谢谢……"

眼见着天就要亮了，而我却只将他搂得越来越紧，这不但是我在宫中的第一个同盟，更是我爱上的男子啊！

他抚着我的头发，从怀里拿出火折子，轻轻地吹了吹，火苗噗地亮了起来……

我疑惑地看着那火苗，"辛恒，这是……"

他指着西北方向的阁楼，"你知道吗？其实从你所居的花暖阁的最高的经阁上，可以看到我所居的西宫太子府，当然现在那个地方已经不称为太子府，而是以皇上赐我的新名卫庄为名，在卫庄府内最高的阁楼，与花暖阁的阁楼其实是遥遥相对的，虽然我不可以再来玉宸宫，我们或许不能再在东暖阁相会，但是我们仍然可以与彼此对话。"

我明白了他的意思，笑道："即使我可以在经阁里与你遥遥相望，但终究不能够谈话。"

他举了举手里的火折子，"往这里看。"

那一缕摇摇摆摆的火焰，使我感到一丝温暖，他却蓦地将那火焰吹灭，"亮一次，是问寻你是否在？"

"在？"

"嗯。"

他重新将火折子吹亮，再晃灭，再继续吹亮，"亮两次，是'想你'。"

我忽然明白了，兴奋地将火折子夺了过来，照他的模样，将它吹亮晃灭三次，"那三次呢？是什么意思？"

他在我的额上轻轻地吻了下，"傻丫头，那当然是——我爱你。"

我心里甜蜜的如同喝下了满罐的蜜糖，"那么四次呢？"

"我很爱你。"

"五次呢？"

"我非常爱你。"

"六次呢？"

"非常非常爱你……"

我犯了傻劲，竟然乐彼不疲地一直问下去，他竟然也就这样一直回答着我，直到十个手指已经数完，他才像犯了错误似地无辜望着我，我扑哧地笑了起来。他也露出一丝温暖的如同阳光的笑容，"傻丫头，天真的要亮了，总之，如果一直亮着又灭，灭了又亮，那便是我一直一直在想你。"

上邪！我欲与君相知，长命无绝衰。

山无陵，江水为竭，冬雷震震，夏雨雪，天地合，乃敢与君绝。

……

这日，我们在玉宸宫东阁的大榕树下，许下了生死盟约。从此后，我不再孤单，我的心找到了一个可以停泊的港湾。在我惊怖与疲累的时候，只要想到这生死盟约，想到他的微笑，便能感觉到安全。

我想，爱情大抵就是如此。

我本抱着与敌人同归于尽的心来到此处，甚至甘愿牺牲女孩子最重要的名节，嫁给了一个并不爱我的男子为妻。

本以为，这生除了算尽心机，便要在心灵的孤寂中度过一生，却不料竟然能够意外邂逅属于自己的爱情，而他又是那样的不计较我的出身，不计较我在名誉上已经是别人的妻子。

我想上天有时候是公平的，它可以给予你最大的痛苦，但也有可能在你跌入深渊的时候，给予你最大的幸福。

因为姜瑜要进入玉宸宫，作为地位比她低的昔妃，我回到宫里后，甚至没有在床上休息片刻，便让万叶和凉云替我梳妆。她们也知道要发生什么事，特意地给我梳了个鸾凤飞云髻，将皇上所赐的两套金饰拿出来，由我亲自挑选了一幅，披挂于身。确如安陵浩所说，这套金饰在皇宫内，并不是很名贵的赏赐，但它们真的将我映衬的金光四射，贵气逼人。

只是当我转过身，两人看到我浮肿的眼睛和原本就平淡的面容，都不由地微感失望。

我笑笑地说，"面容是爹娘所赐，虽陋拙，却也无可奈何。"

万叶道："娘娘，其实您很美……"

凉云比万叶聪明很多，她从来都不说这样虚伪的话。我注意到凉云今日仿佛也是刻意地打扮了一番的，翠绿衫子翠绿裤，整个人便如春日的葱儿，有着股难以言说的清新，只是她的胸前，露出绢帕一角，却是粉红色底上绣了朵瘦梅。这面帕子是用了些心思的，这支瘦梅与这积雪融化的天气相当匹配，只是……

凉云见我打量着她，脸早已经红了，"娘娘，奴婢有什么做错了吗？"

我微笑着摇摇头，向来红配绿都是大忌，这条只露出一角的娟帕却将她整个人的气质都拉低下去，如同村姑般的有种憨憨的朴实。当下并不点破，今日便给了她机会表现，且看安陵浩的目光是否停留在她的身上。

果然，早膳刚过，便听到付公公拉长的声音，"玉宸宫诸人请外出迎驾，皇上与夫人到！"

花暖阁内众人便随我出门，果见安陵浩和姜瑜的大轿已经到了宫中，便在路边的廊下跪迎，"臣妾参见皇上万岁万万岁，参见夫人，万福金安！"

"奴婢参见皇上万岁万万岁，参见夫人万福金安！"

大轿停下，安陵浩首先从轿中出来，接着才见轿中伸出一只嫩生生的小手，手腕上戴着只硕大的翡翠手镯，如春葱儿般的手指上更是戴满华贵的戒子，小指上套着的护甲上更镶满了玛瑙，其间点缀光芒四射的金钢石。

我的眼睛像被刺了下，不由自主地将自己略显寒酸的手往袖中拢了拢。

随着安陵浩连连叮嘱的小心，姜瑜终于从轿中走了出来，她居高临下地向我看来，我连忙又道了声："昔妃参见夫人，祝夫人万福金安。"

她并没有叫起，反而伸手亲自将我扶了起来。

也在这时，我终于看清她的脸。

前面几次见面，她都仿佛没有刻意的打扮，只觉得她清冷中带着英气，五观虽然美丽，却缺了点女性的柔美。这原来只是我的错觉，今日她云鬓高挽，红唇墨眸，如秋水剪剪令人深陷，黛眉淡如远山，肤如凝脂，微露出修长的后脖颈，幽香阵阵。眉间的那点朱砂，更是娇艳美丽。

我仿佛第一次见到她似的，看的愣住了。

她终是微微一笑，"昔妃，很久不见了。"

内心里又默默然地升腾起一丝不甘，想到安陵浩可以只是因为她的美貌，才一心一意地爱着她，而丝毫不将我放在眼内。但终将这种情绪掩藏于心的深处，只道："是，很久不见。以前眼拙，竟未发现夫人如此花容月貌。"

她唇角牵起一丝笑容，再不说话，望向安陵浩。

安陵浩道："好，以后都在一个宫中生活。昔妃，你比夫人早来宫中，处处都要比夫人熟悉些，今后夫人有什么需要和需求，还请你多多照顾。还有，夫人向来习武，身体很好，最近却是受了些风寒，要多多休息，所以你们平日里走路做事时都要轻声一点，免得吵到夫人，还有……"

他竟像是个唠叨的妇人般，就这些需要注意的琐事说了好半晌，最后还是姜瑜打断了她，说自己累了，要求他送她尽快回到碧落荷园休息。

在姜瑜转身上轿时，我却忽然瞥到她一丝怨毒的目光。

我不由地怔了下。

与此同时，却有个声音脆脆地喊道："奴婢冰若恭祝皇上夫人万福金安！"

本来已经上轿的安陵浩和姜瑜都把目光转到来人的身上，只见她并没有刻意地打扮，反而像是匆忙间来不及整理衣饰头发似的，结果有几束头发散落在鬓边，但她虽然跪了下去，两只眼睛却是不安分地偷瞄着安陵浩，眼角含春，唇边挂着丝懒懒的笑容，所行的礼仪也不标准，只是虚虚地做了个样子。

姜瑜皱了皱眉头，"昔妃，这是花暖阁内的奴婢吗？"

我只得回道：“是。”

安陵浩也颇有些不高兴，“昔妃，你宫里的奴才竟然如此不懂规矩，拉下去打她五十杖。”

冰若听了，啊地惊叫了声，抬起头来，惨白着脸向安陵浩道：“皇上，奴婢也曾在琉璃殿伺候过您，那时候，您真的很爱奴婢，可是如今，竟然要这样对待奴婢吗？既然如此，当初将奴婢赶出宫去，却为何又千方百计地将奴婢寻回？奴婢以为能跟皇上再续前缘，才委屈地待在花暖阁来做一个小小奴婢，等了这么久，无非想请皇上再给奴婢一个机会，哪知今日奴婢只犯了小小错误，就要被皇上杖毙，这是为什么？……”

她边说着边站了起来，缓缓地向轿子行去，待话音刚落，却忽然向轿中猛冲，连付公公都没有将她拦住，“皇上，您不能这样对待奴婢，既然要奴婢死，却为何要将奴婢找回来？……”

她如此撕扯，安陵浩眼见姜瑜面色不愉，气得脸色发青，猛地打了冰若一个耳朵，“贱人，大胆！”

冰若应声倒下，正当付公公要将她扯起来时，却发现她脸色苍白地躺在轿旁一动不动，轻轻地晃两下，仍然没有反应，付公公翻了翻她的眼皮，这才向安陵浩道：“皇上，她晕了！”

安陵浩也愣了下，“这——昔妃！你是怎么管教花暖阁的奴婢的，真是太放肆了！这件事就教给你，你要好好的处置这个不知天高地厚的奴婢，我们走！”

他似乎不想再在花暖阁内多待一刻，立刻放下帘子，起轿离开了。

我被这一幕惊得冷汗都流了出来。

万叶也战战兢兢地拿着帕子替我擦去额角的汗珠，“娘娘，娘娘，刚才，刚才……”她的喉咙里干咽着，显然她也明白，其实我们刚才是在鬼门关上转了一圈儿。只是安陵浩的这个处理明显是留有余地的，想来，毕竟是我间接促成了他与姜瑜，这也算是还我一个人情，否则如此胡闹的话，便将主仆一起杖毙了也是天经地义的。

越想越生气，明明是安陵浩欠了我好多，如今却被他卖了这样一个莫明其妙的人情。见冰若还躺在地上，走过去，盯着她的脸看了两秒，就抬手狠狠地往她的脸上打落，却在这时，她蓦地睁开眼睛，同时狠狠地抓住了我的手腕，使我没有办法打下去。

"娘娘，你想打我吗？"

我挣了两下挣不脱，怒道："真后悔让皇上将你找回来！你刚才差点害大家丢了命！"

她轻蔑地笑了声，懒懒地坐了起来，将我的手甩到一边去，"这不好好的吗？"

"你——"

想了想，我一把拉起她，"跟本宫走！"

在众人目瞪口呆中，我拉起冰若，进入了我自己的房间。这里便只有我们两个人，见冰若脸上仍是那种懒懒的笑意，那种已经将我看透的眼神，使我非常不舒服。而也是这种不舒服，使我在瞬间冷静了下来，"冰若，我知道你不是歧国人，你是南越国人，你是南越国陵王凌战的人，你来宫里，到底是有什么样的目的？"

"你也只是雀镇一个卖酒的女人，你也不是歧国人。"

"好，那你知道我来宫中有什么目的吗？"

"难道，你也只是想找一个能够当得了皇帝的人做自己的夫君？"

"你——"

我已经受够了她这种说话总是很不认真的态度，怒声喝道："我们如果不能交心做朋友，便做敌人。反正今日皇上下了口谕，让我处置你，你猜我会怎样处置你？"

她听了，脸上虽然挂着笑，却已经不那么自然了，"你想怎么样？"

"我要你告诉我，你来歧宫的目的。"

"我就是想找一个当皇帝的夫君。怎么样？要不然昔妃娘娘你就大

方一点，让皇上也纳了我为妃多好？"

"不知羞耻！"

实在是谈不下去了，我便往门外而去，这次如果不好好地教训一下她，将来不知要找出什么样的麻烦。却听冰若不慌不忙道："昔妃娘娘，我知道，你根本就不爱皇上，你喜欢的另有其人，你还常常在东阁那里和他……"

"冰若！"

我只觉得手脚发凉，开始后悔当时怎么就让安陵浩将她找回宫里来呢？这次只怕是自己把麻烦惹上身了。

她笑得像个小狐狸，"只要你想办法让皇上纳了我，将来我必给你开方便之门，让你与自己喜欢的人双宿双飞，对大家都有利的事，你又何乐则不为呢？再说，皇上即不纳我为妃，也会纳别人为妃，姜瑜就是个很好的例子，她现在爬在你的头顶上了哦！你真的心甘情愿被她踩吗？想要对付她这种人，你不行！"

她伸出一根指头，盛气凌人地说："因为你太丑了。"

"你——"

我就要发怒，但却忽然想到，其实冰若说的话未必不是没有道理的，反正这个臭皇帝到最后肯定是三宫六院七十二妃嫔，多她一个不多，少她一个不少。姜瑜虽不是我的仇人，但同为妃嫔却亲疏有别，安陵浩对我的漠然，每每都使我气得要爆炸，便让这个丫头去搅合搅合又如何？

我淡淡一笑，"好，你想当帝妃吗？这有何难！"

她的眼睛蓦地一亮，"你真的愿意帮我？"

我很郑重地点点头，"当然，不过你为了当帝妃竟然要不顾一切吗？连最宝贵的东西都舍得抛弃吗？比如，真正的爱情？"

我说的当然是凌战。

虽然眼前的人并不知道我就是她和凌战曾经帮助过的女孩子陈鱼，但我却清晰的记得，凌战对她的爱和包容。而她也曾说，其实她一直跟在凌战的身后，就是说两个人应该是彼此相爱的，为什么她却要抛弃这份真爱呢？到底是什么原因呢？

她听了我的问题倒愣住了，好半晌，才黯然道："什么是最珍贵的？我冰若从出生到现在便一无所有，又有什么是我抛不下的？昔妃娘娘，你真是太高看我了。"

我暗暗地摇了摇头，为那个如莲花般的男子鸣不平。

可惜他竟然爱上了这样一个女子，真是造化弄人。

当夜，碧落荷园内丝竹声整夜未绝。我独自向花暖阁内最高的房间经阁而去，这次格外地留了心，果然发觉身后跟着人。停住脚步，我冷冷地道："若你还想让本宫帮你，你就不要再做这么愚蠢的事，否则让你死无葬身之地。"

冰若从暗影中走出来，"好啦好啦，何必说得这么狠，我不跟着你就是了。"

等她走了，我却不由自主地又出了满额的冷汗，"既然冰若能够偷偷地跟在我的后面，不知道有没有别人也这样跟在我的后面？凉云？万叶？她们真的不知道我与安陵辛恒在东阁榕树下私会的事情吗？"

……不过又有什么关系？现在我与他之间的谈话，没有任何人能够看得懂。

依旧往经阁而去。

因白天的时候就让人特意地打扫了这里，而且也早在房间里点了蜡烛，所以并不觉得长时间没有人来到就有阴沉的感觉。两大排书架上摆满了各类佛经，我反正从来就不信佛的，当下也并不去翻看。反而对另外一个架子上的各类手编幸运结感兴趣，也不知道是谁编的，每个结都很精彩，更五颜六色，异常缤纷，看着这些结，更觉得这个房间里有种难以名状的温暖。

编织幸运结是我和我的姐姐陈悦在很小的时候最喜欢做的事情，女孩子对幸运结这样漂亮的东西总是爱不释手的。

只是如今天各一方，陈悦或许早已经回到陈孝言的身边，不曾记得有我这样一个妹妹了。

房间里有股很浓郁的墨香混合着书放久了的味道，让人很想探究这个房间从前的故事。走到窗前，的确是玉宸宫内最高的房间，一眼望到碧落荷园内，果然处处灯火辉煌，奴婢们忙进忙出，歌舞姬们都在正厅内为安陵浩和姜瑜表演，只是从这个方向，却看不到高高在上坐着的两人，想必他们必是含情脉脉，情话绵绵吧？

歌舞姬们所唱的却是《诗经》里的一段：

彼汾沮洳，言采其莫。彼其之子，美无度。美无度，殊异乎公路。
彼汾一方，言采其桑。彼其之子，美如英。美如英，殊异乎公行。
彼汾一曲，言采其藚。彼其之子，美如玉。美如玉，殊异乎公族。

这首《汾沮洳》是以女子的眼光去赞美一名男子，"美无度，美如英"，美如玉，并有公室贵族官员以陪衬。这曲子定是由姜瑜亲自安排的，否则以安陵浩的性格，绝不会在此时此刻间接自赞。想不到姜瑜平日里清高的就像不食人间烟火的圣女，当变成了安陵浩的夫人后，却如此毫不吝啬对自己的赞美，如此肯定已经将安陵浩哄得异常开心。

而朦朦胧胧的对面，卫庄府上的高阁楼内，却是黑沉沉的寂静。

我拿了根蜡烛，插在窗前高几的烛台上，然后晃着了火折子，点燃了蜡烛，顿了一下，又吹灭，然后再点燃。

"想你。"

"我爱你。"

"我很爱你。"

"我非常爱你。"

……

我不知道安陵辛恒是否看到了这边的亮光，只是按照他教给我的方法，表达着自己对他的思念和爱。但是，直到我用我的烛光，说了很多很多个想你爱你之后，那边的阁楼却始终黑沉沉的寂静，难道他是跟我开玩笑的？根本就没有把这件事放在心上？

一想到这点，心便会抑制不住的疼痛，连忙自我安慰道："没事的，他一定会记得这件事，会遵守我们之间的诺言，他不会骗我的。"

直到夜深人静，甚至连碧落荷园的丝竹声都停止，眼见所有的宫灯在暗夜里变得安静晦涩，奴婢们也都不在园中走动，而安陵浩和姜瑜也相拥着进入到了寝宫，内中的灯火蓦地变暗的时候，卫庄府的那座阁楼之上，却依旧没有任何动静。

心中有着说不出的失落，郁郁地走出经阁，回到寝宫之中。

万叶还很忠心地守在门口，见我回来，连忙将手中早已经准备好的红色斗篷披在我的身上，"娘娘，夜很深了，休息吧。"

我嗯了声，"谢谢。"

这夜，便在我的辗转反侧中度过。

第二日一早接到付公公带来的皇上口谕，说是请我去碧落荷园一起用午膳。其实即使他不来，作为从二品妃子，我是必须得向地位仅次于皇后的从一品夫人晨起请安的。与付公公到了碧落荷园，却只见到了姜瑜，接着将一番礼仪老老实实地做完，她也大大方方地受了，这才叫起。两人一起踱步进入内室，早有丫头在那里烹茶煮橘，满室的橘香。

我忽然想起那夜，她与安陵浩大婚，贵太妃"死于"清澜宫内，当时的炉子上仿佛也是烤着几片橘皮。

倒没想到，她们有同样的爱好。

果然，她见我盯着那煮橘的小盏看，笑道："我喜欢橘子的味道，很馥郁的浓香。"

我笑道："之前见夫人很拒绝做帝妃，以为很不能适应宫里的生活，今日一见，却是段皎多虑了，呵呵，夫人贵气天成，实在就只有这天皇贵胄之处才能与夫人相匹配。"

她轻笑着，吹开茶盏上的茶叶浮末，轻啜了口，这才道："本宫知道你在想什么。起初，本宫确实如你所说，不想成为帝妃，但是后来看到皇上为了本宫，性情大变，竟然跑到民间去强抢民女，造成很多不良的谣言。本宫知道他是想逼本宫答应他，手段很是无耻了些，不过本宫也感念到他对本宫的真心，思来想去，终是顺应了天意。"

"噢，是吗？呵呵……"

我暗想着，她说自己进宫的理由是因为感念到安陵浩的真心，难道竟是真的吗？难道不是因为安陵辛恒的绝情拒绝，她才进宫来的吗？

"这个，夫人难道在您进宫之前，从未爱上过别的男子吗？"

她淡然道："没有。"

我不由地感到几分愕然。那日安陵浩当了皇帝，她愤愤然回到上将军府，当时的情景犹在眼前，如果不是为了安陵辛恒，又何必如此？这种情状倒与冰若有几分相似，她们好像都已经忘记了曾经让她们眷恋的男子，开始尝试新的生活。

这真是让我好奇啊，难道就因为安陵浩是皇帝，才引得她们前仆后继，不管付出再大的代价也无所谓吗？

她却忽然转移了话题，"我对你感到好奇，听说是你救了皇上，在雀镇的时候。你是南越国的人？"

她问得如此直接，我竟然不知该如何回答。

她见我沉默，又道："听说你会酿蛇麻花酒，有空教我酿酒吧。"

我抬眸笑笑，"好。"

两人其实没有什么好说的，但是又必须等到安陵浩回到碧落荷园来一起用午膳，只觉得时间一点点过得很慢。而炉上小盏里煮着的橘皮终于也拿了下来，姜瑜叫婢女拿个洗脚的银盆，将橘子水倒入盆中，添了点冰水，使水温合适，雾气氤氲中，婢女替她脱掉了鞋子袜子，露出白生生小巧的双脚，泡入盆内。

她很享受地仰起头，深深地吸了口气。

"女人要学会爱惜自己，因为女人的身体太金贵。"

"没想到夫人练就了身好武艺，对于养生之道也清楚得很。"

"呵呵，这是必须的，你也来吧。"

"我？……"

"嗯，来吧……皇上下朝还得一阵子，干坐着也没趣儿。"

说着便让她的婢女来拉我，并且三下两下地替我脱了鞋袜，我的脚就这样，与她的脚泡在了同一个盆中。银盆说大不大，说小不小，两人的脚挤挤挨挨地放在一起，一阵暖意由脚心直抵全身七经八脉，果然这橘水泡脚不同凡响，特别舒畅。而我也注意到，刚刚替我脱鞋袜的女婢，分明就是小上将军府的那名女管家盈盈。

她比之前在小上将军府的时候似乎更加机敏，也更加小心翼翼，脸上常常挂着一丝若有若无的微笑。

她见我打量她，便向我伏下去，"盈盈见过昔妃娘娘。"

我笑了笑，"盈盈姑娘越发标致了。"

她的脸微微一红，却不再接话。反而姜瑜忽然用脚指刮着我的脚心，"啊呀……"

她哈哈一笑，越发地用她的脚拨弄起我的脚来，见她没有恶意，满面无心机的笑容，当下便也放开了自己，两人的脚便在银盆里打起架来，水花四溅，旁边众人都哈哈地笑了起来。

我与姜瑜的关系，仿佛就在这短短的泡脚的时光里，蓦地拉近。

两人相触的目光里，也都是坦然和开心。

一丝暖意，偷偷地跑入了我的内心深处。

其实，这还是我第一次与别人一起泡脚，用自己的脚和别人的脚如此亲密地玩闹。即便是在陈王府时，我与我的姐姐陈悦，也从来没有这样过。久违的温情，使我差点就要扑到姜瑜的怀里，叫她姐姐，终究还是忍住了，只是心情起起伏伏的，被莫名的兴奋撩拨的没有办法平静。

以至于安陵浩都来到了厅内，我仍然止不住脸上的笑容，竟然忽略

安陵浩一进来目光就只盯在姜瑜的身上的可恶行径，冲着他好脾气地一笑，"臣妾给皇上请安。"

他这才回头看了我一眼，结果却不知道为什么，微微地怔了下。

见他神情异样，我才醒过神来，连忙整肃了神情，收敛了笑容。

安陵浩似感失望，淡声道："起来吧。"

马上便将目光重新投回到姜瑜的身上，"夫人，今日还开心吗？"

姜瑜却早在他进来的时候就整肃了神情，只冷冷清清地说："还好。"

接着又道："今日下朝怎地如此晚？"

安陵浩故作轻松地道："有点小事，群臣讨论了一阵子。"

姜瑜便不再问，午膳便在此时开始。

可惜这午膳实在没有什么好吃的，桌子太大，人与人之间离得太远，说话时需得留心仔细地听，否则便有可能听不到他们说什么。

是的，是他们。

因为只有我一人被安排较远的位置而已，从我这里看，只觉得安陵浩对姜瑜已经亲密到了无以复加的地步，他甚至亲自给姜瑜剥开螃蟹，可惜他没有瞧见姜瑜微皱的眉头，她定是厌恶螃蟹的，但是安陵浩竟然不知道这点。

我悄悄地给身旁的布菜官说了句什么，他微微点头，拿长勺子替姜瑜盛了点五色豆粥在碗内，姜瑜知是我的好意，尝了口，果然笑着点点头以示谢意。

安陵浩很巧地看到了这一幕，哈哈地笑了起来，"果然还是女人了解女人，见你们相处的如此好，甚妙！甚妙！"

气氛似乎轻松了些。

午膳用完，见姜瑜似乎有些疲累，而安陵浩也叫付公公将奏折搬到碧落荷园中来批阅。我便知趣地告辞，却不想前脚刚到花暖阁，安陵浩后脚便也到了，他紧张兮兮地质问我，"为什么你会与夫人这样亲密，你向来都是很不好相处的，这次却主动与夫人搞好关系，你到底有什么目的？"

我倒吸了口凉气，"什么目的？"

他狭长的眸子微微凝起，露出一丝危险的气息，"难道你以为朕不记得，你是南越人而非歧国人，有没有听过一句话，非我族类，其心必异，朕怎么能够相信你与夫人搞好关系不是别有目的呢？"

我气急反笑，道："是啊，我别有目的！你既然都已经如此认定，为什么不干脆将我赶出宫去？或许干脆杀了我算了！你为什么不这样做！？"

"你——你以为朕不敢吗？朕只是料定你不过是个小小卖酒女，谅你也做不了什么大事，不过，请你以后离夫人远些，朕不希望你搞些小动作使她受到伤害，记住，她若真的因为你而受到伤害，朕，绝不会放过你！"

说到最后，他已经咬牙切齿。

我轻蔑地冷笑道："既然我在你的身边，使你感到如此的不放心，不安全，不如你将我贬为庶民吧！便像对待你的亲弟弟安陵辛恒一样，如此，你便再不用担心我会在你的身边搞出破坏了！"

"不要提他！"

随着他的低吼声，啪啪两个耳光已经结结实实地打在我的脸上，我只觉得口中一阵腥甜，一缕血丝顺着唇角缓缓地流下……

他的眼里布满着红血丝，"告诉你，不要在朕的面前提起他，永远不要！"

……

安陵浩，你如此待我，你一定会后悔的！

新仇旧恨，仿佛在刹那间忽然全部都涌上心头，不知什么时候，已经将梳妆台上的牙梳紧握在手中，梳齿整齐在手中扎出一串红色的血珠，而我却丝毫感觉不到疼痛。直到万叶走进来，见状慌慌张张地扳开我的手，替我将手掌包扎好。

边包还边流泪，"娘娘，这是奴婢第几次给您包手了？您不开心可以骂我，可以打我，您干吗总是这样的伤害自己？……"

我漠然地试去她脸上的泪。

她抬眸震惊地望着我，"娘娘……"

声音淡漠的连我自己都感到吃惊，"叶子，以后，别对本宫这样好，本宫不会领你的情的，将来，或许还会成为伤害你的人。"

万叶摇着头，流泪道："娘娘，奴婢不懂，奴婢不懂……"

是啊，有许多事，她都不懂。因为她不知道我是谁，她也不知道我来自于哪里，她不知道我曾经是怎样的死里逃生，她也不知道我亲眼目睹了歧军屠城的惨状，她更不知道我心里的仇恨，日益的浓烈，快要将我自己焚烧。

那夜，我再次来到经阁。

一根蜡烛亮了又灭，灭了又亮。直到最后，我甚至没有力气再去点亮它。

静静的黑暗里，凉凉的泪水爬了满面，我想找到一个温暖的怀抱，让他知道我的难过，我的需要。但是我想，原本关心着我的人都已经离开了，只将我独自留在这孤单的世界上，想死，却因为那一点恨意与执念，而必须坚强地活着。

这夜，我便觉得自己的思绪和力量，都在这绝望中被一点点抽空。

直到清晨时，才见万叶和凉云跑上了楼。

我摇摇晃晃地站了起来，刚走了两步，便眼前一黑，软倒在地。

心里像有个黑色的洞，不断地扩大再扩大。

我在这黑洞里游离，找不到出口。我听见万叶和凉云在说话，也隐约觉得冰若似乎也来到了房里，她握着我的手，怔怔地盯着我看了好一会儿。在她的注视下，我想睁开眼睛，但心中有个懒懒的声音在催眠着我，睁开眼睛便要面对所有似乎在梦里沉睡的痛苦，冰若最终离开了。

她什么都没有说，什么都没有做，她也没有笑。

我忽然很想看看，她安静沉默的时候，到底是个什么样子。当她独自一个人的时候，那眼里的玩劣和嘲弄，会否减少几分？

　　太医来了，又走了。

　　我闻到药香，但我不想喝药。

　　最后我听到万叶的嘤嘤哭泣。

　　这样似乎又过了一日，到了晚上，我终于能够睁开眼睛。看到万叶与凉云守在我的床边，世界那么静，听不到任何的声音，身体很冷，没有任何的温度。我简直无法忍受，干涩的喉咙里嘶哑地唤出几个字，"冷，冷……"

　　万叶和凉云都是惊喜，万叶喊道："奴婢马上去请太医！"

　　而凉云则匆匆地招呼了几个太监，去准备暖炉，再在房间里加两个暖炉，可能真的就不会感到冷了。

　　没一会儿工夫，房间里静了下来。

　　忽然，莫名的感应使我蓦然抬起了双眸，只见面前站着的人，赫然正是安陵辛恒。不知道他什么时候来到我的面前，只觉得他如海的双眸中满是沉痛，面色憔悴，但这依旧无法掩盖他身上的绝世风华，勾起的唇角中含着春风般的温暖，"丫头，你好些了吗？"

　　我说不出话来，只是在他俯身的刹那，便猛地扑入到他的怀中，泪水再也忍耐不住，如决堤般流了出来，"辛恒——我以为，以为再也不会见到你了——"

　　"傻丫头，怎么会呢？"

　　想到这两日的夜晚，我点完了两根蜡烛，却总是得不到他的回应，委屈便又涌了上来，他听了我委屈的哭诉，哧地笑了起来，"傻丫头，你定是搞错方向。以前有人说，女人天生就没有方向感，当时我还不信，不过现在，我真的信了。"

　　"什么啊？"

　　经过他的仔细解说，我才知道原来我真的搞错了方向，与我遥遥相

对的那个阁楼，竟然是清澜宫观雨阁，那里早已经没有人居住，兼之是冬日，更加不会有人上去那个阁楼。而经阁中其实还有个窗户，只是那个窗户被书架挡着，所以我并没有发现那个窗户，结果就导致了现在的误会。

安陵辛恒说到这里，痛心地道："对不起，丫头，是我一时疏忽，使你如此痛苦。其实这两天的夜里，我也在卫庄府的阁楼里，点了无数次的蜡烛，那时候我已经记起玉宸宫经阁的窗户其实被书架挡住了，可惜却没有办法通知你。"

原来如此。

我的病仿佛好了大半，轻笑道："这么说来，你还是很在乎我的？"

闻着他身上淡淡的清香，我忽然产生了一个强烈的愿望，"辛恒，如果我想要离开皇宫的话，你会带着我走吗？"

"怎么忽然会有这种想法？"

他的声音很平静，仿佛只要我有个理由，他就真的会带我走。但脑海里却立刻浮出那个无情的耳光，那个可恶的男人，竟然因为莫须有的理由，狠狠地打了我！我的手紧紧地抓着安陵辛恒的衣襟，他终于觉察我的异样，修长温暖的手将我的手整个地握在其中，"丫头，无论发生什么事，我都会和你在一起。"

那股怒气因为这句话而化成冰凉的秋水，藏到内心深处去。

"只是开玩笑而已，安陵浩草菅人命，他实没有当皇帝的资格，我要在这里，看着他变成一个一无所有的人，辛恒，你想看到这一幕吗？……"

他似乎被我吓着了，身体微微地后退了下，我本能地啊了声，蓦地抱住了他的腰，"辛恒，别走……"

安陵辛恒沉默了半晌才道："有些事，我愿意顺其自然。但是为了你，我也愿意做出一些努力。我早就说过，我会站在你的这边，无论发生什么事。"

或许，有这句话就足够了。

因为听到凉云已经带着搬着暖炉的小太监们已经要进入房间，他只得道："丫头，我要走了。"

我心头又是酸楚，又是甜蜜，"辛恒，我们什么时候才能再见面？"

"很快。"

两人的指尖终于滑开，在凉云推开房门的刹那，他已经身影一闪，进入了另外的房间，我知道他有办法出去，或许会从那个房间的窗户跳出去。不过，他那么聪明，定然不会被人抓住的。我仔细地听着屋外的动静，并没什么异常，渐渐地心便彻底安了下来，凉云将暖炉安置好，这才走到我的面前来，诧异地道："娘娘，您的气色很好呢！难道您的病已经好了？"

"病？我病了吗？"

"是啊，太医来过，说您受了风寒……"

"噢，我现在没事了。"

等到万叶将太医找来的时候，也是大感疑惑，太医还是替我把了脉，之后笑眯眯地说："娘娘果然大好了，只需要再喝两副药，便会痊愈。"说着就为我开了方子，由万叶拿去煎药，送走太医，凉云像是想起了什么似的，目光在房间里转来转去，而且有意无意地向另外的房间看去。

"凉云，你在看什么？"

"奴婢，奴婢在看……"

"行了，本宫累了，熄了灯出去吧，本宫要睡了。"

"是。"

其实安陵辛恒便是我的药，他来了，我的世界便有救了。再也睡不着，坚持到天微微明的时候，便早早地起来，让万叶和凉云带人去经阁，将那些大书架挪开，果然看到书架后面尘封的窗，窗花已经变色，窗棂上都是灰尘，斑驳的景象颇有些苍凉。伸手动动那些窗花，它们便蓦地化为灰尘，随风而逝了……

我不由地怔了怔，"叶子，原本是谁住在花暖阁内？"

叶子无辜地摇摇头，"不知啊。皇宫很大，玉宸宫内原本住着谁，奴婢真的不知。"

"噢……"

从种种迹象来看，这个经阁里从前肯定是住着人的，而且应该是长居在此，这里有着生活的气息，虽然这气息一日淡似一日。

好在，推开窗来，便看到此窗所对的，却正是一角红楼。

此楼与经阁的距离却要比另外一边的窗，所对应的清澜宫还要远些。而且这个角度略有些奇怪，也发现这个经阁原来是六角的，卫庄府的阁楼与清澜宫实际上离得并不远，只是从那边的窗看，这角红楼正好被清澜宫的阁楼挡住，而从这个窗看，只要角度合适，不但可以看到这角红楼，也依旧能够看到清澜宫的那个窗。

想到今夜可以与他，以特殊的方式对话，便觉得心情大好。

望着清澜宫那黑洞洞的窗口，这段日子其实一直有个很大的疑问萦绕在我的心头，我实在想知道事情的真相。

下午时分，备了些糕点，便带了凉云和万叶，坐上鸾轿，往清澜宫而去。依旧是一派的萧瑟，门口也依旧守着太监，却貌似已经不是那日所见到的太监，这才想到，在安陵浩和姜瑜大婚的当夜，我们进入此宫的时候，门口是有太监把守的，出来的时候却没有见到这些太监，而今日这些守门的太监，又是陌生脸孔。

直觉告诉我，那夜的事情，绝不是我的梦境，我相信一定是发生了些什么事。

经过通报，有个公公匆匆地走到我的面前，"贵太妃有请昔妃娘娘。"

跟着这个公公进入内厅，便觉屋中有股清冷的气息，屋内物什都显一种冷冷的金属似的华丽，香炉里的袅袅余香却很是清雅。居中而坐的一名华服妇人，双眸淡漠的让人看不出一丝情绪，只见她眉峰弯弯，眼角上挑，虽然已经成为中年妇人，却风韵犹存，衣角淡色的流苏，更让我微微纳罕，这使她曾添了些青春气息。

虽然不似那夜所见，唇色发紫，脸色苍白，但眉目间分明就是那夜所见之人。

她如今端端正正地坐于此处，原来果然是没有死去的。我向凉云看了眼，只见她目露惊喜，甚至微微地泛着泪光。

她那日骤然见到贵太妃离世，想必惊吓不小，但是等她冷静下来的时候，心中肯定非常的难过，今日见恩人死而复生，情绪复杂可想而知。我自向贵太妃请下安去，"孩儿参见太妃，恭祝太妃万福金安。"

贵太妃坐于椅上，动都未动，只淡淡地道："抬起头来。"

声音是非常的温柔细腻，虽然是淡淡的语气，让人听了也能放下戒心去。暗暗地想，这可能就是她能够得到老皇帝长宠不衰的原因之一吧。依言将头抬了起来，见她美目微微一撑，失声道："你——"

我知道自己并不是人们想象中，美丽不可方物的帝妃，而是一个面部肌肉僵硬到没有什么表情，有些丑陋的人。当下便低头道："孩儿面容粗陋，让太妃受惊了。"

她却没有再说什么。

好半晌，长长地叹了声，从椅上起身，走到我的面前，亲自将我扶了起来，"说什么傻话。虽说没有想到我儿竟然娶了这样一个并无几分姿色的妃子，但古语就有，儿不嫌母丑，反过来，当然也没有哪个娘亲会觉得自己的孩子丑。"她的亲切话语，说得我几乎要流泪了，更兼她边说着，边轻轻地拉起我的手，坐于她的身边。

"好在，你还记得贵太妃，到这里探望我。否则，我们娘俩不知道什么时候才能够见面！"

她说着，眼中竟然有丝激动的泪花。

难道外界对她的传言，竟然全部都是假的？她其实只是个普通的，热心肠的妇人？人的眼睛是最不会撒谎的，我相信她是个很好的人。也是，她即是安陵辛恒的娘亲，如不是她这样的女人，又怎么会教出一个

那样优秀的儿子呢？

"是孩儿不好，来晚了。"

两人相扶坐于榻上，她像看不够似的，目光总是盯在我的脸上，渐渐地我便不自在起来，低了头不敢与她的目光对视。再过片刻，额头便渗出细细的汗珠来，仿佛已经被她完全看透，手帕被我绞在手中，时间好像已经停止。直到实在受不了的时候，才蓦然抬眸，"太妃，您最近身体好吗？"

虽然唐突，但总算打破了僵局，她怔了下，接着呵呵地笑了起来，"好，很好。"

这时候，已经有太监端上水果和糕点等物，还有些看样子很好吃的果脯及蜜饯，她将蜜饯盘往我面前一推，"吃吧！吃吧！我知道年青人都喜欢吃这些。"

"噢。"我拿了两颗蜜饯慢慢地嚼着，她又道："早听说皇上所纳新妃，是姓段，闺名叫段皎是吗？可是，为什么会叫段皎呢？"

"呃，这……名字是爹娘所赐，所以臣妾并不知……"

我觉得她问的话真是很奇怪，我是无奈，所以隐去真实姓名，暂用段皎这个名字，但普天之下，多数人的名字都是爹娘所赐，哪还有什么为什么？难道……

我不由自主地用手抚着自己的脸颊，难道被她看出了什么？

正想着，便觉肚出一阵绞痛。

我啊地惨叫了声，便捂着肚子跌倒在地，脑海里立刻出现几个问题，难道那蜜饯是有毒的？她已经知晓我那夜发现她诡异死亡的一幕？那到底是怎么回事？我什么都不知道，我还不想死！脑里这样想着，已经猛地挣扎过去，抓住她的裙角，"太妃，饶了我，我不想死！以后便听太妃的话，再也不敢胡作非为……"

她一脸茫然，目中痛意顿生，蓦地蹲下身，"你，你怎么了？太医！快请太医！"

凉云和万叶一齐地奔到我的身边，"娘娘，您怎么样？怎么了？"

我只觉得体内如同撕裂般的痛苦，那顺着喉咙而下的灼伤感，使我几乎要窒息了。我扭头望着眼前的贵太妃，惊讶地发现她的脸上竟然有泪，是毫不装作的，真实的泪水。

下毒害我的人不是她！

那么……

因为太过于痛苦，我猛地推开了凉云和万叶，惨叫着翻滚在地，同时口中喷出口鲜血。凉云忽然向贵太妃跪下，"请贵太妃赐予解药，娘娘是个好人！请饶她一条性命！"

果然是贵太妃！凉云是她的人，如不是她，凉云为何要如此替我求情？

我对贵太妃怒目而视，挣扎着往厅外而去。即使要死，也不要死在害我的人面前。手脚开始发抖，冷冷的空气使我全身颤抖，眼前阵阵地发黑。我在心里嘲笑着自己，明明知道眼前这个妇人最恨姓段的，我却要自投罗网……真是愚蠢，真是蠢啊……

抬手抹去唇边温热的血迹，我突然觉得自己的人生，卑微的就像路边最傻的蚂蚁，不知为什么来到这个世界上，不知道为什么一定要死，不知道还能做些什么，不知道在最愉快的时候，已经面临了死亡……

真傻……真傻……

就在这时候，忽然听到一声痛呼，"丫头！"

接着我便闻到熟悉的清香，我被拥进一个有力的胸膛，而我本来模糊的视线竟在刹那间忽然恢复清晰，安陵辛恒绝美的脸，正在一点点地苍白，眸里的痛像一点岩浆，也灼痛了我的心。

我努力地抬手，抚向他的脸颊，"辛恒，她，她恨姓段的女子……"

安陵辛恒只是摇头，"不……"

我的泪水也早已经流了满面，"不过，我不恨她。或许这是天注定

的，你不要，怪她……"

这一刻，我只想着，他如果介意我是被她的娘亲杀死，那么他便会与他在这个世界上唯一的亲人产生情感上的殊离，到时候，他会更加孤独，更加无助。我不想看到这样的他，我仍记得，他初次见到他的时候，那个有力的，沉稳的，华美的他。他永远不会落魄，永远不会失去尊严，永远都健康，快乐……

这也是，我留给他的最后的祝福。

耳边的声音渐渐遥远，我感到冷，视线再次变得黑暗，我以最后的力量，狠狠地抓住了安陵辛恒的手。

谢谢你，让我这生，终有些旖旎美好的回忆。

我终究，爱过。没有白在世间走一遭。

……

> 燕归花谢，因早循、又过清明。是一般风景，两样心情。犹
> 记得碧桃影里、誓三生。
>
> 乌丝阑纸娇红篆，历历春星。道休孤密约，鉴取深盟。语罢
> 一些香露、湿银屏。

我仍记得自己在经阁之上，漆黑寂静的夜里，那蜡烛亮了又灭了，灭了又亮，颤颤的火花，如同我的心，忽冷忽热，从小长到大，第一次明白，情之一字，就是让你为它沉沉浮浮。记得榕树下的约定，从此后，经阁里再没有忽亮忽灭的火花，那角红楼里的人，是否感到悲伤？孤寂？

眼角一点湿湿的冰凉，我为他而哭。为我们的盟约而哭。

为我们，刚刚开始的炽烈的，却注定没有结局的爱情而哭。

从此以后，我只能灰溜溜地去见我娘，告诉她我在世间的傻与痴，向她讲述，自她走后，我遇到的那个令人温暖的男子，安陵辛恒，我会

在地下，为他祈祷……

我以为我会看到我娘，但是当我睁开眼睛的时候，看见的却仍然是贵太妃。她见我醒来，唇角弯起，亲切地笑道："昔妃，你醒了。"

发现自己的手在她的手中，连忙甩开，立刻坐起身来，缩到床的最里面，"为什么你会在这里？难道你也死了！？"

她的目中有泪花闪了闪，"孩子，你受了太多苦，你看你，就像受惊的小鸟……这都是老天爷不开眼，竟让你小小年纪受了这么些苦。"

"什么意思？你说的是什么意思？"

我还是很紧张。

她抬手要抚我的头发，我像碰到了吃人的野兽般，再次向后缩了缩身体，贵太妃无奈地苦笑，也就在这时候，却见安陵辛恒端着碗药走到了床边，看到此情景，双眸蓦地一亮，"丫头，你醒了！"

说着便放下药碗来到床边，我哇地哭了起来，向他扑去。

"丫头，别哭，这不好好的吗？"

其实在见到他的那一刻，我已经明白我其实还活着，但这恍然隔世的惊喜和委屈，还是让我心情复杂，失而复得的人生，几乎要让我惊喜到崩溃。

"可是，我是怎么活过来的，我不是已经被杀了吗？"

贵太妃这才微微露出一丝笑容道："傻孩子，哪有人想杀你？你不过是吃坏了肚子，胃痛而已。听两个奴婢说，这几天你受了点风寒，身子不适，所以有吃治疗风寒的药，但是却没有怎么吃饭，这不，胃就抗议了。"

"啊？！是，是这样吗？"这个答案实在让我太意外了，想到当时自己的痛苦，就好像真的会死，怎么能知道只是虚惊一场呢？

我的脸微微烧痛，"辛恒，是这样吗？"

我相信世界上谁都会骗我，但他不会。

"母妃当然不会骗你的，傻丫头，都是我不好，如果不是从前那些事，

让你留下了严重的阴影，你不会如此没有安全感的……"

"不，辛恒，不要怪自己……"

原来我只是晕了一小会儿，在贵太妃的寝宫里休息了片刻，就回到了玉宸宫。贵太妃的态度很奇怪，她明明知道我是安陵浩的妻子，可是在我与安陵辛恒那样暧昧的时候，她竟然也没有任何的怪责，相反，好像很支持我们。虽然我知道她是安陵辛恒的亲生娘，但女子的贞洁也是很重要的，无论是身体还是心灵的，如我与安陵辛恒如此的情感出轨，作为长辈人理应无法容忍的。

或许，她是太爱她的儿子了吧？

这也让我产生了一些甜蜜的侥幸，贵太妃这里早已经无人问津，安陵辛恒可以常常回去看她的娘亲，而我也可以常常去清澜宫，那我们就有了许多见面的机会。

带着这样的忐忑的欣喜，上了经阁。

正是傍晚时分，安陵浩和姜瑜相依着站在风雨亭下，面向夕阳，安陵浩的心情很好，正指着远处的夕阳摇头晃脑地不知道在吟着什么诗。那诗定也是非常美好的。而姜瑜虽然也面带微笑，却远不像安陵浩那样充满幸福感的，反而眉间有着总也抹不掉的忧郁。她确实是个值得男子们爱的女子，而我……

想到如果不是我，安陵浩或许就不能够当上皇帝，如今高高在上的便是安陵辛恒，我只觉得仿佛有人在狠狠地揪着我的心肝，使我痛悔不已。

最可恨的是，当夜，安陵浩竟然再一次来到花暖阁。

见我好好地坐于桌前，并不上前，知道我对他那两个耳光还是很介意，尴尬地笑了两声："听说你病了，还好吧？"

我淡淡地嗯了声，目光躲向别处。

他又道："这次就算朕不对了，但是也是你不分尊卑造成的。这样吧，朕已经叫人重整花棚了，之前的那些蛇麻花草已经全部都铲了，过两天会有新的送过来，你便想办法侍弄好它们，等到能酿酒了，便教夫人酿酒，你知道她对酿酒好像很感兴趣。"

见我不答话，他终于没有耐心了，蓦地扳过我的肩膀，咬牙切齿地道："在朕跟你说话的时候，你要看着朕的眼睛知道吗？！"

我于是看着他的眼睛。

不知道我的目光是如何激怒了他，他像是更生气了，"听着，你只需要认命，在这花暖阁内好好生活，朕是不会食言的，朕可以提供你锦衣玉食，让你一辈子都不用再经历风吹雨打的苦日子，但是，也仅此而已，你别妄想还能得到别的什么！其实你自己也知道，你能得到今日的生活，完全就是因为你是朕的救命恩人，你是幸运的，因为不管是谁救了朕，朕都会以他们想要的方式报答他们！所以，你不要再奢求任何原本不属于你的一切，你始终要记得，你曾经不过是个卑微的卖酒女，如果不是机缘巧合，让你救了朕，你到现在也还是个卖酒女！"

我那早已经破碎的自尊，躲在黑暗的角落里，舔舐着好像永远也不会痊愈的伤口。一会儿风吹进，我激灵灵地打了个寒颤，不知道他什么时候走出去的。

他封我为妃，但他不会信任我。

我的衣食无忧于他来说，本就是他给我的天大恩惠。他要我，在这深宫中，过完苍白的一生。

我哈哈地笑了起来，他真傻，他真傻！

就这样，我听从了安陵浩的安排，每日里除了吃，就是睡，无事时便去花棚整理那些蛇麻花草。花棚里重新移植了许多的蛇麻花草，而我却只想念安陵辛恒曾亲自侍奉过的那片绿色。可惜，它们早已经被那些不懂得惜花的人，弄得不知所踪了，或已化为春泥。

自那日安陵浩愤愤离开，再没有来过花暖阁。

有时候我会怀疑，他其实已经将我遗忘了。我们就这样，彼邻而居，

我常常都能见到他，但我们的距离仍然犹如天涯海角般的遥远。如此一来，便各自过着各自的日子，仿佛是井水不犯河水般的疏离和自由。

我隔三差五地会往贵太妃那里去，与安陵辛恒的相会，成为我在宫中唯一的快乐。

这平淡而有着淡淡激情的日子，像某种催眠的草药，使我开始忘记从前的伤痛。只有偶尔梦回时，满头大汗从被子中惊醒的时候，才会再次感到彻骨的冰凉与恐惧。

一代帝后

第三卷：最终决战

就这样，转眼到了暮春三月。

这日，我习惯性地在经阁内向碧落荷园内凝望，安陵浩与姜瑜恩爱的场景，几乎已经成为了我每日必观的风景。就像揭起自己刚刚要愈合的伤疤，每天揭成了习惯，结果那疤总也不能完全愈合，微微的痛感却成了必需品。

他们在放风筝。

但总是也不成功，两人颇有些沮丧，就见一名将军在公公的带领下，来到了碧落荷园。将军满面的坚毅掩盖不住满身的狼狈与风尘，铠甲上的血迹似乎在告诉我们，他刚刚历经了一场艰苦的血战。他拿出封蜡封书信，双手呈上。

安陵浩神色略有紧张地将那封书信折开，只看了两眼，忽然有些站立不稳似的，往后退了两步，姜瑜一把扶住了他，他脸色苍白地转目看向姜瑜，不知道说了句什么，姜瑜啊地轻叫了声，便晕倒在地。

于是安陵浩又反抱着姜瑜，厉声吼着让奴婢叫太医来。

我不知道发生了什么事，只是从经阁里走了出来，等到我走到花暖

阁门外，付公公已经带着太医过来，我唤了声，"付公公……"

付公公向我看了眼，对太医道："你快去快去！"

太医马不停蹄地往碧落荷园而去，我道："付公公，出了什么事？"

付公公显出几分为难，"昔妃娘娘，这个，不是奴才不告诉您，实在是事关重大……"

将早已经准备好的一小包银两塞在他的手中，他尴尬地笑笑收了，这才道："南越和咱歧国在打仗，娘娘是知道的吧？从冬到春，整整半年，听说打得甚为惨烈，对方的陵王非常有谋略，虽只带着十八万军，对阵歧之三十万军，结果还是将歧军逼得连连后退，今日竟然破了石门，石门是上京的最后一道防线，而老上将军也在这次的战事中，战死了……"

说到这里，他大概也有几分害怕的，手臂微微地颤抖起来。

我没有想到事情竟然已经这样的严重了，姜瑜的爹死了，怪不得她得知消息会晕倒。也难怪安陵浩一脸惊慌，原来是国之将破。

说不出的喜悦蓦地将我淹没。

歧国要被灭了！歧国要被灭了！

我匆匆地来到贵太妃处，果然安陵辛恒正在陪她喝茶，我没有掩饰自己的喜悦，只向安陵辛恒和贵太妃道："我们走吧，歧宫要破了！"

贵太妃怔了下，"你说什么？"

我道："歧宫要破了！上将军战死了！皇上他的皇位要不保了……"

想起他接到那封信时，惊惶的模样，我就不由地想笑。

终于等到这一天了，当了皇帝又怎样？你看，这还没几天呢，他就一败涂地，好在我来到了这宫中，否则就看不到他现在的模样，真解气！

贵太妃却没有像我想象的那样开心，而是将我拉到她的身边，"昔妃，别急，且听恒儿怎样说。"

我们一起将目光转到安陵辛恒的面上，我不由地愣住了。

只见他面色苍白略显忧虑，紧握的双拳上可以看到隐隐的青筋，眸子里则像着了火似的愤怒。贵太妃我和互视了眼，竟都不敢打扰他，好半晌，见他猛地拍了下案几，呼地站了起来喝道："天理何在！？天理何在？！"极度的愤怒之下，他竟是一口鲜血猛地喷了出来，摇摇欲倒，我和贵太妃都吓了一跳，两边地扶住他："辛恒——辛恒——"

随着我们的呼唤，他的气息不那么急促了，贵太妃立刻哭了起来，"这可如何是好？辛恒，你可不能气坏了身子！如果你出了什么事，娘亲也不活了！"

安陵辛恒缓和了气息，柔声对贵太妃道："娘，孩儿没事。"

接着却又对我说："丫头，我知道，歧宫大破是你乐意见到的事情，你是南越人，对歧国有着难以磨灭的仇恨，这我都理解。可是，对我来说，歧国却是我安陵家族千秋的荣光，万世的基业，作为安陵子孙，便只希望它能够在安陵的治理下，日益强大，千秋百代，安居乐业。虽我夺嫡失败，但我向来对皇上还抱有希望，却没有想到，他整日里，沉迷女色，竟然将国家大事置于脑后，导致现在的严重后果，我真是，真是……"

他语气沉痛，显对安陵浩失望至极，对歧国现在所面临的状态也是万分的揪心。

也在这时候，我才忽然明白，我与安陵辛恒看似同病相连，但我们到底还是不同的。安陵辛恒至少还待在属于自己的国家内，他的目的是希望自己的国家永远屹立不倒，虽他夺嫡失败备受冷眼，他亦不会因为南越人打败了歧国人而开心，他明确地知道，私人的情感不能够左右国家的命运。

他比我冷静很多。

不知道为什么，我虽然能够理解，但还是产生了一种难以言说的陌生感。我本天真地以为，歧宫破了，安陵浩完了，安陵辛恒的仇便也报了，而我对安陵浩的恨亦可随着这场战事烟消云散，从此与安陵辛恒携手天涯，再也不会纠缠在国恨家仇中。却原来，这只是我天真的愿望而

已，安陵辛恒并不想这样，他有别的想法，他的想法和目的从来就没有因为我们的相识相念而改变过。

而我，却在他给予的爱情里，改变了最初的想法。

我大概是沉默了很久，终于引起了安陵辛恒和贵太妃的注意，贵太妃向安陵辛恒微使眼色，安陵辛恒便牵了我的手，"丫头，你在想什么？"

心头虽然万分失望。

但他的爱实在太美，太令人沉迷。让那些复杂的情绪都驱除出脑海，强笑道："辛恒，你终于对他无法忍耐了！我觉得你应该做点什么，夺回本来属于你的一切。不，或许现在，只有你才能拯救这个国家，是你该担当起大任的时候了。"

我主动地说出了他内心里的想法，使他这样的谦谦君子不必因为此事的晦暗而染上尘埃。他即是我爱的，我便想他永远干干净净，永远美好。这种大逆不道，落井下石，乘虚而入的点子还是由我说了出来吧。

忽然想到，若干年后，不知会否有人评说？

说曾经有个叫做陈鱼的女子，别有用心地混入宫中，先是在东、西宫太子夺嫡中发挥至关重要的作用，使得东宫太子成为皇帝，并且嫁东宫太子为妃，但是后来却又不顾贞操名节与已经被废的西宫太子产生感情，企图帮助西宫太子夺回江山……

我仿佛听到很多咒骂声，他们都在骂我，女人失德视为死罪，去死！去死！……

不由自主地捂住了耳朵，想躲到哪里去。

就在这时候，感到自己被拥进了那个熟悉的怀抱，"丫头，我知道这些事于你来说是很难过的，你毕竟是南越人，而我现在却要想办法对付南越的军队。丫头，我不会勉强你跟我并肩作战的，你可以当作什么事都不知道，什么事都没有发生过，只照平常那样过日子便可，等到这场战事结束，我们再重新安排我们的生活。好吗？"

这时候，我还能说什么呢？

而且，我亦不可能当作不知道这些事的，其实所有的事还在我希望的那个发展轨道上，只要战胜自己的心魔，就不会有这么多的顾及了。

"辛恒，这种关键的时刻，我理应与你并肩作战，你让我做什么，我就做什么。"

"丫头……"

贵太妃的目中不知为什么，闪着微微的泪光，慈爱地看着我们。我终是轻轻地推开安陵辛恒，"辛恒，你要答应我，无论将来如何，会出现什么样的后果，你一定不许变心，只许爱着我一个人哦。"

"傻丫头……"

贵太妃也道："不错，辛恒，最难得就是双方可以共患难，现在昔妃在这样关键的时候站在你的身旁，确可助你一臂之力，到时候可不能负了她。"

"丫头，既然你如此不信我，我便在这里发誓。"

说着他转身面对门外苍天，道："苍天在上，今日卫庄在此发誓，如将来有负于丫头，便让我卫庄死无葬身之地！"

"辛恒，你——不，我不需要你发这样的重誓，这不是我的本意。"

安陵辛恒道："无论如何，你信我吗？"

我怎么能够不信他呢？他早已经是我在这个世间唯一相信的人了。我没有为他做什么，但他却为了我而发下重誓，心内感动莫名，什么都说不出来，只不断地点头，哽咽地道："我信你，我信你……"

……

等到几人都平静下来，这才恢复到正题的讨论中。经过安陵辛恒的分析，这场战事到如今，败势难以挽回。而若说领兵打仗，歧国向来便只有上将军姜府一门，如今上将军姜海既然已经战死，便只剩了姜海的儿女——如今的夫人姜瑜及姜瑜的哥哥姜毅，姜毅武功高强，现在是大内第一高手，虽然不知为何会不得皇上重用，但是自从姜瑜被封为夫人后，姜毅的身份自是不同，虽他为人冲动，又喜感情用事，不可以成为

领将指挥，但却可以成为非常好的前锋。若说布局调兵，非他的妹妹，如今的夫人姜瑜不可。

听到这里，我终于明白了安陵辛恒的意思，"竟然是要让姜家兄妹出战吗？"

安陵辛恒道："朝廷虽大，可用之才甚少，这场战事又如此凶险，连上将军都战死，除了姜家兄妹，又有谁能担此大任呢？而且姜家兄妹既背负了血海深仇，相信一定会全力以付地将南越军队打退。"

他说得有道理。

"可是，辛恒，安陵浩如此待你，你竟还要这样帮他？"

"这个时候，我只想保住大歧。"接着又道，"我知道，自你封妃以后，安陵浩对你很冷淡，但是之前，他曾为了能够得到夫人而求助于你，我想她对你有着一定的信任，至少他会觉得你是个很有智慧的人，这次姜家兄妹能否上战场，挽回败局，只怕只能靠你多多劝说他了。"

"我，可以吗？"

他给了我一个肯定的眼神，扶着我的肩以示安慰和鼓励，"现在，你必须要回到花暖阁去。他既不愿在自己心爱的女子面前显得无能，又需要一个谋臣，但此人向来多疑，恐怕他现在最需要的人，会是你。"

"噢……"

见我茫然，他又加了句，"大歧的生死存亡，就在这一次，丫头，拜托了！"

他的信任，使我油然而生某种深重的责任感，顿时便抛去所有的顾及，深深地点了下头。听他的话，就此回到了花暖阁，再去经阁上看，只见碧落荷宫内比平日里安静了不少，想必姜瑜的晕倒，将安陵浩吓坏了。过了片刻，果然见到安陵浩从寝宫里走出来，大声地叮嘱宫婢和太监要好好的照顾姜瑜，然后便独自站于廊下，默默地想着什么。

忽然，他抬眸向我所立的窗前看来，我吃了一惊，蓦地躲回阁内。

也不知道他是否看到了我，只是莫名的心惊。

过了会儿，再探往窗前，却早已经没有安陵浩的身影。其实安陵浩根本就从未相信过我，他真的会在这样关键的时候征求我的意见吗？或许，只是安陵辛恒对我太充满自信。

正想着，就听到经阁楼梯处宫婢跪下三呼万岁的声音。

他果然是看到我了，我忐忑不安地走到门口，见安陵浩已经神色凝重地向上走来，并且让奴才们都不许进来，连付公公都被挡在楼梯下。因为我在高处，他在低处，所以虽低着头，却仍然没有办法避过他的眼睛，他一直盯着我，直到走到我的面前。

"臣妾参见皇上。"

他似乎是犹豫了下，这才淡淡地道："昔妃，你起来吧。"

我站了起来，却依旧躲闪着他的眼睛。这次，却不是因为被他发现我在经阁内窥视碧落荷园的事。而是因为我与安陵辛恒之间的事。

虽然我与安陵浩之间确没有夫妻之实，我们之间也没有任何可值得珍惜的感情，只是从小便受到女子须三从四德的教导，女戒更是深入内心深处，我既与他有夫妻之名，如此背叛他投入另外一个男子的怀抱，还是令我惴惴不安，甚至有些抬不起头的尴尬和羞愧。

他见我神情异样，却突然道："你不必因为朕窥破你在经阁的一切而尴尬，其实朕早知道你常在这面窗前看往碧落荷园，在你监视着夫人的时候，其实朕也在监视着你。好在你还算聪明，并没有什么越轨之举，如此，我们相互间便扯平了，谁也不必怪谁。"

听他如此解说，我忽然觉得很愤怒。

他明明知道，我每日在看着他们，他却依旧毫不掩饰自己对姜瑜的百般照顾和宠爱，而将我抛在脑后。倘若我真的很傻，竟然爱上这个男子，那么不是要被这种情景折磨至死吗？

想到这里，对自己情感已经依归于别的男子身上的事情，竟再不感到羞惭了。

只漠然地道："皇上向来贵人事忙，却不知今日到此所为何事？"

"朕为什么事而来，昔妃想必已经很清楚了。"

"臣妾不敢妄自猜度。"

他忧郁地背对着我，好半晌，忽然长叹了声，黯然道："歧宫就要大破了，想必你心里开心得很。"

他若知道我是陈鱼，就会明白我初听到此消息时的狂喜。他若知道我此时深爱着那如玉的男子安陵辛恒，便会明白我此时此刻的复杂矛盾心情。但是，他自得了姜瑜之后，便只一心一意地爱着姜瑜，满心里除了姜瑜，我的事，他都不知道。所以他没有办法探触我心里最深处的真实想法。

不过，我既已经答应了安陵辛恒，此时自然要将自己原本的身份刻意忽略，如此才不会太痛。

他又道："你不用否认，你是南越人，南越的军队冲破重重关防，破了石门，直抵上京。只可惜，上将军战死沙场，如今朝廷中竟然没有什么可用之人。朕向来知道你有些小计谋的，心也够狠辣，你嫁给了我安陵浩，便也是大歧之人，如今，我们同处一条船，若朕的歧宫遭难，朕出了事，想必你也好不了，不如替朕想想办法，如今这局面该当如何面对？"

我哧地冷笑。

"大歧朝堂之上，多少文臣武将，难道就没有能够给你出主意的吗？况且，我说的话你会信吗？"

他俊眉微蹙："朝堂之上确实是没有什么可用的人，你不要问朕原因，这当然是有原因的，但这时候，保住大歧才是最重要的事情。你用如此这般的语气跟朕说话，很明显是不会帮朕了？"

我叹了口气："那倒也未必。"

他眼睛蓦地一亮："你有办法？"

其实我哪有什么办法，不过是安陵辛恒的交待而已。可怜安陵浩竟然完全没有我想象中的睿智和魄力，遇事置朝堂之上的文臣武将弃之不问，只来向我这个没有多少见识的女子求取办法。我真是看走了眼，竟然使他这样一个无能的男子当上了皇帝，而使我深爱着的男子躲在暗处，为了大歧国运绞尽脑汁。

我越发觉得，大歧的皇帝应该是安陵辛恒，而非这个只知道沉迷于女色的安陵浩。

想到这里，更是打消了所有的顾及，按照安陵辛恒所交待的道："做为大歧的国军，大歧现在的情况你应该最清楚，现时现况，除了姜家的人，还有谁能救得了大歧？"

"姜毅？不行不行！你知道的，他很冲动，而且到现在，朕都不知道他到底是站在哪边的！"

看来他还没有完全晕头，仍然记得夺嫡之时，他被关在城门外，见到姜毅的情况。我无奈地叹了口气。

"那么夫人呢？你们如此恩爱，你对她应该是完全信任的吧？而她的能力你心里也是清楚的吧？听说，曾经的小上将军不但文韬武略不输男儿，在布阵领兵时，更是技高一筹，她在军队里的威望，也是别人难以望其项背的，皇上，你应该还记得当初你是怎么进城的吧？若不是夫人在军中的威望，一切处理妥当，即使你能够进城，恐怕也难以顺利登上皇位。"

见他沉默，暗想，果然安陵辛恒很了解现在所发生的一切，竟是一语中的。

"可是，她如今已经是朕的夫人，朕怎么能够再让她去冒险？还有，那陵王很是厉害，情势如此凶险，夫人去了后还能够回来吗？不行不行！"

我哧地笑道："那皇上，是要美人不要江山喽？"

他怔了下，不知道该说什么，显然心神已乱。

我继续道："上将军姜海的死，在某种程度上会激励姜氏兄妹，为上将军报仇，姜毅的勇猛加上夫人的头脑，此战未必全然没有胜算。"

好一会儿，他才低低地道："昔妃，是否在女人的心里，像朕这样的皇帝，是非常无能的？如果大歧就此大破，你不再是昔妃，你还愿意与朕逃出宫去，过普通人的生活吗？"

"呃……你，你说什么……"

他俊颜微微一滞，哧地笑了起来，"跟你开玩笑的，无论如何，即便我们没有夫妻之情，但一路走来，至少我们是朋友。你放心，就算到时候出现了最不好的局面，朕也会带着你一起，不会扔下你独自跑掉的。所以，你不用害怕，朕会保护你。"

他说完，便缓缓一笑，转身走了出去。

他刚才说什么？如果大歧被破，他会携着自己的女人逃出宫去，过普通人的生活？是这个意思吗？歪着脑袋想了想，全当是自己听错，他当初为了当皇帝不择手段，怎么可能忽然有这种想法呢？肯定是我听错了，或者理解错误了。反而在想，到底有没有劝服他？现在姜瑜是他最宠爱的女子，他愿意让她上战场打仗吗？

很快，就到了晚上。

我没有再从经阁往碧落荷园看，实在也没有什么可看的了。

而那夜，我在经阁里点燃蜡烛后，对面的那角红楼，却一直黑暗着，大概安陵辛恒也在忧心着关于姜瑜能否出战的事，无心再往红楼跟我述说情话。微感失望之下，又得到另外的消息，说大歧的文武大臣们连夜跪拜在大殿前求见皇上。却不知道为什么，已经被逼到死角又没有什么好办法的安陵浩，竟然拒不见面。

于是大臣们发挥愚忠精神，便在冰冷的地上跪到半夜时分。

这注定是个不眠之夜。

偏生到了下半夜又刮起风来，四月的风还带着凉意，满室都充溢着荒凉的腥味，我不由自主地打了个寒颤，见天空暗黑，月不见，星不见，顿有山雨欲来风满楼之感，内心里生起隐隐的不安。

盈盈便在此时来到花暖阁，让我略微诧异，她很乖巧地拜倒，"盈盈见过昔妃娘娘。"

我淡声道："起来吧。"

"娘娘，夫人请您往碧落荷园一趟，说是有话对您说。"

"你们夫人不是受不了打击晕倒了吗？怎么这会儿醒来了？"

"是。"

我不明白，在这样的时候，她还有什么话跟我说呢？犹豫了下，终还是跟着盈盈往碧落荷园内一行。

让我意外的是，姜瑜竟然换上了一身戎装，英姿飒爽地站于寝宫之前，我这才发现，碧落荷园已经不是之前花影婆娑的模样，有几队士兵举着火把出现在园中，火光将整个碧落荷园照耀的如同白昼。

夜风阵阵，姜瑜在风中屹立不摇，脸色却仍然有些许苍白，见我到来，她一挥手，所有的奴婢和士兵都往后退避三尺。

她目如寒星，在看向我的刹那，我不由自主地颤抖了下。

走过去刚要行礼，她竟然一改之前的冷漠，忽然向前跨了一步，将我扶住，"不必多礼，昔妃，今夜叫你来此，是因为有件很重要的事情要跟你谈谈。也是我们两个人之间的事。"

"噢，好。"

此时，不知从哪里来的火光飞上半空，几乎将整个皇宫都照亮。两人齐齐地仰头望天，姜瑜这才道："我要上战场与那南越的陵王决一死战，我父命丧他手，我实不能坐视不理，所以向皇上要求，我与我的兄长姜毅同上战场，以期能够扭转败局。"

"皇上，他同意了？"

姜瑜点点头："他本来是不同意的，我只好以死相逼，他终于同意。所以，今夜我就要离开皇宫，出发去石门了。"

"希望夫人能够马到成功，一举将南越人赶回他们自己的国家。"

她的唇角却浮起一丝冷笑。

"战场之上，不是生，就是死！他们即来送死，还期望着回家吗？

我要让他们为自己的恶行付出代价！"说到这里，她粉拳紧握，显得极不平静。我心里却在想着，若算起这笔账来，南越军队此行却是为了凤翔被屠之事吧？大歧如没有之前的恶行，南越又怎么会发兵大歧？所谓兔子急了还咬人呢，这中间的是是非非，谁对谁错当真难以分辨得很。

她又接着道："只是此去，吉凶难料，或许，我永远也无法回到皇宫了。"

她语气里的苍凉和悲伤，使我一时间地怔住。之前只是以自己的角度来看这件事，到现在才忽然明白，原来站在姜瑜的位置上，她实在也没有得到多少幸福。姜瑜避过我有些同情她的目光，从怀里拿出一块刻得甚是精美的方型玉牌，说道："此玉牌是我最重要的东西，我想请你替我转交给一个人，请他珍视并珍重。"

我将玉牌接过来，只见是块青玉，一面平整，内里却有很精美的牡丹花纹。一面是缕空浮雕，弯月悬空，弯月之下，却是兵刀似的草叶。隐隐觉得此玉杀气凌厉，实不易做相赠之物，不过她此时是武将，所佩戴之物硬气点，也是情理之中。

"只是，不知这玉是要赠于何人？"

"卫庄。"

"什么？！"

我错愕不已。我本以为，她自答应入宫为妃的那日，应该已经对安陵辛恒斩断了情丝，况且安陵辛恒根本就没有爱过她。没想到，她临上战场之前，却要将自己最重要的东西赠送于他。

她目光微微一凝："你不会拒绝我吧？我知道，你若想见到他很容易，而且，我知道，你是可以理解我的，你能够明白一个女子嫁了个她并不爱的男子，该是多么地痛苦。你如此，我也如此，所以我们其实是同病相连，我只是在临死之前，对自己唯一喜欢过的男子表白，至少让他明白，这个世界上，曾有个女子深爱过他。这个忙，你一定会帮我的吧？"

"为什么，是我？"

"因为，我信得过你。我相信无论我是生是死，你都不会将这件事说出去，就如我无论是生是死，都不会将你与他暗中交往的事说出去。"

我似乎没有选择的余地，只好说："好吧。"

她又郑重地道："一定要亲自交给他，拜托了！"

我深吸了口气，再次肯定地点点头。她终是真诚地说了声，"谢谢！"

末了，她便将腰间的长剑拔了出来，"出发！"

这时候，盈盈也换过了衣裳，竟然也打扮成士兵的模样，紧紧地跟随在姜瑜的身边。经过我身边的时候，她却还是如往常一样，向我施了礼，"昔妃娘娘，奴婢要跟着夫人去了，娘娘请珍重。"

"你也要珍重。"

两队士兵训练有素，他们的神情肃穆坚毅，却并不喧哗，静悄悄地便出了玉宸宫，我跟着他们走了片刻，见到行在前面的姜瑜已经翻身骑在侍卫牵来的白马之上，远处传来出征的鼓声。我知道安陵浩必定是在东直门前，带领全朝的文臣武将，摆了送别酒，奉了宝剑，等待着送别这些将要出征的将士。

而对他，送别的只是姜瑜而已。

这时候，我终于自惭形秽。

姜瑜不负君王之爱，在如此关键的时候，无论是安陵辛恒，还是安陵浩，都将最重大的责任交付于她，她是能够力挽狂澜的骁将，她也是柔情似水，倾国倾城的美女。她有着高高在上的地位和甚至超越了男人的能力，她有着普通女子难以企及的魄力和头脑。

这样的女子，安陵辛恒真的不爱吗？

我紧紧地握着那块青玉，追跑在这支队伍的后面，直到到达东直门，天色已经大亮，我剧烈地喘息着，心快要从胸腔子里跳出来。好在，我

终是赶上了安陵浩与姜瑜的离别。姜瑜抬眸看了眼安陵浩，不知说了句什么，安陵浩微怔了下。

姜瑜的手便固执地从安陵浩的手中缓缓抽出，安陵浩神情惨然，这时候，他已经完全忘记自己身在此处到底是在做什么，只是盯着姜瑜绝不回头的身影发呆，落寞孤寂。

这一刻，我竟然有着淡淡的心酸。

撇开有关这个残忍暴君的其他事，单以他对姜瑜的爱来说，一路走过，他很辛苦，如此的爱情让人看着怜悯又无奈。

在爱情的面前，安陵浩也不过是个可怜的乞儿罢了。

这样再过了半个时辰，只见旌旗飘飘，庞大的队伍缓缓移动，沉默而有序地往皇宫外而去。而这期间，鼓声和号声始终未停。痴然了半晌的安陵浩，像是忽然想起什么似的，疯了似地往城楼上而去，惹得付公公和奴婢们都呼天喊地地跟在他的身后疯跑。我蓦然明白他是去做什么，从另外的方向，也上了城楼。

果然，从城楼上，依旧可以看到姜瑜。

她身穿铠甲骑于马上，身上有种令人几乎不敢正视的气场，使得整个军队看起来都肃穆庄严，再加上征鼓声声，滚滚烟尘中，充满着壮士一去兮不复还的悲壮。

安陵浩的双目紧盯着姜瑜，用尽全身的力气大声喊道："夫人！夫人！朕等你回来！"

可惜姜瑜根本就听不到他的喊声，我想，就算她能够听到，以她的坚毅，估计她也不会回头的。除非那个唤她的人不是安陵浩而是安陵辛恒。可是安陵浩并不死心，他顺着城楼往姜瑜所走的方向追跑着，边跑边不停地向姜瑜挥手，唤着姜瑜的名字。

大概安陵浩从未如此失态过，侍卫们和奴才们都傻了眼，不敢阻止他，目瞪口呆地望着他们心目中，向来放浪不羁又阴狠的国主变成一个令人眼睛发热的至情至性的人。是的，付公公和有些奴婢，竟然在为了他而默默地流着眼泪。

而我的眼睛也微微发酸。

但是我的心里明白，恐怕安陵浩这生的热和暖，爱和情，都是给了姜瑜一人。对他来说，这世间除了姜瑜，又有什么是值得他珍惜的呢？

姜瑜就这样，暂时离开了皇城。

没有让安陵浩发现，我悄悄地从城楼上走了下来。回到玉宸宫，将那块青玉放在眼前，姜瑜临走时所说的话，不断地回响在我的脑海里。同为女子，我想我确如她所说，能够了解她的心意。如果这次上战场，真的不能全身而退，至少这块青玉可以代她向她爱着的男子表白，她的心里有他。

这可能是作为女子，一生中最后一次，也是最为重要的一次表白了。

可是，她要表白的对象，是安陵辛恒！

她无疑是个很值得爱的女子，安陵辛恒见了这块青玉，很可能会改变从前对她的看法，从而在心里悄悄地存了她。我自问无法接受这样的情况，没有哪个女子愿意和另外一个女子分享同一个男子的爱。

不知道什么时候，冰若走了进来，冷不防地抢过我面前的青玉，嘻嘻地笑着说："这块玉可真漂亮！娘娘，这是谁送给你的？"

她在我的面前向来都没有上下尊卑，而我既知她的身份，看在从前她与陵王曾帮助我的份上，自不会与她计较。只惶惶地把那块玉重新夺了回来："冰若，你真是得寸进尺，竟然敢没有我的允许而直接闯入到我的房间里来了！"

"哎呦。何必这样认真呢？今天出了很大的事，我只是来看看你而已。"

我将玉好好地贴身收藏好，见冰若似乎对那块玉仍然感到好奇，便转了身避过她的目光："冰若，到了这个时候，有些话你应该对我说清楚了吧？你我都是南越人，而且听你讲，你与尊敬的陵王关系非同一般，如今，姜瑜已经带兵前往石门，听说她之前可是百胜将军，虽年纪轻轻，

却与她爹参加过不下百场的大小战争。有她在，岐兵便不会败，看来她与陵王肯定有场恶战，作为陵王的人，你不向陵王示警吗？”

冰若的手指玩弄着自己脸颊边的头发：“哎，男人的事，女人怎么会懂呢？或许所有的事情都不是你我想象的那样啦！而且陵王若败给了姜瑜，足以证明他不过是个连女人都打不过的男人而已，那也没有什么值得我冰若去示警的了。”

“冰若，你到底是什么样的女子？”

“嘻嘻，我只想找到一个天下最强的男人，或者是女人……哈哈……”

她说着，便往门外而去，在即将关门的刹那，却又回头向我道：“娘娘，那块玉真的很有趣哦！”

我不明白冰若为什么一定要找个天下最强的男人，或者是女人。只要那个人是最强的，即使是女人也无所谓。

到这时候，我才忽然明白，冰若恐怕是为了某种使命而来的，她离开凌战，只是因为在她的心目中凌战并不是最强的。她接近了安陵浩，但这时候她还不能确定安陵浩是不是最强的，所以她宁愿蛰伏在我的身边。或许，如果哪一日，她终于确定姜瑜才是我们这些人里面最强的，那么她便会去到姜瑜的身边。

后来的两天里，我的心思竟然都被这块青玉占满，园中散步时，见到正往碧落荷园而去的安陵浩，他也看到了我，两人的距离不远不近，不知为什么都木然了。

好一会儿，我才蓦地清醒过来，冲着他微微一笑。

他便向我走了过来，“昔妃，为什么朕觉得，你与朕那么遥远，那么陌生？”

我淡然道：“因为我们本来就那么遥远，那么陌生。”

“哧——”

两人都是一笑，他又道：“你觉得不觉得，今日的皇宫有些太安静了？”

我忽然有点生气，“安陵浩，你是一国之君，却整日将心思放在一个女子的身上，即便她的魅力真的倾国倾城，但你真的要不顾国家危亡吗？如今，不知战果如何，你不思对其后事情的对策，却只在这里伤春悲秋，你怎么对得起你所深爱着的夫人，怎么对得起这些黎民百姓？！”

他静静地听我说完，道：“你不明白，她是妖精，她是来惩罚朕的妖精，这辈子，朕愿为她而生，而她而死。”

“呵呵！呵呵！”

“你这是什么意思？你不屑于朕的所作所为吗？”

“呵呵！你的痴情可真是连天地都感动！你可能是史上最痴情的皇帝了！臣妾哪敢不屑，只是佩服！佩服！”

语气里的讽刺连我自己都觉得刻薄，但他依旧无动于衷。

他要保大歧，我便劝戒安陵浩保大歧，在那一刻，我竟忘了安陵浩曾对我做过多么可恶的事情，忘了国仇家恨，只想他能够振作些，将大歧治理得很好，那么安陵辛恒便不会那样忧心了。

我想，有些事情总是需要有个答案的。

我必须将那块青玉给安陵辛恒，否则这生都不能心安理得。

下午，我去找贵太妃了。她见我到来，很是开心，连忙让侍女们从柜子里拿出一双掐金丝鸳鸯绣鞋。她带着些莫名的笑意，将这双鞋放在我的手中，“这是我亲自为你做的，我知道你是个好女孩，而且你与皇上也并未圆房，我不是个遵从世俗道德的人，所以这双鞋子，与辛恒那双是一对，等这次的事情过后，我便想办法让你们在一起，这双鞋子便是你们大婚时的婚鞋。昔妃，这可是我亲自为你们做的，要好好珍惜哦！”

听了她的话，我的脸为之一红，“太妃，这怎么可能呢？无论如何，我与辛恒都只能如此，不可能名正言顺在一起。”

她阻止了我说话，"哎，万事不到最后，都不知道结果，你心里要存着希望，懂吗？有时候，作为一个女子，更要学会等待，因为等待其实是这个世界上，最执著的力量。"

见她如此热情，我也实不好再推辞，说了声谢谢，只好先将鞋子收下。

与贵太妃说了会话，出来时才发现安陵辛恒早已经等在门口。贵太妃莞尔一笑，道："你们聊聊吧，我去经堂。"

等到贵太妃的身影消失在视线里，安陵辛恒立刻紧张地道："丫头，这两天出了什么事，你既不到清澜宫来，又不去经阁，我整晚都在盼望着经阁里的蜡烛能够点亮，告诉我，到底出了什么事？"

"呃，我……"

将那块青玉在袖中握了又握，感觉手心里的汗液越来越多，几乎要握不住青玉。而安陵辛恒更觉得我一定出了什么事，紧追不舍地问道："是不是你的身份暴露了？皇上有没有对你怎么样？还有……"

他的话还没有说完，就蓦地顿住。因为我已经把那块青玉从袖中拿了出来，横在他的眼前。

他竟然看着那块玉愣了下，失声道："这，这是——"

"你认得这块玉？"

他的目光终于从玉上收了出来，"呃，丫头，这块玉很漂亮，精雕细刻，非一般的普通青玉，很是贵重，只不知，怎会到了你这里？"

"噢，原来如此。"

怪不得姜瑜说这是她最重要的东西，连见惯名贵物什的安陵辛恒都说贵得，那定是极贵重的了。想到这里，便将这青玉又收了回来，笑道："它若作为另外一个女子送给你的定情信物，你会心动吗？我与这个送你玉想与你一定情缘的女子，你会选择谁？"

他听了，微微一笑，"丫头，此时此刻，在我的心目中，还有什么能够比你更贵重呢？"

他的目光果然从青玉上转开，看着远处的斜阳，"你我相识于我最失意的时候，无论将来发生什么事，我都不会弃你于不顾。你不明白，你是块宝，就算是用几座城池都换不回来的宝，这小小青玉，又怎么可能改变我的心意。而且，这世间，除了丫头，又有哪个女子会在此时惦念着我这个曾经的西宫太子呢？"

见他伤感，终是不忍在逗他。

"好啦，好啦。"

我晃着他的胳膊，心里有些愧疚，"其实，这块青玉真的是一个女子托我转交给你的。"说到这里，往四周看看，确定没有人能够听到我们的对话，我才继续道："这女子如今的身份高高在上，一人之下，万人之上，她不顾自己的名节也要在出征前托我转交这块青玉与你，她对你是真的有情有意。"

语气里有些掩不住的醋意，但是安陵辛恒只是错愕震惊地道："难道是她？！"

"是啦是啦，在大歧，能够出征的女将还能有谁？就是她啦！"说着便将这块青玉塞于他的手中，心里在就盼着他会立刻拒绝，或者当着我的面将这块青玉扔于地上，向我表明心迹，说在这个世界上，他只爱我一人，而不会被任何女子迷惑。让我失望的是，他却在拿到那块青玉后，再仔细地看了两眼，然后甚为珍惜地收藏了起来。

等到觉得一切妥当的时候，这才抬眸，两人的视线对上，他立刻有些尴尬地道："无论如何，这是块好玉。"

仅此而已。

没有任何多余的解释，也没有告诉我，将会如何处理他与姜瑜之间的事，气氛陡然僵硬起来，而他似乎是因为某种兴奋而导致心神不定似的，来回踱步，甚至与我谈话也颇为敷衍。见他如此，我内心里一阵阵压抑不住的酸楚，姜瑜果然是魅力不凡，没有人能够抵挡得住她的表白，何况她现在又是顶着救国的重任，举国上下又有谁不敬重她，爱她？

而我是什么呢？我只是个不敢表明自己真实身份，被爹抛弃，没有娘的，来历不明的卖酒女而已。

扭头就跑出了清澜宫。

他竟也没有追过来，偶尔回头望去，阳光下，他却将那块青玉捧在手中仔细地欣赏着。

我想，我要失去他了。

姜瑜只用一块青玉，已经俘虏了这个男子的心。而我……

哭着扑倒在玉宸宫，花暖阁我的床上，心里的绝望又慢慢地泛了起来。想到之前全部都是因为他，才会改变自己的主意，听从他的安排去建议姜瑜穿征袍，上战场，挽救大歧，如今却……

"安陵辛恒，我恨你！我恨你！我恨你！……"

崩溃似地捶打着我的床，咬牙切齿地说着恨他，可是多么的希望这时候他能够来到我的身边，将我拥在怀中，告诉我刚才的一切只是他故意逗我而已，他的心中，永远只有我一个。

他说过，他喜欢我与众不同的坚强，他不会，也不应该变心的啊！

但是那夜，我在经阁内点燃了蜡烛，那角红楼里却始终暗着，他没有回应我的爱与思念。

第二天，亦如此。

第三天，依旧如此。

而这几日，我也终于觉出这皇宫的异样安静。

那日在经阁内，看到碧落荷宫的荷塘前站着安陵浩。

安陵浩蓦地转眸看向我。我自是惊了下，却没有再躲避。此情此景，我其实能够理解他的心情，他肯定是在想念着姜瑜吧？但又不知她是否能够归来。

我亦如此，因为安陵辛恒的态度，忽然使我对一些已经认定的事情，产生了许多的怀疑，我甚至觉得，之前与安陵辛恒的一切，竟是场不太真实的梦。因为，那角红楼内的烛光，这几日来始终没有再为我亮过。

"想你……"

"我爱你……"

"我很爱你……"

似乎这些靡靡的爱语，早已经随着这春风散尽。

两人遥遥相对，却都没有说话。然后又陌路似的，各自往不同的地方看去，避开了对方的视线，心里忽然轻了下，经阁也不想待了，直接下了楼。又是等待的一日，就这样过去了，深夜时，依旧犹豫着要不要再上经阁看看，或许他会点亮蜡烛呢？但也有可能是一如既往的黑暗……

安陵辛恒，你到底想怎么样啊？

我咬着唇，真的快要崩溃了。

就在这时候，却忽然见万叶气喘吁吁地跑了进来，"娘娘！娘娘不得了！出事了！"

连累带吓，她整个人几乎爬在了地上，"贵太妃，贵太妃被抓起来了！"

我怔了怔，道："贵太妃？"

她躲在清澜宫中，不问世事，谁要抓她？为什么要抓她？！难道是——安陵浩？是了，是了，除了他，谁又敢抓贵太妃呢？

没有多说什么，便直奔清澜宫。

奇怪的是，在门口迎接我的人，竟然是安陵辛恒，他依旧一身素衣，闲适地临风而立，夜里的风不再冷，仿佛只为他而吹起的柔和。幽深如海的眸中，却有一丝若有若无的冷漠，咬咬牙，暂时不再计较那块青玉的事，走到他的面前，仰起脑袋望着他的眼睛，"辛恒，听说贵太妃出了事，我特地来看看，是不是皇上他——"

"不是！"

干脆利落的声音，却没有一点温度。我愣了下，说："辛恒，你——"

"昔妃娘娘，夜已经深了，您还是请回吧。"

"呃，什么？我，辛恒，贵太妃她到底出了什么事？"

他这样的神态，越发让我觉得事情很不简单，也更肯定贵太妃肯定出事了！

"辛恒，我可以去向皇上说情，让他不要再为难贵太妃！"

安陵辛恒的唇角却忽然浮起一丝，让我陌生的不屑的冷笑，我心里蓦地发寒。这样的他使我感到很陌生，真的，很陌生。然而，过了半晌，他终是说："她没什么，只是很好奇去参观酒屋了而已，知道吗，就是安陵浩赏赐给你的酒屋！"

"哦。我去看看她。"

转身就要走，他却很用力地拉住了我的手腕，我觉得自己的手腕快要断了，可怜兮兮地望着他，"辛恒，到底怎么了？你是不是还在生气？因为青玉的事？"

他似乎感到错愕，愣了下才道："不是。不过，我已经吩咐侍卫将酒屋封锁，这段日子，就让贵太妃在酒房好好地冷静一下吧，你不要去找她，否则，连你一起关起来！"说完，他狠狠地将我往旁边一搡，我啊地惊叫了声，跌倒在地。他再冷冷地瞥了我一眼，转身向清澜宫内走去，"已经到了很关键的时候，陈鱼，你要保重自己，快走吧！"

这到底，是怎么回事？

到底，发生了什么事？

我艰难地爬起来，抚着生疼的手腕，眼泪几乎就要控制不住地流出来，可恶！可恶！为什么要这样对我？！到底发生了什么事？谁能告诉我，到底发生了什么事？！

"安陵辛恒！安陵辛恒！——"

他没有理我，呆怔了半晌，只好回到玉宸宫。而这时候，皇宫内越发地安静了，静得让人心里发慌。万叶跟在我的身后，我没有追问她刚才到底是怎么回事，因为我已经知道，抓起贵太妃的人竟然是安陵辛恒！这是个让我意外的答案，万叶见我呆望着铜镜里的自己，终是带着哭腔道："娘娘，奴婢不是故意的，奴婢也不知道是怎么回事，只看见贵太妃她……"

我阻止她说下去，忽然握住了她的手，"你有没有觉得，皇宫里实在太静，太静了？……"

"嗯，娘娘，怎么了？"

我的紧张感染了她，她的手明显地发起抖来，"娘娘，是很静，咦，怎么会这样静？"

"是啊，怎么会这么静？自从进入这偌大的皇宫，第一次觉得这么静。"

"娘娘，奴婢很害怕……"

我哧地笑了起来，不忍心再吓她，但是自己心里也很难受，就好像有千万条毛绒绒冰凉凉的虫子从心上缓缓地爬过，再过了片刻，额上渗至出了些冷汗。就在我终于卸妆，打算睡觉的时候，忽然听到一声刺耳的烟花腾起声，窗外闪了几道白光，将房间里照得很亮，而蜡烛也无风自动地摇曳了几下，我的心蓦地一惊，赶快向房间外跑去。

我听到了什么？

我简直不敢相信自己的耳朵，刚才还安静的不能再安静的皇宫，竟然在这片刻之间，忽然杀声震天，战鼓阵阵，天摇地动之间，鼻端仿若传来一股浓郁的血腥味。这让我立刻想到了凤翔城被屠的当夜，那种骇人的情景。我只觉得自己的腿都发软了，连连地问万叶，"快去看看，出什么事儿了！"

万叶嘴里答应着，身体却似要瘫在地上了，这时候，冰若却不知从哪里钻了出来，"呵！果然要反了！昔妃娘娘，你别再打听是什么事了，快想办法走吧！"

这时候，凉云也走了出来，脸色煞白，却是带着些惊喜的神色。

我忽然明白，有些事，我不知道，但是她们却都已经知道了。有些事，我没有明白过来，他们却都已经明白过来了。一直以为自己是聪明

的，原来我是最傻的。冲到凉云面前，晃着她的肩膀，"你告诉我，到底出了什么事？"

凉云唇角的笑意越发深浓，"昔妃娘娘，辛恒太子反了，他要当皇帝了！"

"啊！？"

凉云继续道："太好了！太好了！贵太妃终于熬出头了！从此以后她又是人上人，再不必受谁的欺负了！呵呵，真是太好了！"

冰若也是一脸似笑非笑的模样，"昔妃娘娘，你别再耽误了，快点走吧！别说我不提醒你，你啊，还是太单纯了，皇宫里不是那么好玩的，你再不走，将来可能会没有机会走哦！安陵辛恒既然是当了皇帝，你这个昔日的昔妃娘娘，身份实在是很尴尬啊！难道你以为皇帝的名誉没有女子的名节重要吗？他是皇帝，便一切都不同了，你快走吧，你呀，玩不起……"

谁说的？谁说我玩不起？

他要当皇帝了！他终于要当皇帝了！

这正是我所希望的不是吗？我曾经说过，如果真的爱我，就振作起来。他终于振作起来了，他为了我而做回了他原本的自己，这很好不是吗？安陵浩无疑是个失败的皇帝，既然如此，安陵辛恒做皇帝不是天经地义的事情吗？这太好了，太好了！

突如其来的复杂的兴奋，使我傲然抬眸，看向冰若和凉云，道："要走的人不是本宫，是你们！兵荒马乱，万一被那些士兵伤了就不好了！即使是我，也不能保证能保得你们万全。而且冰若，你不该趁现在逃出宫去吗？去找你最心爱的男子，却还留在这里做什么？"

冰若哈哈一笑："我最心爱的男子？他在这里，他是这里最强的男人，哈哈哈……"

她大笑着离开了玉宸宫，我不知道她去了哪里，不过无论她去了哪里都好，希望她能够好好地活着。

杀戮的声音越来越大，我捂着自己的胸口，觉得自己的心就快要狂跳到爆裂了。曾经凤翔城的一幕幕，迅速地从脑中闪过，成堆的尸体……

"娘娘，我们怎么办？"

我知道，我什么都不用做，只需要留在这里。我想安陵辛恒肯定会有个很好的安排，只需要这阵杀戮过去，一切都会好，他当了皇帝，他想怎样都行，我可以和他名正言顺地在一起。最重要的是，从此以后不必再以蜡烛诉说情话，而是可以光明正大的，面对面，想说多少个我爱你都可以。

只是这场杀戮，到底要持续到什么时候呢？

我不由自主地往房间里退去，只想找个安全的地方躲起来，等一切平静了，他自然会来这里接我。我知道我的想法很可耻，好像我的幸福需要用如此多的血腥来换取，但除了这样想，我还能怎样呢？

就在这时候，却听得惨叫声越来越近，三两个太监满身是血地冲进来，还没有来得及说话，就倒在了地上。我被眼前的一幕惊呆了，血，腥红的血……

万叶叫着跳着抱住了我的胳膊，"娘娘，我怕！——"

我扭头看时，发现凉云不知道什么时候已经不在这里了，虽然很害怕，但在凤翔被屠，逃命之时就已经练就了我在危难之时的应变能力，这时便抓了万叶的手腕，"恐怕他们要冲进玉宸宫来了，跟我走！"

但慌乱之下，又能去哪里？只是向玉宸宫深处而去，主仆二人跌跌撞撞的疯跑，却觉得身后的喊杀声越来越近。我一边跑一边脑海里还在想着，这一定是意外，是安陵辛恒没有料到的意外，他要当皇帝了，他顾及的事情太多，所以才让这些杀人的人冲入了玉宸宫，只要我能够逃得性命，这个恶梦很快就会过去。

之后，忽然一切的喧嚣都被挡住了。

我与万叶逃入了花棚之内。

或许因为花棚比较密闭，所以较之刚才恐怖的嘈杂声，这里显得格外安静。

放眼望去，满室的青绿。原来第二次植入的蛇麻花草都顽强地活了下来，可惜我因为气恨安陵浩将之前安陵辛恒花费心思保留下来的那块绿色给铲除了，便一直不肯到重新培植了蛇麻花草的花棚里来，没想到这里生机盎然，有许多地方已经结了一串串的酒花，早已经不是我印象中败落的样子。

我的注意力放在那些酒花之上，"长得真好，真好……"

万叶还是惊疑不定，"娘娘，现在怎么办？"

"就在这里吧，这里很好。"

说着，便拉着万叶向蛇麻花草的架下躲去。却在这时候，一人匆匆地冲入花棚，他气喘吁吁，脚步沉重，两人四目相对，我不由地愣了下。

冲进来的人竟然是安陵浩，他的身上有血迹，手中拿着把长剑，剑尖犹自在滴着血，头发披散了下来，俊面苍白，目光却像是吃人般的凶狠与绝望，明黄色的龙袍从腰腹之间开始，直到袍角，都被鲜血浸染。

见到我，眸子里微微闪现出一点惊喜，"昔妃！"

他又艰难地往前走了两步，"快点跟朕走！他们杀进来了！"

我猜他的身后定是跟在大队要杀他的兵马，他进入花棚，对我与万叶实不是件幸运的事。只好悄声对万叶说："叶子，你就躲在这里，蛇麻花草很密，花棚又很大，躲一个人应该不是问题的，我与他出去说话！"

万叶一把拽住了我的衣袖，"娘娘——"

我推开她，"听话，我们有缘再见。"

说着，几步走到安陵浩的面前，拉着他便往外走，"你追过来做什么？现在到处都是杀你的人，一个不小心就会连累我们跟你一起送命！"

安陵浩的声音有点嘶哑，显然在这之前，他跟某些人经历了一场恶战，这时候他的脚步沉重又虚浮，每走一步都很费力的样子。到了花棚外，见没有什么人追来，又将他拉到一处比较隐密的树荫下，"你独躲在这里，我另外找地方躲起来。"

此时此刻，我只想着自己能够安全。

还有那么美好的爱情及生活等待着我，虽然我很同情此时的安陵浩，但内心里认为他有这样的结果全部都是咎由自取。

安陵浩一把拉住我，"跟朕在一起！朕来玉宸宫就是特地来找你的，没有朕，你无法逃出这个皇宫！"

"我不想离开皇宫！而且只要你不要缠着我，我就不会死！"

"你这是什么意思？难道你以为凭你自己，可以在皇宫里活下去吗？如果不是朕，你连皇宫的大门也休想跨进！朕知道这些日子朕只爱着夫人，不爱你，你生气，但现在不是赌气的时候，快点跟朕走！"

"难道你有办法逃出皇宫？"

"当然！哼哼，安陵辛恒以为控制了羽林军，就可以将皇宫围个水泄不通，却不知朕早已经寻好退路。君子报仇，十年不晚，今日逼宫之恨，来日必定双倍奉还！"

"噢——"

我忽然想到，如今安陵浩若出了皇宫，将来有可能像安陵辛恒今日的造反一样，会搞出大祸。如此，却不能让他出宫去，否则岂不是给安陵辛恒埋下了一个大祸根？而且，安陵浩屠城时，有没有想过给凤翔城的百姓一条活路？

我蓦地甩开安陵浩，"你不要再挣扎了，你沉迷于女色，心思只放在怎么哄姜瑜开心，甚至为了使姜瑜回心转意做你的妃子，竟还做下去宫外强抢民女的恶事，逼姜瑜就范。你不思朝政，整日与姜瑜歌舞娱之，才会走到今天这样的地步，你根本不适合做皇帝，便把皇位让给别人好了！他是你的弟弟，你现在就去见他，阻止这场屠杀才是上策，以后或可过些安生日子！"

安陵浩的眸子里满是震惊，"昔妃，你在说什么？"

虽然很恨他，但他现在已经是如此狼狈，当下放柔了语气，"我的意思是，你不如投降吧，就大大方方地将皇位传给自己的弟弟，如此的话，你还能在宫中当个安乐王爷，以后不用东躲西藏，否则的话……"

他的脸色变了，眸中是受了伤后的愤怒，"你，竟然如此看轻朕！"

他那像是要吃人的样子，把我吓了一跳，但是他现在已经是虎落平阳，还有什么可神气的？

我将胸腔子一挺，"怎么样怎么样！你以为你是谁啊！你现在，如此狼狈，很明显已经输给安陵辛恒了！告诉你，从认识你的第一天，就没有高看过你，你这条命如果不是我一念之差，根本也早就闷死在酒坛子里，也让我替我娘和凤翔城的所有百姓报了仇了，你能活到现在实在是你的运气！"

我真是疯了。

我没有想到我竟然能够说出这么恶毒的话，看到他像是受不了打击似的，凶狠的模样全部都收敛了，站立不稳地往后退了一步。我心里是有些痛，但更多的却是高兴，我曾经就想过，要让他尝尝落魄的滋味，让他明白被人追杀是多么的恐怖，让他明白人的生命是多么的脆弱，现在，我终于看到了这一刻！

又想着，绝不能让他再出皇宫去，按照安陵辛恒的性格，必不会不顾亲情杀死他，那么他就会变成安乐王爷，以后就不会再出现逼宫的事情了！如此两全齐美，真好！当下便回头往外面跑去，"来人呐！皇上在这里！皇上在这里！"

安陵浩大吃一惊，"你找死！"

随着声音，他已经将我一把抓进了树荫里，同时那柄凉森森的已经染了血的长剑，搭在了我的脖颈之上，"为什么？为什么你要这样做？你是我的女人，你不该出卖我！"

我只是冷冷地望着他的眸子，并不答话。

就在这时候，忽然冲进来许多士兵，将整个园子层层包围。很快就发现了我们，将我们紧紧地围住。

安陵浩脸上闪过一丝阴狠，却并不去看他们，只盯着我问："是不是你也一直在帮着他？是不是你跟她一样，背叛了朕！？"

我怔了下，"你在说什么啊？"

我不明白他口中的她到底是指谁。就在这时候，层层叠叠的士兵自动分开一条缝隙，安陵辛恒当先走了过来。他已经换上威风凛凛的猃袍，腰束霸气的虎狮金带，头发梳得一丝不苟，束发之物，竟赫然便是龙冠！

他神情肃穆，目光沉稳，原本温文如玉的他，此时多了分难以言表的冷漠和坚硬。这时候，我完全没有注意到他身后的那名将军，只是如获救星地唤道："辛恒救我！"

这声呼唤显然让安陵浩的手又紧了紧，我感觉到脖颈上那一丝丝的微痛，安陵浩，这是真的要杀了我吗？

安陵辛恒却根本没有与我的目光相触，只看着安陵浩道："哥哥，呵，我的哥哥？"

安陵浩再向我看了眼，这眼仿佛是下定了什么决心，忽然道："什么都不用说！放我走！否则的话，我就杀了她！"

"辛恒救我！"我再次惨呼了声。

而安陵辛恒身后的那位将军，就是在这时候从他的身后，缓缓地走了出来。她仍然身穿铠甲，英姿飒爽，只是铁帽子抱在臂中，头发披散着，峨眉淡扫，五观如画，神情清冷，这女子却不是姜瑜又是谁？她不是去石门攻打南越的军队吗？怎么会回到了宫中？难道他已经被安陵辛恒所控制？

难道安陵辛恒就因为那块赠送的青玉，终于没有将她怎么样，而是说服她在他的身边？

看到姜瑜，安陵浩的身体抑制不住地颤抖着，这时候，我是真的感

到了害怕，安陵浩对姜瑜用情至深，真的很可能因为打击过度而滥杀无辜，当然首先没命的，肯定是我。

没想到，这时候的安陵浩却将我一把推了过去，他沉痛的眸子紧紧地盯在姜瑜的脸上，"夫人，朕只想问你一个问题。"

姜瑜唇角微微一挑，露出丝不易觉察的冷笑，却是沉默着。

终于安全了，我顾不得安陵浩及姜瑜的事，只是几步跑到安陵辛恒的身边，冲着他笑笑，"辛恒，幸好你来了，否则我都不知道要怎么办，刚才真的好危险啊！"说着，我抹了把脖颈，结果是一把鲜红的血，到将自己吓了一跳。伤口并没有多痛，想来只是表皮破了，硬忍着自己的心慌，随着安陵辛恒的目光，将注意力放在安陵浩及姜瑜的身上。

其实我这时，真的非常忐忑不安。

因为从始至终，安陵辛恒的目光，从未转到我的身上。我试着用手轻轻地向他的手上探去，希望他能够给我一个安心的目光，紧握着我的手，但是在我的手触到他手指的那刻，他的手像被什么刺了下的往后缩，并且蓦地将眸子转向我，可是却不是我希望的柔情脉脉，那冷漠的眸子将我整个人都冻住，而他也终是从齿缝中蹦出几个字，"来人！将昔妃抓起来！"

啊？！

我呆怔着不懂反抗，完全不知发生了什么事，便有两个士兵走过来，把我拉到一边，将我的双臂往后拧，使我动弹不得。

……

全场都安静下来，似乎都在等待着安陵浩要问的那个问题，可是不知道什么原因，他却一直沉默着。他静静地看着姜瑜，姜瑜也静静地看着他，没有丝毫的惭愧与后悔，气定神闲的让人觉得她是对的，她所做的一切，都肯定是对的。

安陵浩就在姜瑜的气定神闲中，越来越挫败下去，最后连手中的长剑都无力地垂了下去……

"朕相信，朕的夫人是世间少有的最聪明的女子，她永远都清楚自己在做什么。所以朕相信，现在的一切，是夫人自己所选择，而且认为正确的路。好，朕赞成，朕不会怪你，只是，朕想问一句话……"

说到这里，他又顿了下，脸色惨白，他几乎要在众人的目光里，倒地而死。

姜瑜却丝毫没有将他的心痛看在眼里，只淡然地说："浩，从现在开始，你已经不是皇上了，不能再自称朕了。大歧不能有两个皇帝，而就在刚才，真正的皇上已然登基。"

"你——"安陵浩看起来彻底地被打击倒了，狠狠地盯了安陵辛恒一眼，"好！朕现在就想知道，姜瑜，你有没有真的爱过朕，有没有爱过朕！？"

姜瑜哧地冷笑，仿佛觉得安陵浩是个没有长大的孩子，在那里胡闹而已。笑完了才很轻蔑地看了他一眼，"没有。我从来就没有真正的爱上过你！"

哐啷——

安陵浩的长剑跌落在地上，砸出一阵刺耳的尾音。原本苍白的脸色，忽然涌起一阵红，哇地吐出口鲜血，便站立不稳地又往后跌了两步，靠在粗壮的树干之上，才算勉强地稳住身体。

他错愕的目光里，满是难以置信，又用已经喑哑的声音说道："你胡说，自你进宫成为我的夫人后，我们很相爱，那些相爱的点点滴滴，难道都是假的吗？"

姜瑜的声音很冷，而她的话，更像是天山深处的冰箭，直刺人心，"这只能证明你是个玩物丧志的人。如不是我勉强自己进宫，勉强自己成为你的夫人，你又怎么会完全不理朝事？而至今日之境地？当初，辛恒已经成为皇帝，如不是你我之间那个见鬼的约定，我怎么会来坏了他的帝君大业？"

安陵浩惨然道："原来，一切都是为了他！"

姜瑜道："不错。当初是我害了他，如今只不过是帮助他夺回属于他的一切而已。而你只是个没有什么本事，不理朝政，只好女色的失败者而已！"

虽然，我真的很痛恨安陵浩。

但是此时此刻，我竟然控制不住地喊了一声，"姜瑜！你不要再说了！"

姜瑜瞥了我一眼，果然就不再说下去。

而安陵辛恒依旧漠然站在那里，似乎是在思考着什么问题，竟然全然没有将姜瑜和安陵浩的对话放在心上。当然，更不将我放在心上，我看到他的手不知道什么时候，竟然紧紧地握着姜瑜的一只手，这无疑给了姜瑜很多的勇气和安心，所以她才可以如此气定神闲的使安陵浩崩溃。

而我的心，也在这目不暇接的突变中，迅速地冰凉，快要碎裂成粉了。

脑海里不断地闪过与安陵辛恒在一起的每个片段，这些都是真实发生过的事情啊，难道都是骗我的吗？难道他是个骗子吗？这怎么可能？怎么可能？

安陵浩嘶哑着声音道："你将那块遣兵玉锛，送给了他？"

姜瑜的脸上掠过一丝得意的笑容，缓缓地抬起一根手指，姿态闲雅地指向我，"是她……"

我忽然明白，他们所说的那块玉锛，是什么东西。那应该正是姜瑜临上战场时，托我转送于安陵辛恒的那块青玉。

我已经不敢深想下去，只向姜瑜道："那块青玉，到底是个什么东西？"

"那是能够调遣宫内五万侍卫的令牌，是我姜瑜临上战场时，向安陵浩要来的承诺，以表同生共死之意，姜瑜不回，安陵浩绝不独活，这五万侍卫对他当然没有任何意义。姜瑜自知即使回来，也不可能回到安陵浩的身边，所以这个玉锛当然要赠送给更有能力的男子，这对他，乃至国运，都是非常有意义的。识时务者为俊杰，安陵浩，事以至此，你不要再为难自己，不如弃械投降，看在我们一起长大的份上，我会劝说辛恒留着你一条命的。"

安陵浩又喷出口鲜血，好半晌，忽然呵呵地痴笑起来。

我眼见安陵浩目光渐渐地空洞无神，心知他彻底地完了。

这本是我最乐于见到的结果，但此时此刻，我只有心痛和茫然，却没有丝毫的快乐和愉悦。没错，我的注意力完全在安陵辛恒的身上，我急于知道有关他的一切。

"辛恒，这到底是怎么回事？难道，一直以来，你是在利用我吗？那么花棚中我们的相遇，东阁下的相约，还有你对我的承诺，全部都是假的吗？"

安陵辛恒唳地笑了，那样的漠然和不屑。

姜瑜的目中忽然闪过一股深深的愤怒，她越过安陵辛恒几步跨到我的面前，盯盯地望了我片刻，才咬牙切齿地道："如果不是你救了安陵浩，或许就不会出现城门口的一幕，那么我也就不会被逼无奈成为安陵浩的妃子，这一切，都是你的错！"

我真的觉得她很可怕，颤声道："难道当初在雀镇，伤害安陵浩的人，竟然是你吗？"

她冷冷一讪，"那又如何？！"

这时候，我才发现，整件事都不是我想象的那样简单，从一开始，我就已经忽略了这些事情的本质。

果然，姜瑜接着道："物以类聚，人以群分。安陵浩这个糊涂虫，对你倒是有非同一般的信任，确实，你本也有几分小聪明的，如果不是辛恒刻意与你在花棚偶遇，之后又与你在东阁相会，你被你所认为的爱情迷昏了头，或许你早已经识破真相，辛恒的大业也不会如此容易成就。更重要的是，你能够在最关键的时刻，安全地替我将那块玉锛送到辛恒

的手中，要知道，玉锛几乎就是皇帝的命，没有这个，他便也没了命。所以安陵浩也是很小心的，在出发前才肯将这个以誓言的形式拿出来送与我，如果不是你，我们怎么能够迅速地控制京机要枢呢？"

这些话听在我的耳，就如同晴天霹雳，虽然内心里已经清楚，不可能有第二个真相，但我仍然将目光转到安陵辛恒的脸上。

他的唇角依旧是淡然的，几乎看不到的莫名微笑。

更深的则是——冷。

"辛恒，姜瑜所说的一切，是真的吗？"

他这时，终于将眸子从姜瑜的身上移开，"她说的全部都是事实，但是，你没有资格叫她的名字，因为她即将成为本君的妃。"

"辛恒，你——"

我的话还没有说完，便觉眼前寒光一闪，姜瑜指间便现出一片锋刃，她耸耸肩，"你没有资格跟他说话，更没有资格叫他的名字！他是皇帝，而你只是个卑贱的卖酒女。他是可以陪你玩那么久，可是你怎生受得起？传到天下去也是笑话，你这张平庸的脸，便该毁了！"

她的话音刚落，我便觉脸上几缕刺痛掠过，只是一闪而已，她已经收回锋刃，而我的鲜血，却在我的眸前迸溅。

"啊！——"

惨叫着滚倒在地，我双手捂着脸，只觉得手指间温热的血迹，满手恐怖的湿……

没想到，我用芳香醇脂遮起了我的本来面目，最终却被人伤了面容，这生再无机会现出从前的美貌真容……而这个见过我本来面容的男子，却一直在欺骗和利用我，而从来没有真正的爱过我，我却陷入爱情的迷雾中，丧失了从前的真我，甚至忘记了仇恨，竟然还幻想着有朝一日，他能够与我一起逃出皇宫的牢笼，走遍天涯海角，观日落日出……

真傻……真傻……

真傻啊……

一代帝后

在我的惨叫声中，看到安陵浩状若疯癫了似的，忽然仰天狂笑，也正在这时，竟有股大风吹来，他的发髻顿时散乱，乱红飞溅，泪雨缤纷。实没有想到，如安陵浩这样的男子竟然也有泪，这泪竟也如此绝望……

他笑了好一阵，在风渐止的时候，他的笑声也止，跌跌撞撞地走到姜瑜的面前，她这时候还立在我的身旁。

他痴痴地看着姜瑜，好半晌，忽然抬起手，似想在她的脸上抚一下，但见姜瑜厌恶的眼神和本能的躲闪，那只手终是停在半空，之后便又转向安陵辛恒，"这样的好女子，怎可只封妃? 安陵辛恒，我安陵浩从来没有动过她，敬她爱她视她如珠如宝，她仍是冰清玉洁的好女子，你怎可只封她为妃? 至少，你也该封她为夫人! ——你懂吗! "

后面三个字，他几乎用了全身的力气。

到了这时候，他仍然一心一意地为着这个名叫姜瑜的女子着想，要知女子的贞节实在比生命还要重要，如今他证实了她的贞节，以后她与安陵辛恒幸福一生的机会便也增大了许多。他真傻，他甚至因为这个不爱他的女子而甘愿失去江山! 他狠毒绝伦，丧尽天良地犯下屠城的滔天罪恶，却把所有的情，所有的痴，所有的善良与爱，都付与了这名女子!

这到底是怎样傻的一个男子? !

我忽然好恨，好恨，好忌妒，好忌妒这个毁了我作为一个女子，几乎与贞节同样珍贵美貌的面容的女人。

我忽然用尽全身的力气抱住了姜瑜的腿，并且张开口狠狠地咬下去，感觉到她的身体在刹那间充溢于我的口中，我便像嗜血的魔鬼，用力地咬着。姜瑜皱了皱眉头，竟然并没有惨叫出声，而是像踢走什么似的，一脚踢在我的肚腹之间，整个人便向几丈外飞去，再跌落在地上。

安陵浩看到这一切愣了似的笑着，似觉得如此太有趣，癫癫地跑到我的身边，"你怎么敢咬小上将军，你打不过她的! 哈哈，她是世界上最厉害，最聪明的女子! "

第三卷：最终决战

安陵辛恒终于发话了，冰冷的声音如同严冬的寒霜，"将安陵浩关进地牢！把这个女人扔回玉宸宫，等候处置！"

……

然而，我终是被放出了宫。

放我出来的人，便是姜瑜，她说就算安陵辛恒并不爱我，她也不能让我留在他身边不远的地方。

我则提出了一个要求，走也可以，必须让我带着安陵浩。

女人为了爱情，常常会做出常人难以理解之事，姜瑜再三考虑之下，竟然真的趁着夜色，将我与安陵浩一起送出宫。

朱红大门紧闭，我回眸，向着厚实的大门心道："我一定会回来，我一定会回来讨回属于我的公道。"

为了躲避他的追杀，我和安陵浩分头走。

千辛万苦逃到天下客栈与他会和。

是的，我们将合作，一直拿回属于我们自己的东西。

而此时，真正的天下逐鹿之战开始，各国战乱纷纷，相互倾轧。

歧越也未能幸免，况且安陵浩逃出宫，便如放虎归山。

当天秋天，战争爆发。

客栈内，一个叫小燕的姑娘，到处寻找安陵浩。

男人与女人，总是有着那么多错综复杂的情感。

小燕对安陵浩的痴情，让我又开始相信爱情的存在。

八角亭中，凌战与安陵辛恒正在说话。

两人的话题又转到了关于天下客栈与大歧的战争，"看样子，这场战争是避免不了，虽然我早知道这场战争只是迟早的事情，但是竟然提前到现在，也是我所预料不到的。其实郡主，以安陵辛恒那样聪明的人是不该犯这样的错误的，与天下客栈的这一仗，对他简直没有任何好处，甚至还劳民伤财。"

"或许，他觉得有好处呢？他向来不喜欢做没有好处的事情。"

"对，你提醒得太对了。"

战争很快便临近了，该准备的事情虽然并没有完全准备好，但凌战很有信心地说，已经足以应对这场战争。

有着金钱的支持，士兵和粮草的问题都解决了，最重要的是，听闻是凌战要征兵，竟然吸引了大批的民众自发地来到了凌战的军队中，成为一名普通的士兵。这些人中间，即有大歧的百姓，也有南越的百姓，两国的百姓之所以如此，对于南越和大歧两位现任君主的不满是显而易见的。或许，天下真的该由这两位歧天子王来掌管才对。

就在安陵浩和小燕的事情闹得不可开交的时候，战争爆发了。

似乎是凤翔城被屠的重演，一切都那么相似……不同的却是，虽然锋火处处，凤翔城内的人却不再是从前那样只处于挨打的局面，而是在进行着反击……安陵辛恒真的是糊涂了，竟然以为还可以向上次一样，轻易将凤翔城的百姓杀光……

我见到安陵辛恒，是在这场战争开始后的第七天。

不知道为什么，南越竟然在此时派兵，与天下客栈合二为一，前后夹击，结果使安陵辛恒的十万大军惨败。

安陵辛恒则被陈孝言生擒，而出卖安陵辛恒的人，竟是姜瑜。

听到这个消息的时候，我还是很怀疑的，陈孝言竟然有这样的能力？姜瑜竟背叛了安陵辛恒？这一切，到底是为了什么呢？

直到陈孝言穿着战甲站在我面前的时候，我才不得不相信，这个在我心目中一直看不太起的男人，其实有时候很勇猛。当然，他一如既往地自私着，毫不在乎别人的眼光。

他先是以父亲的姿态好好地打量下了我，然后道："不错，我的女儿越来越漂亮了。"然后目光便转到凌战和安陵浩的身上，"你们这两个年青人也不错，朝廷很看重有本事的年轻人……皇上说了，只要你们肯归顺，就继往不究，原谅你们之前的所作所为，使凤翔重归南越，取缔

自封齐天子王……哎呀，我说两位老弟啊，这可是喜事，天大的喜事知道吗？"

凌战还没有说话，已经将安陵浩气得脸都白了，"好你个老匹夫，我说这段时间怎么没有见过你，你竟然会重新投靠了你们那个狗屁皇帝，这个点子也是你出的吧？"

陈孝言一点都不介意安陵浩发脾气，"哎呀，我说两位老弟，也幸好本王及时搬来救兵，否则以你们现在的兵力想要抵挡这陵浩的十万大军谈何容易呢？……是吧，女儿……"

他见我半晌都没有说话，竟然以为我会同意他的说法。

其实我只是在想，又要见安陵辛恒了，不知他现在再见我，又是什么样的感觉……

关于逐鹿天下的大事，于我来说并不是最重要的，我打断了他们，"陈孝言，我可以见一下安陵辛恒吗？"

"哎呀，我的女儿，你当然可以见，可知你父王我，因为生擒安陵浩，立下了大功，现在已经将此件大功呈报给当今圣上……还好，这次圣上原谅了你父王我之前犯下的错误，关于那张宝图和凤翔城的事情都不追究了，只要你父王我能够劝二位歧天子王归顺我朝，那便是又立下奇功一件，女儿，这次你要好好的帮助你父王我，知道吗？"

他又眨眨眼睛，"这可是你回国的好机会……你跟着老爹，自然还是老爹的女儿，自然还是郡主……"

"到底，我什么时候可以见到他？"

"哈哈哈，你还急成这样……女儿，你不记得他怎样的欺负过你吗？父王可以让你见你的心上人，但是吧，你得答应我一个条件……"

"什么条件，快说！"

"噢，当然是，喊我声爹，那么我便立刻带你去见他……"

没想到他会提出这个问题。

不由地仔细地看了看他的模样，虽然还是那样有些滑稽的模样，但他明显地老了，仔细地想想，屠凤翔之事，竟然已经是差不多五年前的事情了，而我娘也离开我已经五年了。陈孝言，他真的还在乎我是不是喊他一声爹吗？

"爹——"

"哎，我的好女儿……"

陈孝言的眼睛竟然有些湿润……我的心情竟然也是莫名的复杂，或许，当我为人母亲的时候，我真的可以理解他了。

陈孝言说话算数，果然就要带着我去见安陵辛恒……

安陵浩这时候忍不住问了句："小鱼，为什么直到现在，你还是想见他？"

他的神色很凝重，看得出，他很重视这个问题。犹豫了下，我终是道："因为，我还爱他，我还想和他在一起。"

安陵浩的双拳蓦地握紧，猛地冲上两步抓住了陈孝言的衣领，"带我去，让我立刻杀了他！"

陈孝言道："哎哎哎，有话好好说……兄弟，好多事不是你想做不做的是吧？安陵辛恒是谁？他是大歧的国君，留着他的命在有大用处……其实我也看得出来，你喜欢上了我的女儿陈鱼，可惜啊，缘分这东西真是太奇怪了，老天爷的想法你永远也别猜，因为你猜不到啊……我这样说吧，等我们把公事解决完，再解决你们的私人恩怨，你说好吗？"

安陵浩又狠狠瞪了陈孝言一眼，"不行，我现在就去杀了他！"

"啧啧……不行，臭小子，你以为你是他啊，我就逼你杀他，你也未必杀得了他，你的心太软……听我的话，别这么冲动，凡事三思而行啊……"

我忽然想起一句话，那就是，"姜还是老的辣……"

陈孝言能够在齐天子王和南越及大歧国君的夹击下，迅速地找出一条路，重新成为掌握着军队的陈王，这对他实在是最好的一条路。因为

即使歧天子胜利了，他仍然一无所有，只有成为了南越的陈王，他才是真正的他。

我没有再给安陵浩胡闹的机会，一把推开他，"不许你这么对我爹！"

"哎呦，我的好女儿啊……"

陈孝言夸张地叹道，但是安陵浩却用难以置信的目光看着我，"小鱼，果然为了安陵辛恒，你什么事都做得出来。我早该想到，如果你真的能够放下他，便不会找他报仇，你之所以不甘心，是因为你其实还爱着他……"

他越说越难过，正当我不知道怎么办的时候，小燕不知道从哪里冒了出来，狠狠地在他的脑袋上敲了下，"你才知道啊？你怎么到现在才明白呢？你太笨了你知道吗？……算了，喜欢小鱼姐姐的人太多了，但是喜欢你的却只有我一个，你还是好好珍惜我吧……"

陈孝言大概看得有趣，笑道："有意思，有意思，这姑娘本王喜欢……"

小燕不屑一顾地白了他一眼，"你喜欢我，可惜我不喜欢你，我只喜欢我的浩哥哥……"

他们的对话终于惹得凌战哈哈大笑起来……

但是我知道，这只是暂时的和谐，凌战、陈孝言与安陵兄弟之间的问题，恐怕没有那么容易解决。

然而，现在的我，只是想看看安陵辛恒的狼狈……

陈孝言并没有把他关在地牢或者环境更差的地方，而是将他软禁在凤翔城的一处园子里，并且处处礼待，虽然没有在他自己的皇城里那样，享尽天下最好的生活，但环境也绝对不差……这处园子叫晴园，当我见到他的时候，他正在花园里摆下的好酒好菜，并且有七八个舞女在合着丝竹乐声给他跳舞。

他容颜依旧，锦衣华服，风采翩然……

我不由地愣住了……

他一点都没有变，仿佛还是当初第一次见到他的模样，而我已经完全不同了。我在树荫下站了很久很久，破天荒的，向来嘈杂的陈孝言竟然很老实地陪着我，好半晌才道："女儿啊，有些感情，过去了就是过去了，男人不像你们女子这样多情的，他恐怕都已经忘了你是谁，更不要说他当时伤害你的事情了，你记得自己很受伤，但他却记得你根本不曾受伤……"

我微微一笑，"是不是就像你对我娘那样，虽然你那样的伤害着她，但你并不觉得……"

"怎么会不觉得呢，只是有点可怜她而已，没办法，不爱就不爱了吗，人是没有办法控制自己的心的……"

"是啊，可怜……"

当爱情只剩下"可怜"二字的时候，那便已经不能称之为爱情了……

那是同情，同情会导致许多其他的负作用，比如，轻视、嘲笑、无视，及无休止的折磨……

陈孝言又道："不过我猜我的女儿不会同情他……"

"为什么？"

"因为他连获得同情的资格也没有……"

"你真的这样认为吗？"

"是的，做为男人，你爹我都觉得他很无情，很可怕……"

……

或许真的被陈孝言说对了，当我与陈孝言一起出现在安陵辛恒的面前，他的目光竟然只是淡淡地从我脸上掠过，我甚至无法确定他到底有没有认出我。他很有礼貌，并没有被掳国君的那种暴怒和无奈，情绪平静的仿佛只是见到了一个不太熟悉的陌生人……

"陈王，你来了，本君可是等你很久了。"

"哪里哪里……其实本王并不忙，只是见了你也跟你没啥好说的，所以……"

他向我看了眼，微微地犹豫了下，终是道："所以你根本不必等本王，你既然住进了晴园，以后和本王见面的机会很多，而且短时间内恐怕都会住在这里，作为老朋友，本王有责任多来看看你，跟你聊聊，解去一些你的寂寞……"

他本来可能是想说，所以我带了个跟你有话说的人，但是可能我与安陵辛恒的态度都不是他想象中的那样，所以他胡乱说了些话，却只字没有提到我。

如此一来，我和安陵辛恒连说话的机会也便没有了。

或许给了个选择的机会，可以选择说，也可以选择不说。

而我选择了不说。

安陵辛恒的表现当然比我想象的差多了，所以我不是很满意，至少他应该失落，沮丧，犹如丧家之狗般的狼狈，但这些他全部都没有。

我只能说，他的演技太好，太好……

安陵辛恒在主座，我和陈孝言陪在末座……我想，他一定不想与我的目光相对，但是让我特别难受的却是，他的目光虽然很淡，但他说话的时候，那目光依旧从我的脸上时时地扫过，偶尔的还能够与我对视，只是，那目光就跟看到了陈孝言或者任何一个不太熟悉的陌生人的毫无区别。

他竟然已经忘了所有的过往吗？

看来还是男人了解男人，陈孝言竟然把这些事都给说对了……

两人决口不谈政治，全部都是些风花雪月而已。只是这种事陈孝言说得多，而安陵辛恒说得少，他多数时候只是听，然后欣赏舞女的跳舞，偶尔的会举杯一下，酒杯却又不跟陈孝言或者我的相碰，然后自己一口喝干。

后来我想，或许这便是他失败之后的表现吧，因为那日他几乎要喝醉了……

他在没有醉倒之前，便向我与陈孝言道别，"陈王，感谢你好酒好菜招待本君，还有美人做陪……不过，本君累了，想休息，所以先行一步……你们，继续，继续……"

看着他跌跌撞撞地向自己房间而去，我心里一时五味陈杂……

为什么他的背影，总是那样的孤单？

"爹，他认出我了吗？"

陈孝言只是呵呵地笑，却不置可否。

这件事简直立刻就成了我心中的谜，即使他是装作不认识我，可是这也太会演戏了吧？当我和陈孝言一同离开晴园后，我又找了个借口，独自返回了晴园。径直往安陵辛恒的房间而去，轻轻一推，门尽然是虚掩着的……走了进去，果然安陵辛恒醉倒在桌上，半趴在那里已经睡着了……

我弯下腰，仔细地看着他的容颜，喃喃地念道："没错，一点都没变……可惜，你不是从前的你，我也不是从前的我，造化弄人……"

他忽然睁开了眼睛，"弄人的不是造化，而是你……"

我吃了一惊，"你没有醉？！"

他哈哈长笑，"醉了又如何，不醉又如何？朕现在成为陈王的阶下囚，你肯定是高兴极了吧？朕想，从前你和朕都小看了这个看起来很愚腐的老头，现在最大的赢家竟然是他？而我们这些所谓的君主，到底谁赢了？谁又输了？丫头，你说说，最大的赢家到底是谁？……"

我愣了下，好半晌才道："虽然我不知道最大的赢家是谁，但是我知道最大的输家是谁，安陵辛恒，那个人就是你，你现在心里一定很不开心吧……"

"是，朕不开心……可是丫头，你可知朕为什么不开心……"

"兵败如山倒，如今你竟然被向来平庸的南越皇帝所掳，可见你也并不是多么精明的人，以前所得到一切不过是运气，是花语巧语骗骗女

人所得……除此之外，你一无所有……"

"原来，你是这样看朕的……"

"可是丫头，如果我告诉你，你错了，你会不会很失望？……"

说到这里，他又道："你以为，就凭陈孝言，真的可以生擒朕吗？其实朕之所以在晴园，是在等你，是在等那个据说拥有富可敌国的财富和可以横扫千军的智计的女子……你本是个孤女皇后，但如今忽然得到这么多的财富，答案只有一个，你找到了朱邪宝藏，原来那张藏宝图真的一直便在你的身上……"

我挑挑眉毛，笑而不答。

"果然如此……丫头，你可真是瞒得我好苦……我千方百计想找到的东西，其实一直就在我的身边，可是到最后，我却并没有得到……"

"丫头，如果一切可以重头再来一次，我从未骗过你，你会不会把宝图让给我……"

"如果……"

我打断了他，"这个世界上没有如果，安陵辛恒……"

"那我可以提一个要求吗？"

"什么要求？"

"我可以看看那张宝图吗？"

我摇头笑道："根本就没有什么宝图，那张图在我的脑海里……当然，朱邪藏宝既然已经被我发现，所谓的朱邪藏宝也便不再是朱邪藏宝，那里，现在什么都没有……"

"你误会了，我是大歧国君，我相信我大歧的财富绝不会低于朱邪藏宝，朕怎么可能将那笔财富看在眼里。我只是想知道，地图上有没有遗书……"

"遗书？"

我第一次听说遗书的事，难道安陵辛恒想要找到地图，根本就不是为了所谓的富可敌国的财富和那些让每位君主都心动的秘籍吗？

"对，是遗书……"

"没错，那里面是有封遗书，可惜那里只有我娘的遗书……我相信这封遗书应该不是你想看到的谍书。而且我娘那里的宝图，不过是她的一个绘本而已，原来的羊皮地图，早就已经毁了，没有了。"

"可是，她明明说过，朱邪藏宝里有她留给朕的遗书……"

我忽然明白了什么，"是姜瑜告诉你的？你要找的遗书，恐怕是姜寅的吧？"

"你，你怎么知道？"

"看来姜瑜猜测的不错，你一直爱着的人，其实是姜寅，她曾经在经阁上居住吧？你真的是为了她，什么都愿意做……"

"可惜，她离开这个世界的时候，我甚至不在她的身边，我知道她一定有话跟我说，只可惜，我永远也不知道她想说什么了……"

我怎么也没有想到，安陵辛恒苦苦追寻的东西，原来只是一封遗书而已……

不过他所说的一切，我都不敢轻易地相信……

而且她为了一个已经死去的女人，如此地伤害着我，及爱着他的每一个女人，我感到很不可思议。怪不得姜瑜那样优秀的女子也只以是满怀心酸泪，活人是永远争不过死人的，她永远无法完全去掉他心中的姜寅的影子……在她帮助他到处寻找着朱邪宝图的时候，心里大概也在盼望着，有一天，他会忽然停止这样的追寻，身心都回归到她的身上……

现在，我有点理解姜瑜为什么一触及到姜寅的事情，便如此失态和绝望……

"能讲讲姜寅的事吗？"

"如果你想听的话，朕会讲……可是你能不能先告诉朕，你是从哪里得知姜寅的存在的？"

"因为有两个人，无法放下姜寅，我想不知道都难……"

我所说的两个人，自然是指安陵辛恒和姜瑜……

安陵辛恒怔了怔，终是苦笑……

他的潇洒，随着往事的缓缓拉开，荡然无存……我看到的只是一个，为了一个女子的死，而痛苦不堪的男子……

在这个故事中，当然有个风华绝代的女子，而这个女子就是姜寅……

而这个女子却因为一次意外，与大歧先皇相遇……因她的美貌和才气，她顺理成章地被接进宫里，成为先前最宠爱的妃子……她本可以开心地生活几年，她从未接触过像先皇一样更加有权力的男子，所以初进宫时，她还是很开心的……安陵辛恒常常能够听到园中她银铃般的笑声……

而她也常常能够听得到安陵辛恒的箫声……

或许，在他们没有相见的时候，便已经相爱了……

他们第一次见面，是在一次中秋的宴会上……姜寅以一曲柔美的鹧鸪天惊艳全场，在他的眼里，她便是天上的仙子般纯净而又美丽……而在她的眼里，他也是一样的潇洒迷人，第一次，她发现这个世界上，竟然还有比先皇更优秀的男子，那个人便是安陵辛恒……

那晚宴会结束后，她不知不觉地登上了经楼，而他几乎也在同时，登上了西宫太子府内的红楼。

或许真的是心有灵犀一点通，他们竟然在一前一后点燃了房间里的蜡烛……

然后他们竟然能够读懂彼此的意思……

原来，连这蜡烛之语也是源之于自然而非刻意为之，怪不得就算我多么努力地爱他，依旧不能够打动他的心。在他看来，或许我们的蜡烛之语只是他对与姜寅之间的爱情的缅怀吧……

我顿时有些无法接受这个现实……

……“那么，她是如何死去的？”

“她，是自杀……”

安陵辛恒说到这几个字的时候，他的心痛就像清水里疯长的野草般清晰……

原来先皇对安陵辛恒与姜寅的事情并非完全不知，可能是出于对姜寅的尊重或者是爱护，他虽然把姜寅封为妃，但是一直没有动她，久而久之，两年后，姜寅便有了处子宠妃的大号……姜寅对于先皇当然也是感激莫名的，先皇的态度无疑助长了她的信心，以为可以与安陵辛恒白头偕老，所以更加的肆无忌惮了……

两人一时间沉入爱河中，难以自拔……

而安陵辛恒也得到先皇的暗示，似乎能够想办法以一种什么样的方式，将姜寅变成西宫太子妃，而非先皇之妃……

先皇的暗示，使安陵辛恒对于先皇也心存感激，于是答应了先皇的要求，出使吴。因路途遥远，数月才能够归来，所以安陵辛恒与姜寅很是依依不舍……只可惜，终是未有可相拥告别的名分，记得那夜，桂雨纷纷，他们便遥遥相对于经阁与红楼，诉说衷情……直到第二日天亮时，经阁和红楼中的蜡烛依旧没有熄灭……

这次的惜别，又是浪漫，又是心酸，留下的却是永远的遗憾……

那竟是两人之间最后的交集……

……安陵辛恒使吴来回数月，路上所受相思煎熬犹如针尖每日里在刺着他的心，好不容易回到皇宫，他将从吴收集来的各种相思结送到花暖阁中……因为姜寅自己也比较喜欢编织相思结，所以即使安陵辛恒送再多的相思结也不会惹人话柄……

但是，就在他快要走到花暖阁的时候，便见到了姜寅，她望着红楼的方向，头发披散着，一袭飘飘的白衣，纯洁的犹如一朵初荷……

安陵辛恒好不容易才忍住要呼唤她的欲望……

但是下一刻，姜寅便从经阁飘落……

她甚至不知道，自己所爱的人，就快要到她的眼前……她不知道她爱着的人，亲眼看到她跳下了经阁……

第三卷：最终决战

只要她多等片刻，他们就能够见面，能够相拥诉说衷情……

安陵辛恒说到这里，他的神情却是冷硬的，看不到一点悲伤，却让人觉得他悲伤万倍。他大概恨自己，为什么晚回来了片刻……

"既然你们如此相爱，彼此的爱情又是得到先皇的默许，为什么她要自杀？"

"因为，先皇传了圣旨，要在那天夜里临幸于她……她为了……

我明白了。

"可是，她的死，跟朱邪宝藏有什么关系呢？"

"她最信任的姐姐——姜瑜告诉我，她死的时候其实是留下了遗书的……而那时候，正巧是陈王访大歧的时间……他以朱邪宝藏为诱耳，骗先皇签下了凤翔之约，承认凤翔城永远归南越所有……要知道，因为凤翔城地理条件特殊，虽然近十年来为南越所有，但是十年前，凤翔城却是属于大歧的，如今大歧国富民强，收回自己的国土理所应当……"

这件事我以前倒听说过一些，但是没有想到竟然是真的，看来大歧与南越的凤翔之争，实在是由来已久了……

"哼哼，你竟然相信姜瑜的话，你真是太天真了……难道你没有问过，姜寅为什么会将遗言写在朱邪藏宝图上吗？她是怎样对你说的？真不知道她安得什么心……"

这件事想来真是疑窦重重，而且也有安陵辛恒说谎的这种可能，虽然我不知道他为什么要编出这样一个低级的理由，但是恐怕一切都是有原因的吧？不过，仍然觉得姜瑜骗他的可能性是很大的……

"不许你这样说她……你可知道，若不是她，朕与阿寅的爱情也不能够如此深刻……如果不是她，我们甚至不能互诉衷情，阿寅曾经说过，她的姐姐姜瑜是个只懂得练兵打仗的女子，但也正因为如此，她也是最值得信任的人。丫头，无论你怎么想，朕都希望你不要在朕的面前中伤她……"

"你……"

我真是要气疯了……继而却平静地笑了起来，"你以为我到现在还爱着你，因为要和姜瑜争夺你的爱情而故意中伤她吗？那你就错了，但是你有没有想过，你的阿寅的死其实很可疑，为什么早不死，晚不死，偏偏选在你回来的那一天跳楼自杀？……"

"还有，姜瑜肯定说了一个使我信服的理由，让你相信姜寅的遗书是写在朱邪藏宝图上的，但是现在你看到喽，陈孝言并不是你想象的那么无能……再说，按照时间推算，那张藏宝地图早已经在我娘亲的手中，却如何会到大歧来？陈王，他没有那么傻……"

"其人无罪，怀璧其罪。藏宝图能够在我爹陈王的手中多年藏而不宣，自然有其道理，他怎么会给自己惹出这样的麻烦呢？"

安陵辛恒的脸色忽然变得苍白……

"那么阿寅她……"

"如果这个世界上，还有一个人知道她真正的死亡原因……如果这个世界上，真的存在阿寅的遗书，那么只有一个人知道全部的秘密，那就是姜瑜……"

"安陵辛恒，你如此冒险地来到晴园找到我，想要一个答案，却是寻错了地方……你应该去问你的宠妃姜瑜，事到如今，她一定会告诉你全部的真相。但是，如今你想出去却没有那么容易了……"

安陵辛恒怔怔地想着什么，并没有说话。

好半晌，我道："我所说的这些，你必早也想到了……为什么要自己骗自己？你已经爱她，如此深了吗？还是因为不忍心得罪姜寅？……难道你在爱着姜寅的时候，其实姜瑜也已经爱上了你？……安陵辛恒，你真的是个很多情又无情的男子，你知道吗？……"

我不能够理解他，如何去用一个死去的人，而致使如此多的人伤心……

就在我即将跨出门外的时候，我忽然想到了一个很可怕又很可怜的理由……

"难道……你在替姜寅报仇？……"

安陵辛恒蓦地抬眸，震惊地看着我……

我知道，我猜对了……他如此地折磨着自己，折磨着自己的江山，折磨着身旁的女人，只因为她要替姜寅这个红颜薄命的女子报仇……因为他在折磨着自己的同时，受到最大折磨的却是真实的，深爱着他的姜瑜……姜瑜眼见着他为了一封莫名其妙的可能根本就不存在的遗书而疲于奔命，付出一切，失去一切，只会感到痛心和挫败……

因为无论她多么努力，都无法换回安陵辛恒的心……

他的爱，早已经完完全全地给了姜寅……

我与姜瑜的命运是一样的，我永远也无法得到他的爱……这一刻，我很想哭……

不是哭自己得不到他的爱，而是哭自己竟然卷入了这场乱七八糟的情劫，无法自拔，致今日恶果……

我没有再说什么，只是匆匆地跑出了晴园……

第二日，朱邪藏宝图便悄悄地送到了晴园……

我和我娘亲一样，为了自己所爱的男子，亲自绘了一幅朱邪宝图……我将上面的字及所有的细节，都描绘出来，直至跟我脑海里深深刻着的朱邪藏宝图一样，这才派人送到了晴园。

此图是我的娘亲亲自所绘，上面当然不会有任何姜寅的遗书……只是姜瑜既然如此说了，我便画出来给他研究一下，以解去他心中的仇恨……

安陵浩当然也知道了这件事，但这次他没有再发怒，只是静静地，远远地看着我……

我想，他已经对我死心了，我希望他能够死心，因为我是个不可救药的人……

当晚，在我又将信绑在鸽子脚上放飞的时候，安陵浩却在鸽子刚刚起飞的时候，忽然抓住了它……

他是有权力怀疑我的，毕竟整个天下客栈的安危，都系于他一身……

但是当他把那封短信打开来看的时候，他的神色变得很怪异……

"你，你竟然……"

"你能替我保密吗？"

"好，没有问题，但是为什么……"

"因为我需要一个值得我公布这个秘密的男子……你知道那个男子是谁……"

"你想帮他？"

"不，我也不知道我到底想怎样做，或许这样说，尽人事，听天命。我希望我能够顺应天命……"

"那你会不会在任何时候反戈……毕竟他是……"

"不会。"

"好，谢谢。"

我很感激安陵浩能够当着我的面问出这种问题来，所谓君子坦荡荡，说得大概便是他这种人……我又想到了冰若，可惜她竟是没有福气拥有这样的男子……可惜啊可惜……

"小鱼，我爱你，你愿意接受我吗？"安陵浩这话一时间让我不知所措，他看我愣住了，又赶快解释，"我原来是爱姜瑜没错，但是我现在爱的只有你。如果可以的话，我们可不可以重新开始。"

我愣住了，转而却笑了，或许，这次我可以相信他一次吧。

晴园很快就传来消息，说安陵辛恒想见我……

我犹豫了下，还是去了。

他拿着宝图，异常沉痛……见到我过来，他道："我只是想谢谢你……"

"不用谢。只是想用这幅地图告诉你，白云苍狗，过眼云烟，一切都已经过去，有些爱情，有些往事，只是你变成傻瓜时所做的一场梦而

已……”

“不，我知道她想要说什么了……”

“她说了什么？”

“她说……恨……”

“朕不明白，我们那样的相爱，为什么她留下的最后的遗言，竟然是个恨字？为什么是这样？她是恨我的晚归，还是恨我父皇的圣旨，还是恨造化弄人……她到底在恨什么？……”

我将那份地图接过来看了好一会儿，“哪里有恨，为什么我看不到？”

“你怎么会看不到呢？你再看看……”

他用手指指着那些乌黑的地图线，果然，那些线竟然隐隐构成了一个“恨”字……